KB005836

악기

惡記 — 시에 관한 아포리즘

악기惡記

초판 1쇄 인쇄 2017년 4월 17일
초판 1쇄 발행 2017년 4월 25일

지은이 조연호
펴낸이 김민정
편집 김필균 도한나
디자인 고은이
마케팅 정민호 나해진 김은지
홍보 김희숙 김상만 이천희
제작 강신은 김동욱 임현식
제작처 영신사

펴낸곳 (주)난다
출판등록 2016년 8월 25일 제406-2016-000108호
주소 10881 경기도 파주시 회동길 210
전자우편 blackinana@gmail.com | 트위터 @blackinana
문의전화 031-955-2656(편집) 031-955-8890(마케팅) 031-955-8855(팩스)

ISBN 979-11-960751-0-1 03810

* 난다는 (주)문학동네의 계열사입니다.
* 이 도서의 국립중앙도서관 출판예정도서목록(CIP)은 서지정보유통지원시스템 홈페이지(http://seoji.nl.go.kr)와 국가자료공동목록시스템(http://www.nl.go.kr/kolisnet)에서 이용하실 수 있습니다.(CIP제어번호: CIP2017009058)

악기 惡記

시에 관한 아포리즘

조연호 지음

서문을 대신하는 예비 메모들

이성이 잃어버린 영역을 복원하는 작업이 시를 쓴다는 것이고, 본성이 너무 많이 획득한 영역을 다시 인간에게 나눠주는 행위가 시를 읽는다는 것이다. 그럴 때의 시는 장르라기보다는 하나의 부피이고, 부피가 가능할 수 있도록 만드는 질료를 그 원인인 인간에게서 직접적으로 가져오기 때문에 극복자이자 극복되는 자이고, 병이자 치료이다. 어떤 영역에서건 시는 자연의 견해에 토대를 두는 것이 아니다. 인간 안에는 자연의 한 조각으로서의 인간도 존재하지만 당위의 조각들 역시 무수히 존재한다는 전제로써만 그것은 유기체로서의 인간 전체에 토대를 둘 수 있다.

오늘날 시에 대한 인식은 독자 스스로가 자신의 피곤함을 차단함으로써 아주 간단히 복잡한 시들에 대한 공격에 성공하지만, 무엇보다 그러한 공격들 중 가장 전폭적이고 파괴적인 것은 시의 통승뿐 아니라 자기 자신의 근원적 통승에 대해서까지 감행되는 무차별적 공격이다. 그것이야말로 어렵다, 쉽다라는 이해의 차원에서 아름답다, 추하다라는 가치의 차원으로 옮겨가지 않는 예술의 진정한 전쟁이라 할 수 있다. 시에 주어지는 자극을 단순화하여 외부와 내부로 나눠본다면 이 야만의 상황을 좀더 간략히 정리할 수 있을 것이다. 외부가 내부와 대척되는 바깥이라고 전제할 때 외부는 자신이 무엇을 말하고 있는지를 내부에서 참조하게 된다. 그러나 진정한 의미에서 내부는 외부를 갖고 있지 않으므로 내부가 외부에 의해 참조된다는 것은 외부가 그 자체를 참조하는 것으로밖에 가능하지 않다. 그런 근원적 단절이 내외에 있는데, 외부와 내부는, 즉 실재로서의 경험과 인식으로서의 체험은, 오히려 서로를 참조할 수 없기 때문에 하나의 시늉으로써 시적 화해를 하는 것처럼 보인다. 실재가 인식을 참조하고 인식이 실재를 참조하는 등방적 행위라는 시늉을 통해서 말이다. 대체로 나는 이런 허구적인 것을 시적인 것이라고 부르기에 마땅한 것으로 여긴다. 시의 형상은 실재와 인식이 서로 반조하는 거울상이고, 거울상이기 때문에 그것 자체는 아니지만 그것으로 받아들여지는 하나의 보정 이미지라고 할 수 있다. 그러나 그들이 가진 자체적 거리감이 하나의 선형線型에 놓인 서로 다른 점이라고 생각하지는 않는다. 삶은 유기적이고 종합적인 것이기도 하지만 또 한편으로 구축적이고 분할적인 것이기도 하다. 어린 날의 언어가 훗날의 언어보다 후진성을 가지는 것이 아니라 고유한 시간을 가지고 있는 것임을 인정하면, 주어각자는 스스로에게 누적된 의미를 넘어서는 종합적 판단을 요구할 것이다. 그것들 자체가 틈새이며, 그 틈새는 전과 후를 인과로 묶는 것이 아니라 스스로 고유해질 것이다. 시들 간에는 그런 교정과 분할이 있다.

윤리학이 끝나는 곳에서 정치학이 시작된 고대 그리스의 예가 그렇듯, 시 역시 언제나 시 전반에 대한 사유가 끝나는 지점을 자신의 출발점으로 삼는다. 그렇기 때문에 '시가 무엇을 말하고 있는가?'라는 질문은 '말하여진 것은 또한 시에 대해 무엇을 할 수 있는가?'라는 질문과 조금도 다르지 않아야 한다. 왜냐하면 시는 무한히 자율적이거나 단독적으로 취급되어질 수 있는 것도 아니고, 본성상의 파토스도 자신의 역사성으로부터 무한히 멀리 있는 것 또한 아니기 때문이다. 다시 말해 시에서의 상황은 자신의 역사, 즉 시적 상황이 고려되는 한 그 불확실성조차도 전혀 막연한 것이 아니다.

일반적으로 현실에서 무늬를 찾는 일이 운문에서 일어나고 나면 그후엔 무늬에서 형식을 찾기 마련이고, 그렇게 찾아낸 무늬의 규칙들은 운문으로 다시 돌아와 자신의 권리를 주장한다. 이미지와 형식의 문제가 대략 그러한 모습일 텐데, 그런 일은 충분히 경이롭다. 그런 일이 경이로운 이유는 집 나간 탕자의 귀환이 그 자체로 기다리는 식구들에게는 큰 선물이 되기 때문이다. 가장 중요한 선물이기 위해 선물에 대한 기대감을 최대한 좌절시키는 일이 문학에서는 놀라울 만큼 빈번히 벌어지고 있다. 만약 어떤 작품이 특정 형식을 만들었거나 차용했거나 참조했다면, 그리고 그것이 규칙성을 부여받은 것이라면 그 자체로 이미 작품은 현실적이다. 작가 자신에게 현실적이지 않은 것이 작품 내에서 사려된 것으로 나타나는 예는 있을 수 없기 때문이다. 그것은 우리가 '상상'이나 '환상'이라 부르는 문학의 속성에 대해서도 마찬가지이다. 장르나 구분 자체가 이미 그 구조 안에서 현실이라 불리는 것이지 않으면 안 된다. 그런 의미에서 모든 시는 현실적인 것이다. 마찬가지로 상상이나 환상 같은 시의 비현실성도 현실적인 것이다. 더 광범하게는 구분되는 것 자체가 현실이다. 산문과 운문은 구분되어져 있으며 그렇기 때문에 그들 간에는 현실적인 어떤 차이점도 없다. 그런 맥락에서 산문 형식이 운문 형식보다 더 현실로의 소급을 주장하고 있다고는 믿기 어려운 것이고 그 역도 마찬가지다.

시에는 우리가 거부할 수 없는 정도의 선이 언급되어야만 가능한 형식이 내재하며 그것이 우리의 도덕적 의향을 무화시키는 정서로 기능하도록 자기 자신의 특징, 즉 순수한 의미에서 지칭물의 태도로 우리에게 희생을 강요하는 그 미美로, 사람들에게 결백을 묻고 종국적으로 선이 정당화되는 그 미의 확립에 대해 개인 각자가 소멸하는 육체성을 경험하는, 약소하지만 그것 없이는 다른 층위로 상승할 수 없는 그런 추측으로만 가능한 구조가 포함되어 있다. 시라는 형식적 시도가 감정이라는 물리적 수단으로부터 스스로를 해방하고 그것의 중재된 형태를 얻는 것은 결코 상이함, 대립에서가 아니다. 신의 진노 아래 놓인 인간의 숙명처럼 자신의 죗값을 외부의 형벌로 치러야 했던 그러한 형식의 상징이 우리에게 유일하며 우연하고 환원 불가능한 문법으로 이해되는 것은, 사물을 간직하고 있는 모든 형식 안에 시가 실패해야 할 심도深度의 모든 것이 놓여 있기 때문이다. 이것은 곧 시의 악에 관한 이야기다.

시의 형태를 말함에 있어 한문이라는 독특한 언어 체계를 제시하는 것이 꽤 적절한 비유라는 견해를 덧붙이고 싶다. 한자의 기본은 부수다. 부수로부터 글자가 만들어진다. 다시 말해 하나의 한자는 부수 자체이기도 하고 부수들의 집합이기도 하다. 그런데 글자들이 의미를 가지는 것처럼 부수들 역시 의미를 가진다. 그럼에도 불구하고 부분이 모여 전체가 되었을 때, 부분의 의미는 전체의 의미에 영향을 주기도 하면서 동시에 전혀 영향을 주지 않기도 한다. 의미의 분절과 회절과 단절이 한 글자의 탄생에 동등하게 기여하는 것이다. 그 절折들에 대해 관찰자가 도출할 수 있는 규칙은 거의 아무것도 없다. 예외의 경우가 너무 많기 때문이다. 한자는 전체가 이질적인 부분으로 가득찬 경우조차 부분과 전체의 결합이다. 시의 형태를 한자의 비유와 대조하면 이렇다. 시에서의 형태란 쌓아올린 규칙에 다름 아니다. 그런데 형태 자체의 모순은 그것이 내부적으로든 외부적으로든 전체로든 부분으로든 유기적이어야 한다는 인식에 기인한다. 형태라는 표현을, 나아가 시형詩形이라는 표현을 일반적으로 연결 고리들이 붕괴된 것을 지칭하여 부르지 않기 때문이다. 그렇기 때문에 시를 형태로 접근할 때는 그것이 이미 완결된 것으로서 존재해야 하고 더불어 그것이 하나의 의미망으로 얽혀 있어야 한다는 사고가 존재한다. 그럴 경우 시의 행, 연과 같은 형태에 대한 연결 고리 인식은 오히려 속박에 가까운 것이 된다. 나는 시의 형상을 한자의 예처럼 부수-글자, 부분-전체의 관계로 이해하고 싶다. 더욱이 시라는 전체를 그 자체와 무관한 부수들의 집합으로 이해하고 싶다. 그럴 경우에 글자 하나를 파자破字하여 다양하게 읽는 방식이 한자에서 가능한 것처럼 하나의 시 안에서 역시 행과 행, 행과 연, 연과 연, 이미지와 의미, 의미와 의미 등 그것이 어떠한 임의적 관계 조합이든 전체를 가능하게 할 것이다. 아니, 오히려 요소가 이질들이기 때문에 전체일 수 있다. 통념적으로도 균일하다는 것은 종합과는 거리가 먼 표현이다. 균일한 것은 이미 그 자체가 종합적인 것이므로 종합을 필요로 하지 않기 때문이다. 시의 형태는 가시적인 것도, 형상적인 것도 아니다. 그것은 요소들을 되도록 덜 균일하게 전체로 향하게 하는 조어造語 작업일 뿐이다.

정보의 교환을 제외하고 그것의 절대성이나 지시성을 따질 때, 문자라고 하는 건 어느 정도 의미 없는 작업임에도 불구하고, 언어학자들이 기호에서 기표와 기의를 나누어 추출해내야 했던 행위는 역설적으로 종교적 관점, 믿음의 관점과 다르지 않았다. 죄 사함의 방식을 죄라는 개념이 온 방향에서 찾는 것이 아니라 자신의 신체와 정신의 직접적 위해를 통해 찾는 고행의 방식이 문자의 세계에서는 그치지 않는 타락과 정화의 반복으로 몸을 바꿔 명멸한다. 우리가 언어라 부르는 대상은 그 자체에 부합되는 여타의 것도, 부재하기 때문에 벌어지는 발화들의 당혹 속에 비로소 드러난다. 진리가 없을 때의 진리 찾기란, 외부에서 고통을 얻지 못할 때 당하는 내부의 고통과 같은 것이라고 말할 수 있을 것이다. 문자는 그런 효용 없는 수행에 오래 길들여진 고행자이며 우리가 그 내부적 고통을 알 길은 우리 자신이 수행을 감행하지 않는 한 원천적으로 존재하지 않는다. 그렇게 때문에 문자의 외형적 성격, 즉 기호로서의 기능은 그것이 기호적 성격만 가능할 뿐 내재적 특질이 없다고 말할 수 있다. 그렇다면 지금 기술하는 것이 글자이건, 그림이건, 한글이건, 알파벳이건 거기에는 하등의 변별도 없을 것이다. 이것이 무변별적 속성을 무분별 자체로 이해하려는 시의 노력이다. 반면 이해는 반드시 구획된다. 지식은 달리 말할 것도 없이 이러한 범주화의 산물이다. 계열화하고 서열화하고 동일과 인접과 차이를 알아가는 것. 일반적으로 문학 텍스트를 읽을 때 작품이 독자에게 요구하는 바는 많지 않은데도 독자로서 작품에게 요구하는 바가 많은 경우는 단지 그것이 소비 주체가 공급 주체에게 바라는 가치의 등가성 같은 것에 기인하는 걸까? 이해와 향유를 구분 지을 수 있는 지점은 어디일까? 예술이 현실을 반영한다는 가정이 맞다면, 현실은 예술에 담길 수 있을 만큼 대상으로서 명확해야 한다. 그러나 그런 대상이 경험적, 주관적으로만 주어진다는 점에서 문학은 원칙적으로 불안정한 것이다. 불안정한 대상에 대한 범주화를 시도하는 것은 감성 구조로는 가능할지 몰라도 논리 구조로는 가능하지 않다. 규정적 가치 부여에 대한 거부감은, 표면적으로 장르 등으로 구분되는 편의적 차이들 외에, 심층적으로 어떤 것을 어떤 것으로 치환하려는 행위, 곧 모사나 비유로 대표되는 문학의 표상 방식에 대한 거부감일 것이다. 어떤 것이는 치환하는 순간 그 외의 것으로 비등한다. 나는 이 방식이 진/위의 표현 방식으로서는 퍽 적절하지 못하다고 생각하지만 도리어 문학적 방식으로는 적절하다고 생각하는데, 문학 자체가 치환의 병증을 고스란히 드러내고 있는 기호의 만병萬病 환자와 같기 때문이다. 치명적 환자를 대면한 자가 할 수 있는 일은 많지 않다. 건강해질 수 있다고 위로하며 속이거나 혹은 그저 죽을 자를 바라보거나. 문학자의 역할은 죽을 자에 대해 위로하는 것이 아니라 그저 죽을 자를 바라보는 행위로 만족되어야 한다. 물론 바라보는 행위는 발화되면서 다시 기호적 행위로 바뀔 것이다. 죽을 자를 바라본 자 또한 죽을 자가 되는 악순환이 문학이라는 거대한 병동에서 영구히 그치지 않을 것이다. 거기서 가장 불행한 인간의 한 예는 윤리에 대한 기준을 거부하면서도 윤리적이려는 인간일 것이다. 너무도 많은 것을 바라는 것은 너무 많은 것을 규칙 안에 두려는 것, 즉 어떤 것도 하지 않으려는 움직임이고 그 결과 사람은 너무 적게 바라는 것을 하게 된다. 그러다보면 온갖 인간적 행위의 타당함들, 곧 윤리들은 아주 작아져버린 사람에게나 가능한 불능의 단어가 되어갈 것이다. 간직할 때만 우리는 놓칠 수 있다. 마찬가지로 비어 있어야 채울 수 있다는 이미 진부해진 잠언이 이러한 맥락에서 우리에게 제공하는 귀중한 시사는 그 말이 '비어 있어라'라고 말하는 게 아니라 비어 있다는 생각의 선행이 요구되어야 원칙적으로 그 자체와 그 반대편이 만족된다는 것이다. 하이데거는 이런 관계를 '보살핌'이나 '간직됨' '보호함' 같은 단어로 표현했는데, 존재들끼리의 그런 보호, 건네받음, 간직됨을 직접적 관계로부터 도출하여 붙들려고 하는 것은 아무리 봐도 난감한 것이 아닐 수 없다. 왜냐하면 건네받음과 보호됨 자체가 이미 본질적인 것이기 때문이다. 본질을 표상에서 찾는 것만큼 어리석고 난감한 일이 또 있을까. 아마도 시는 그런 어리석고 난감한 사람의 마지막이며 유일한 조력자로 남을 것이다.

이 원고는 문학의 깊이를 문학의 넓이로 설명하지 않아도 되는 다분히 정상적인 출판사를 만나기까지 여러 질곡을 겪었다. 출간을 결정해준 출판사에 감사드린다.

이 글은 두 눈 모두 녹내장 판정을 받은 후 빛의 혹한을 상상하며 다듬은 글이다. 그간의 잡문들을 손보았다. 편폭이나 내용으로는 잡다하지만 시에 대한 글이라는 주제적 공통점을 잃지 않으려고 노력했다. 시에 관해 말한다는 건 누구의 것이 되었건 부질없다는 점에서 자명하지만 그러나 말하지 않으면 맴돌지도 않는 법이다. 나에게 시는 격류의 강과 같았으니 바라보기도 두려웠을 뿐, 훔칠 수 있는 것은 아무것도 없었다.

2017년 봄

조연호

차례

뼈와 허물

1. 비가 기와의 홈을 타고 대지로 이끌리듯 하루는 밤의 홈을 타고 세상의 지붕이 놓인 곳으로 모여든다. 잠에서 깨어난 우리가 물방울처럼 세상의 바닥에 서서히 모여들기 시작할 무렵, 이들 광주光晝와 흑야黑夜의 후예들은 바닥에서 떠올라 자신들의 바닥인 창공으로 모여든다.

2. 초벽初壁은 그 일을 한 사람의 마음처럼 아직은 마르기 직전, 칠이 굳기 전 서둘러 주위의 빛을 붙들어 품에 가두는 노동으로 마무리된다. 우리가 골목에서 만나는 벽면의 치졸들은 인부의 게으름이나 서투름이 아니라 빛의 초보初步가 찍어놓은 낯설지만 자유로운 이동 탓이다.

3. 그러나 자연은 과연 우리가 관찰을 통해 얻은 대상 외의 자유

만큼 우리를 바라본 각각의 가능성 밖으로 꺼내줄 수 있을까? 아직은 시간이 시간의 만찬을 기다리는 참을성이라고 생각하는 것들만이 저녁에 초대받을 수 있다는 것만을 다만 우리가 알 수 있을 뿐이다.

4. 세상은 수면水面 아래 깊이를 재는 자의 맑게 갠 기후 속으로 추락한다. 거의 홀로의 힘으로 짐승과 가축이 자기의 세계에서 무릎을 세우는 것이 삶의 행복이라면 오히려 이 세계의 종교와 신성들은 표면에서는 평화롭지만 내면에서는 격렬히 분노하고 투쟁하는 것이라고밖에 자연과 금수의 화해를 달리 설명할 방법은 없다.

5. 호수에서, 나는 살아서 몇 걸음의 신/자연을 발아래 두었고, 죽어서 몇 걸음의 신/자연을 비추는 거울을 물의 사원 아래 묻었다. 말은 이곳에서 어디에도 새겨지지 않는다. 하늘은 다만 절규하기 위해서만 문법을 배운다. 시詩가 그러한 자신을 켜는 찰현 악기의 가장 풀기 어려운 매듭이 되어, 태양이 그 자신을 소진하는 불길의 가장 암매晻昧한 부분이 되어, 각기 자신의 난소卵巢로, 알의 둥지를 한낱 저녁 전체로 강쇄降殺시키는 시간에 이르러, 자연은 매끄러운 근육으로 갓 태어난 입술의 새끼를 일몰에 던진다.

6. 무늬는 순간 빛나는 자연 고유의 이름대로 구겨진다. 우리가 그것에 무슨 이름을 붙였는가에 상관없이 언어의 점과 선분은 온 힘을 다해 사전辭典 밖으로 궤적을 그린다. 그런 전투적인 사전의

한 귀퉁이로부터 날아오르는 최초의 비행체는 운석이나 새들이 아니라 대지로부터 굳건히 뻗어나간 생명의 가지들이 어느덧 자라 스스로와 이별을 결심하게 된 숭고한 결별의 순간들이다.

7. 세계에서 분리된 허약하고 누추한 조각이 독립된 자기 세계가 된다는 것, 죽음이 생에 자신을 남긴다는 것, 씨앗으로 처박힌 것이 줄기로 솟아오른다는 것, 그것은 모든 종말에 시원이라는 길이 숨겨져 있으며 영원이 소멸의 물에 씻긴 후에야 빛날 수 있다는 것을, 재와 썩은 살과 구더기로 증명하는 길이다.

8. 晝宵,라고 굳이 이국의 글자로 써보면 곧 써진 단어 위로 할 일이 그친 오늘밤이 덮쳐올 것 같다. 瓜分,이라고 쓰면 곧 몇 켤레인가 색색의 양말을 품에 안고 여름의 어머니들이 덮쳐올 것 같다. 그러나 말은 그 자신 이외에는 절원絶遠하여 자신을 지나칠 수 없고, 그러므로 자신에 대해 바람일 수 없고, 자신에 대해 우듬지일 수 없으며, 오로지 자신만의 무성함에 취한다. 그것은 하나의 씨앗을 생의 둥지로 삼아 무한히 퍼져가는 유기체의 일처럼, 따뜻하다거나 액체와 같다거나 혹은 차갑다거나 결빙과 같다거나 하는 그런 상태가 아니라 그저 순수한 대면과 순수한 의견 같은 것일 뿐이다. 그리고 이 욕구의 악은 그것이 본질과 무관한 투영이라는 이유 때문이 아니라 스스로에 의해 너무도 오래 지속된 현상일 뿐 소멸에 씻긴 영원은 될 수 없다는 이유에서 온다.

9. 인간은 그런 허물로 지상에 남겨진다. 겨울이 지난 계절의 모든 부산물을 머리에 이고서도 스스로 놀라워하지 않는 것은 그에게 부富를 베푸는 것이 오직 그의 어린 시절에 겪었던 모든 참혹과 설렘과 분노와 행복감의 총합이라는 순환적 믿음 때문이다. 숲에서 풀 한 줄기에 매달린 매미 허물을 발견할 때 '아아 이 가볍고 나약하고 우리였던 것이기에 아름다운 것'이라고 감탄하며 스스로 특혜받은 자의 감정을 누리게 된다면 그것은 생의 적극적 낭비 때문이며 또 그 낭비가 생의 가장 잘 간직된 재물이라는 걸 알기 때문에 그렇다.

10. 나는 바람의 아무런 장식 없음을 좋아하기 때문에 그가 가는 길에 부득이하게 마주치는 귀빈들과의 만남을 못마땅하게 여긴다. 이를테면 바람에 흔들리는 나뭇가지, 그로부터 단념되는 나무 아래의 그늘, 아무도 걷지 않았지만 발자국이 자욱한 풀숲의 신비로운 종적, 그 길을 따라 찾아오는 파괴적이고도 서글픈 위문자인 살찐 겨울과 그의 우아한 시종들을.

11. 매미는 젖먹이처럼 운다. 그러나 이것은 보채는 것이 아니라 죽는 법에 맞먹는 몸의 흔들림이다. 여름 한철이면 이런 죽음 연습이 아침부터 저녁까지 그치지 않고 나뭇잎과 나뭇가지 사이에 세이렌의 노래로 떠돈다. 그러면 일상의 청중 대부분은 이것을 싫어하지만 죽음에 길들여진 몇몇은 이 노래를 경청하고 이 노래의 유혹에 끌려 세이렌이 사는 바다 한가운데로 눈을 감고 서서히 나

아가기 시작한다. 여름 저녁은 죽음에 취한 자들의 행진이 함께한다. 자신의 팔다리를 기둥에 묶고 생 의지에 비참하게 얼굴이 비틀리는 오디세우스의 뱃사람들을 숭고하게 비웃으며.

12. 인간은 폭포나 파도처럼 욕망하지만 흐른 후에 금세 부서져 버리는 그 거품은 근원적이라기엔 너무도 순응적이다. 그에 반해 사랑은 상대를 오랫동안, 사랑의 대상이 아니게 된 뒤에도 오랫동안, 사랑의 이름으로 구속한다는 점에서 인간적이라기엔 너무도 기계적이다.

13. 빛은 수확한다, 대지를, 빗방울을, 모두의 잠을. 앞치마 가득 그것들을 주워 담은 기쁜 얼굴의 처녀는 수확이 끝나면 곧 밤의 타악기로 변모하리라. 풍성은 열심히 대지를 밟은 인간의 한쪽 발 정도 크기이고, 이 풍성이 유독 식탁에 오르게 되면 그들이 땀 흘렸던 뙤약볕 모두를 다 삼킬 수 있는 크기라는 걸 잊을 때가 있다. 타악기는 그때를 위해 지금은 단지 사랑스러운 얼굴로 노동보다 더 큰 것이 되어 남자를 만나러 간다.

14. 인간의 얼굴은 소로小路에 난 끊길 듯 이어진 외길처럼 많은 지푸라기를 남기지만, 그 외길을 걷는 가난뱅이처럼 하나 이상의 저녁을 남기지는 않는다. 걸음과 걸음 사이, 가난뱅이는 이 길 위로 다시 돌아오고 싶어하는 다른 가난뱅이를 위한 진실 따위는 남겨두지 않는다. 태어나 죽고 얻고 빼앗기는 것은 그저 슬픈 미지인

未知人들의 귀환과 행렬일 뿐이다. 이것을 사람들은 삶이라 부르고, 거기에 밴 피와 살의 냄새를 잊지 않고 기억해뒀다가 후각에 의존해 집으로 되돌아오는 생물처럼 만년晩年의 둥지로 이끌려와 눕는다. 그런 단순한 생물만이 한 영혼에서 다양한 주검을 볼 수 있고 언제나 독한 술로 채워진 독극물로서의 자연을 두려워할 수 있다.

15. 하늘은 단지 우리 위에 누워 있을 뿐이다, 우리가 그 아래 떨어뜨려진 씨앗이 아니라면. 천사를 빚고 남은 조각이 그 위에서는 마치 이곳의 흙처럼 사람을 빚고 남은 덩이로 굴러다니는 것일까? 그렇더라도 나는 나의 조각가라는 것을 술회하리라. 왜냐하면 모든 말없는 무덤이 그 아래 누운 질료와 하나가 되어 예술가의 기질로 아직도 숨쉬고 있으니까. 그 오랜 예술가는 괴팍하여, 말하지 못한 것을 입으로 말하게 하는 것이 아니라, 말할 수 있는 것 전체를 신체이게 하는 골방 속에서 오래오래 흩어져가는 자신의 뼈를 보살피고 쓸어모으며 자유롭게 고립해왔다. 이것을 하늘과의 대립이라고 하지 않으면, 진정 우리가 우리 밖의 허공에서 구해야 할 아름다움은 영구히 없는 것이리라.

바벨의 언어로

만약 어떤 사람이 주술과 제사에 의해서 달을 끌어내리고 태양을 사라지게 하며 폭풍우와 맑은 날씨를 만든다면 나 자신은 이러한 일들 중 어떤 것도 더이상 신적인 것이 아니고 인간적인 것이라고 생각할 것이다. 실상 신의 능력이 인간의 고안에 의해 지배되고 예속된다면 말이다. (……) 그들은 정화 의식과 주문을 이용해서 지극히 불경하고 무신론적인 행위를 한다.

—히포크라테스, 『신성한 질병에 관하여』 중에서

환절기의 우주는 음성으로 주름진 옷깃입니다. 물질은 유한성을 위배하는 것이 아니라 본능 이후의 동물로 변할 때만 동물의 말이 들려오는 귓전을 향한 무한입니다.

고귀함 앞에 당신이 존재하지 않아야 하는 것보다 더 중대한 이유로 참혹함 앞에 당신은 있지 않아야 합니다. 나는 고귀함 없이 참혹의 풀밭을 떠도는 도적떼이니, 있다면 그것이 어찌 나의 가장 가난한 신이겠습니까?

지금은 재개발로 없어져버린 미아리 돌산. 판잣집으로 온통 산을 뒤덮은 그 동네에 집을 얻어 이십대 초반을 잠시 기탁했다. 지붕의 반은 슬레이트, 반은 비닐이던 그곳. 화장실은 여러 가구가 함께 사용하는 길가의 공동 가건물. 그나마 문짝이 부실해서 손잡이를 붙들고 용변을 봐야 했으니 여자들은 얼마나 괴로웠을까. 나중에 오줌은 그냥 부엌 배수구에 지리곤 했다. 방 옆 골목에서는 밤마다 불량배들의 수군거림. 그리고 꼭대기 부근에서 언제나 눈물나게 반겨주던 늙은 버드나무. 스무 살 이후 나는 사람인 것보다 사람이 아닌 것을 먼저 배웠다. 골목 잡초의 꽃들은 마치 하늘을 갈아타는 정거장처럼 나를 먼 곳, 더 먼 곳에 붙들리게 했다. '형식적 작가는 형식이 규정되면 집단적인 것이 된다'는 생각이 굳어졌다. 시를 쓰고 있었지만 다리는 더 젖었고 밑창은 더 진흙이 무거웠다. 자연적 미감은 그것을 받아들이는 개인이 초보적으로 자신을 파괴하는 행위로만 근근이, 근근이만 아름다웠다. 한쪽에서는 차분히 쌓아올려 세상을 이루는 자들이 있었다. 내게는 그들이 바벨의 공허를 창조하는 사람들로 보였고 마음 깊이 응원을 보냈다. 그들은 내가 헤아릴 연옥을 아주 많이 만들어놓고 나를 기다렸다.

예전처럼 구름을 발등에 모두 올리기엔 어려워진 시절, 물컵의 양파는 줄기찬 밤과 낮의 축제에 지쳐 있었다. 아이들은 교활히 시인의 질문을 하고 있었다. '사람은 왜 여러 번이냐'고. 누군가는 병리학이 '사모함이 그친 병'이라고 했지만, 끊긴 길 앞의 내가 작은 물잔 속의 동심원인 내게 답할 수 있을 리 없었다. 길은 단 한 번의 도끼질에 정확히 절반이 된 통나무처럼 잘 갈라져 있었다. 나라는 사람을 먼바다 건너편에 버린다. 긴 이름의 집을 헐어버린 밤에, 돌은 오늘을 떨어뜨리는 사람이었고, 사모함은 영원히 떨어뜨리는 돌이기 때문에 더러워질 틈이 없었다.

'죄의 실천이 죄의 판단보다 더 어려워지는 경우와 같이' 발 없는 짐승의 고독은 신의 뒷걸음질에 있다. 언제나 자연은 깨우침을 위한 백치다. 뱀은 그것을 간절히 깨무는 것이 되어라.

세계 문학처럼 죽고 싶다. 그러나 거지의 문학은 회향지에서 가장 멀지. 늙어 죽음으로써 스스로 가장 놀라운 일을 했던 이 항해도 마침내는 상사병에 지친 사람이 자진해서 걸어들어간 깊은 물처럼 사람의 몸을 갖고 더 무례한 짓들을 해대겠지. 세계 문학의 편지를 쓰고 사육제의 우표를 붙여라, 문학청년이여. 한 장章의 성냥불이 오므린 손안에서 끝장났다. 거지에게 들어가기를 탐한 자의 기쁨을 신의 기쁨은 아무것도 모른다. 그리고 독에 포근히 안긴 천사가 천사 중 가장 젊다.

바벨의 탑에 있던 사람들은 서로 말이 달라진 것이 아니라 서로 조금씩이나마 다르던 말이 지극히 같아져 자신의 말과 타인의 말이 구분되지 않는 상태에 놓인 것이다. 완전한 것은 가장 위태롭다. 왜냐하면 그 자신 이외에는 아무것도 말문을 열어주는 것이 있을 수 없기 때문에. 만약 나의 말이 나의 의도와 다른데도 마치 나의 말처럼 소용된다면 그 세상은 더이상 정상 상태라 말할 수 없을 것이다. 그런 의미에서 파멸은 불완전하던 상태가 완전한 상태로 이행해가는 단계일 뿐이다. 언어의 자연적 기원은 완전에 다가간 불완전의 병이다.

"계절은 차분할 것을 요구하지만 점점 높아져가는 탑의 창은 그러하지 못합니다. 정확한 할구割球로 대지의 땀방울은 하늘의 탄식으로 나뉘고, 고독은 육체가 열기 가운데서 얼어죽는 그런 공간입니다."

"신은 월식처럼 우리 안에 감추어져 있습니다. 뼈는 그림자를 막기 위해 비켜서지 않습니다. 그러나 정신은 하나하나의 죽음을 현미경으로 관찰하듯 어둠 뒤에 모든 태양을 숨기는 것입니다."

"무한한 추락의 꿈은 정상인 한 명의 꿈이 모두의 꿈과 연결되는 힘입니다. 빛의 격정으로 표현한다면 이 세계는 그 감각을 충족해줄 사람이 없는 광각光角입니다. 풀밭에 풀어놓은 개처럼, 가로로만 길게 찢어지는 여가수의 폭포수 같은 노래처럼, 사자는 사사가 가진 씨앗의 병든 부분과 천적이 된 이유가 있습니다."

그의 노스승은 어린 그를 데리고, 너무 넓어 신조차 낮아 보이는 거대한 평원으로 가서 수도원의 회랑과도 같은 긴 무덤을 팠다. 운이 좋다면 우리는 이 구덩이에 들어가 고양될 수 있다. 시는 이 세계에 갓난아기의 나이로 존재해왔다. 온갖 모순된 방식으로 모친을 부르며 삶의 요구를 고독의 방식에 담아, 오직 육신의 힘으로 영혼의 액체를 무릎 아래 부으면서. 그의 노스승은 진짜 숲은 땅속 깊이 있다고 어린 그에게 말한다. 진짜 숲이 땅속 깊이 있다. 시는 날지 않을 때의 깃털처럼 가슴에 허공의 부피를 모은다.

어둠은 죽어 우리가 볼 수 없는 빛이 되었어. 그 나라에서는 무승부처럼 태어나는 아이도 있어. 진심은 핥기 좋도록 단것이 되어 있지만 무력하게 그걸 회개할 순 없다는 걸 자연은 알려줘. 영원히 푸르게 하기 위한 들판의 농기구로 너와 나는 성숙해가. 팔짱을 낀 남자의 얕음은 마침 좋았어. 그런데 네 얼굴은 패망국이 되어간다. 오늘은 독을 문질러 창밖을 시시한 병석病席으로 만들었어. 그러나 글자와 대립하기 위해 마련된 읽기란 독의 재능보다 영영 미숙한 것이로구나. 감염된 개에 물렸을 때 앓게 되는 병이 소요逍遙라는 점을 제외하고, 창시創始는 언제나 자연의 최종적 시체였어. 우리라는 빛나는 이국異國은 신마저 뛰어넘은 자신의 걸작에 놀라 인간의 빛을 모으는 기관에 불쏘시개를 찌른다.

명예를 더럽힌 어린 아들을 살해하는 아버지의 헛간은 하모니카 크기로 되돌아간다. 쥐약을 먹였더니 조용히 넓적다리를 벌리고 소리가 잦아든다. 아마도 많은 가는 혈관으로 되어 있던 저녁 들판처럼, 아마도 가장 형태와 영상에 도취돼 었었던 신성한 질병처럼, 지나간 날들은 대개 서로를 닮는다. 인간은 인간으로 걷는 동안은 작은 세계의 사람이며, 말하는 동안은 말로 된 세상이 없는 사람이다. 삶은 이와 반대되는 일을 해야 할 것이다. 삶은 고통 상태의 체액을 흡각으로 빨아 밤의 문턱까지 사람을 끌어당긴다.

꼭대기에 이른 무리는 탑이 겨울잠을 뒤집어쓰는 것을 보았다. 이 신의 극장에서 처녀성을 빼앗기는 자연에 기대어, 자기보다 천한 방식으로 부서지는 먼지가 언어들은 부럽다. 이 오로지 성별적 취향의 허공 아래, 죽은 자의 혼습婚習이 인간 난소에 길이를 맞추던 밤에, 자연사自然死는 오로지 웅변술로 자신을 일으켜세웠다. 우리의 말이 달라진 후 헤어져 살아갈 곳이 어디든, 각각의 말들의 여정旅程은 처형된 간음자의 머리로 나뒹굴며, 말이 아니지만 무엇을 말하는지는 분명한, 입술 사이에 서린 외마디 관능으로 남게 되리라.

잠든 당나귀들을 숭배의 색채로 사용하는 시간이, 허공을 모방함으로써 보호된 우리의 피부색보다 더 좋았다는 생각이 들 때가 있다. 태양이 낮시간 동안 어디로든 자유롭게 사람의 그림자를 데려가듯, 눈뜬 후의 하루는 수치심을 모르는 화려한 꽃과 같이 내시에 떠돌다 그것을 미적으로 오인한 자의 손에 꺾인다. 어두운 것은 깊숙한 것의 청각이다. 그리고 청각에 들려오는 것은 우리의 숨에 제일 먼저 도착하는 신들의 해석이다. 더이상 획득되어야 할 이름이 없기 때문에 사람은 사람으로서 가장 판단하기 힘든 공기를 호흡한다. 무너진 탑이 좋은 날씨를 가져온다고 말한 건 더 신에 가까운 질병이었다. 그들의 창밖은 세상의 밤이 추락하는 바닥보다 밝다. 한낱 서화첩 따위의 보폭으로 시가 사라질 때, 그들은 그 안에 흙, 물, 불, 공기를 담고 있는데도 그중 무엇도 아닌 것으로 힘차게 쪼개어진다. 한 영혼에서 이렇게 다양한 숭고와 주검을 보는 건 누구에게든 신기한 경험이리라. 실상 더없이 친숙한 것을 통해 낯섦에 이르는 이 건축의 호소에 귀기울이는 것은 거주자 신분이 아니라 방문자 신분일 경우뿐이므로, 영원한 종교시로 변한 글자에 대해, 오늘의 당나귀가 난폭함에 잠긴다.—나는 시를 통해서만 나를 노동이게 하지만 나의 시는 나를 통해서만 노역을 자연이게 한다.

시라는 상실

"아름다운 어떤 것을 늘 생각하는 것은 신적 지성의 일"이라는 데모크라테스의 말은, 아름다움이 영혼으로부터의 초월이며, 그러한 초월에의 동경이 영혼에서 기원될 수밖에 없는 것이며, 또한 영혼에 아름다움이 부여되는 순간 아름다움의 구체적 형성물, 즉 예술이 인간적 개성을 상실할 수밖에 없음을 미적으로 대변해왔다. 자연이라는 외부를 내부로 받아들이는 자들에게 찬양과 공포와 슬픔은 자기 목적적 상태에서조차 외부에 대해 합당한 것이었고 안전한 것이었으며, '창조'라는 감히 부인될 수밖에 없는 능력으로부터 자신을 지킬 수 있는 거의 유일한 인간적 조건이었다. 그러나 그 원래의 성격은 현대에 이르러 인간적이기보다는 신적인 것으로, 휴식적이기보다는 방어적인 것으로 동화되어왔다. 외부가 내부를 기습하고 있다고 느낀 자들은 정신의 빈곤이 운명의 공포를 풍요롭게 했다는 듯, 충동보다 이성에 머물며 자신으로부터 뻗어나간 모든 지평을 향해 방책防柵을 쌓아왔다. 그런 이유로 영혼과 그것의 검진표조차 가지게 된 풍요의 시대인 현대에 이르러서까지도 그들은 영혼의 병적 상태에 놓여 있을 수 있었으며, 더불어 자신의 증세가 질병이 아니었던 시절에 대해서만 하염없이 깊어진 향수는 전통적으로 계승되어진 '자연의 현명함' '자연의 조화'라는 오랜 안식과 총명을 이성으로 반복하게 되었다. 하지만 이러한 총명에 얹혀진 가소성可塑性은 인간이라 불린 명징한 주물로 찍어내어진 후 더이상 탄성 한계에 이르렀던 이전을 회복하지 못했다. 이전 인간으로 모습을 되돌릴 수 없는 '인간 틀'이라는 하나의 이성적 명징함, 그로 말미암아 질적 인간은 비로소 양적 인간이 될 수 있었다.

정서라 일컫는 것, 감각들이 감수하는 것은 형태에 대한 작용처럼 움직이며 '그 때문에'로 존재하는, 자기비판화된 양식에 다름아니다. 또한 이것은 틀로서의 인간이 인간 자체로 존재하는 방식이기도 했다. 끊임없이 운명을 벗어나기 위해 저항하고 분노하는 인간과, 처한 운명을 벗어날 수 있는 것으로 여기는 인간 사이의 간극에 또한 '인간'이 있다. 그러나 존재됨과 존재함의 이와 같은 불일치는 후자의 인간을 절규하게 하고, 깨닫게 했으며, 스스로를 구원하게 했다. 우선 자신을 기만하는 일이 가능해진 덕분에 그는 스스로 건축한 회당會堂에 머물 수 있었고, 예술은 운명에서 벗어나 가장 탁월한 신성神性의 하나가 되어 운명을 배척하는 구원의 노래를 부를 수 있었다.

논리가 지성의 활동 방식을 규정한 것이라면, 감성은 지성의 활동 방식에도 논리의 방식이 필요하다는 것을 말해주는 것이라고 칸트는 말했다. 요컨대 칸트의 '감성학'은 예술이 자신의 영역에서 자기 술어적 상태를 지속할 수 있음을 밝히는 하나의 외부였다. 칸트는, 미란 대상을 규정하는 객관적 술어가 될 수 없는 것으로 분류한다. 따라서 미란 옮길 수 있는 것이 아니라(복사할 수 있는 것이 아니라) 상태에 대한 추정이며, 미는 미에 대한 형용사로서만 존재할 수 있는 것이다. 그렇기 때문에 작품은 자기 자신의 소산이라기보다는 그 표상의 소산이라 표현되어야 옳다. 여기에는 근대 이후 우리가 익히 앓아온 상실이 있는데, 과거에 이미 상실했으며 미래로부터도 상실하고 있는 자명성에 대한 의문이 그것이다. 그 대상은 이후 지속될, 자연에게 붙여진 하나의 거대한 전쟁인 미, 즉 '자연미'에 관한 것이다.

신, 자연, 인간 간의 화음적 질서를 가졌던 시대에는 질서의 형식이 화음인 한 미적 형식으로 간주되었다. 그러나 그 질서는 비자의적인 것이어서, 어떻게든 자의가 유발되어야 미에 이를 수 있었다. 아도르노는 미의 이러한 성격을 '분석'이라 불렀는데, 이는, 자연도 결국 경험의 지평에서 지성적으로 구성된 것이라는 칸트의 태도와 유사한 맥락에서 해석될 수 있다. 또한 아도르노는 '분석'에 역설을 부여하면서, "모든 미는 수미일관하게 진행해나가면서 분석을 차단한다. 그런데 이 분석을 통해 미는 비자의적인 것으로 된다. 또 비자의적인 계기를 포함하고 있지 않는 한 분석은 불가능하다"라고 말한다. 여기에는 미가 스스로 말하고 있다 하더라도 분석되지 않으면 자연이 분석을 차단하는 의지를 지속할 수 없다는 역설이 포함되어 있다. 이러한 맥락에서 예술은 자연에서 흘러나온 미를 모방하는 것이 아니라 자연의 역설을 모방하는 것이다. 예술이 행해온 미메시스의 이러한 개정改定들은 가압加壓되거나 불가능해지면서 비로소 원형에 가까워지려는 병든 돌림노래를 불러왔다. 협화음은 불협화음에 이르러서야 자기 자신이 감수하는 행위, 정서하는 행위, 즉 예술이라는 행위를 하고 있으며, 그것이 불협인 한 자신에 대한 반조返照일 가능성이 높다는 것을 스스로 '분석'해왔다.

밤하늘에 뜬 별들은 모두 무엇인가에 붙들려 있다는 본성physis에 관한 고대의 인식은 사물들 전체, 즉 천체가 자연에 관한 하나의 정화의례이며, 변화가 원인이 되어 만들어진 것이 아니라 만들어졌기 때문에 변화한다는, 하나의 도치된 질서를 전제한다. 파르메니데스는 "있지 않다라는, 그리고 있지 않을 수 없다라는 길" 위에서라면 "그 길은 전혀 배움이 없는 길이라고 나는 그대에게 지적하는 바이다. 왜냐하면 바로 이 있지 않은 것을 그대는 알게 될 수도 없을 것이고 지적할 수도 없을 것이기에"라고 말했다. 있음을 위해 있는 것은 없는 것이며, 이미 있는 것은 미완결일 수 없다는 인식을 가진 고대의 이 논변가에게 자연은 타락할 수도, 선의善意를 가질 수도 없는 것이었다. 마찬가지로 『파이돈』의 심미아스가 혼이 일종의 조화라는 견해를 피력할 때 소크라테스는 이렇게 말했다. "우리는 한 영혼이 다른 영혼보다 영혼된 점에서 더하고 덜한 것이 없다는 것에 합의했지. 이것은 곧 한 조화가 다른 조화보다 더 조화인 점에서 더하고 덜함이 없음을 말하는 것이 아닌가?" 악덕은 부조화이고 덕은 조화라는 견해는 그것이 조화인 한 부정된다. 칸트와 아도르노의 역설은 이러한 선행先行을 거쳐왔다. 밤하늘의 별은 그것이 어둠 속에서 가장 강렬히 빛나서 우리의 영혼과 육체를 사로잡는다 하여도 그것이 조화인 한, 그것 자체가 우리에게 말해주는 바는 아무것도 없다.

삶에서 합리성을 찾으려는 인문학의 모든 과정은 인간 운명이 '위로 없는 고난'임을 망각해온 역사였다. 여기 오래 지속되는 그런 운명들이 있다: "내가 내 입을 금하지 아니하고 내 마음의 아픔을 인하여 말하며 내 영혼의 괴로움을 인하여 원망하리이다."(욥 7:11), "그들이 불속에서 언쟁하고 있을 때 약자는 교만했던 자에게 '우리는 너를 따라왔다. 그러니, 지옥의 불을 어느 정도쯤을 들어주지 않겠느냐?'라고 말한다. 오만했던 자가 말한다. '우리는 모두 불속에 있지 않느냐?'"(코란 40:47~48), "아아, 가련하구나, 인간의 운명이여! 행복할 때는 하나의 그늘이 행복을 바꾸어놓고, 불행할 때는 젖은 해면이 한꺼번에 그림을 지워버리는구나!"(아이스킬로스, 『아가멤논』). 생의 비극에서 이탈 불가한 듯 보이는 이 운명들에게 선악과 윤리의 문제는 우리의 그것처럼 인간성 결여의 문제로 취급될 수 없다. 고통은 죄에서 오는 것이 아니라 고통 그 자체에서 무결하게 오는 것이다. 그 시대의 시적 언술들이 우리에게 과도하게 윤리적으로 보이는 것은, 오히려 그들이 해당 문제에 있어 우리보다 훨씬 자유로웠기 때문이고 윤리의 문제를 인간 자체의 문제와 연관된 것으로 해석하려는 시도를 결여해왔기 때문이다.

우리가 도덕적 상실을 견뎌야 하는 이유는 마주한 세계가 비도덕적이기 때문만은 아니다. 오히려 "자기에게 인정된 법칙을 고려하여 스스로 종속되고 그것에 맞게 행동하는 사람을 도덕적이라고 부"(니체)르기 때문이다. 이러한 의사擬似 윤리의 발명 이후, 인간을 인간이게 하는 조건은 '위로 없는 고난', 즉 운명에 늘 대치되어왔다. 그리고 도덕을 남용했으며, 고난받아야 할 것을 위로받아야 할 것으로 인식했으며, 선을 악으로 치환해왔다. 고통, 고난이—더불어 현대적 고난인 혼란이나 무질서, 부조리 등을 포함하여—악하다는 인식은 고통, 고난을 받지 않는 모든 인간은 선하다는 결론을 낳는다. 니체의 빚에 대한 비유처럼 어느 날 채무자를 괴롭힘으로 인해 채권자는 선한 인간으로 완성된다. 선악의 강박적 분기에 의한 이러한 인식은 향후 모든 사람이 선하다는 것을 넘어 자연 역시 선하다는 극한의 판단을 향한다. 그것은 실상 고대 사람들에게 있어 자연(신) 숭상이 자기 모멸의 한 방식이라는 것을 이해하지 못한 현대인의 무감각이었다. 자기로부터 옥사獄死하고야 말겠다는 결의에 찬 사람들에게 이와 같은 무분별적 선의지는, 유사 이래 놀랍도록 치료를 거부해온 영혼들에게 마침내 의학적 기능성을 부여하는 최초의 의료술사가 보여준 경이에 찬 마술처럼 다가왔다.

문학에서의 형식과 내용의 문제를 동양에서는 실질(質)과 문채(文)('질승문즉야質勝文則野, 문승질즉사文勝質則史. 문질빈빈文質彬彬, 연후군자然後君子.',「옹야雍也」, 『논어論語』)로 구분하여 사유해왔다. 언어가 실재와 구분된다는 것은 곧 문학의 구조가 그 자체 양식이 허구인 동시에, 허구로서 실질에 기투되지 않을 수 없는 상황을 의미한다. 마찬가지로 언어는 하나의 구상적 형태이며 태생적이 아니라 판결적이라는 것을 의미하기도 한다. 인공물로서의 문학이 그다지 존중할 만한 것은 되지 못한다 하더라도, 정확히 그것은 인공물이기 때문에 피조물을 지시할 권리를 부여받는다. 언어의 이러저러한 애매하고도 임의적 상황들은 기호들, 이름들, 이들이 가진 무의미성과 함께 고려될 때 비로소 그 모호성이 더욱 빛을 발한다. 일련의 구조주의적 언어학은, 언어가 인간의 품위를 위배하고 있음을 밝히고, 기호로부터 벗어나 기호의 질서를 허물어뜨리라고 요구하며, 기호가 지시하지 못한 곳을 향하라고 요구한다. 그러나 이 모두는 자신들이 그토록 혐오한 인본주의적 한계로부터 여전히 멀리 있지 않다는 것을 역설적으로 보여주는 주장이기도 하다. "'언어'라는 기호의 이 같은 인플레이션은 기호 자체의 인플레이션이고, 절대적 인플레이션이며, 인플레이션 자체이다"(데리다)라는 유명한 말은 언어 문제를 구조주의적 상황으로 제시하면 할수록 그 실질 가치가 하향한다는 의미로서의 하나의 불신인 것이다. 아마도 플라톤의 『크라틸로스』에서 언어(사물의 이름 즉, 기호)를 자연적인 것과 약정적인 것으로 이분했을 때부터 시작된 기호와의 싸움은 이제 인간 자신과의 오래된 싸움을 아득히 잊은 것처럼 보인다. 기호화하는 것과 기호화된 것의 불편하고도 고통스러운 관계는 동양에서도 마찬가지였다. "실체를 붙잡아서 언어로 정착시켜보려고 하면 잘 되지 않는데, 이러한 까닭은 구상構想은 사고에서 생겨나고, 언어는 구상에서 생겨나는 것이기 때문이다"('언징실이난교야言徵實而難巧也. 시이의수어사是以意授於思 언수어의言授於意', 유협劉勰, 『문심조룡文心雕龍』 권6卷六 신사제26神思第二六), "사변의 울타리 밖에 있는 미묘한 정서나 문장의 밖에 있는 섬세한 묘미에 이르게 되면 언어를 가지고는 좇을 수 없는 것이어서 붓을 놓게 됨을 알게 된다"('지어사표섬지至於思表纖旨 문외곡치文外曲致 언소불추言所不追 필고지지筆固知止', 같은 글) 등의 언술이 그러하고, 비슷한 예를 『시품詩品』에서도 찾을 수 있다. 종영鍾嶸은 시 짓기의 세 가지 수사 기법을 흥興, 비比, 부賦로 나누고 있는데, 이중 부는 "어떤 사건을 솔직히 써내려가고 사물을 있는 그대로 묘사해내는"('직서기사直書其事 만언사물萬言寫物', 제3단第三段) 것이라 이르고 있으며, "만약 단지 부체賦體만을 사용하면 의미가 들뜨게 되는 폐단이 생겨나며, 의미가 들뜨게 되면 곧 문文이 산만해진다"('약단용부체若但用賦體 환재의부患在意浮 의부즉문산意浮則文散', 같은 글)고 말한다. 물자체와 표상 간의 불일치에 대한 이들 오래된 분류가 가리키는 바는 적어도 문학이 자연의 구성 원칙으로부터 지켜지고 있지 않다는, 혹은 지켜질 수 없다는 견해들이다. 언어가 닿을 수 없는 '언어의 밖'이 문文을 낳고 있음을 바라보는 자는, 증상과 병명이 어긋나는 '차이'와 '결절'이라는 병을 겪는다. 유사類似의 체계로 구성되기 위해 자연과 인간이 언어라는 훈육으로 고착되어왔음을 고백하는 이 질병은, 즉 문학의 우울한 황혼은 그러나 자신의 기원인 언어의 새벽녘으로부터 시작된 것이다. 여명으로부터 황혼에 이르기까지, 죽음 너머까지도 함께 하겠다는 듯, 언어는 마치 아이의 유희와도 같이 모든 글쓰기 행위에서의 놀이를 한순간도 잊은 적이 없어 보인다. 이 놀이의 이름은 '연결하기'이며, '증폭하기'이고, '환원하지 않기'이다. 그렇기 때문에 문학이 언어의 목소리인 한, 문학은 지경이니 극極 따위의 신비를 가질 수 없다. 다시 말해 글자의 의미 그대로 한계를, 일의 결과를, 그만둘 수 있음을 가질 수 없다. 왜냐하면 그것은 언어가 아니면서 문학하기, 즉 환자이면서 더이상 병을 앓지 않는 상황을 의미하기 때문이다. 언어의 치명적, 취약적 상황을 발레리는 이렇게 묘사한 적이 있다. "아름다운 것은, 이루 다 말할 수도 묘사될 수도 없는 효과들을 내포하고 있다. 그래서 이 말 자체는 아무 뜻도 없다."

시인은 고통을 앓기 때문에 죽음을 누리는 자이다. 신을 누렸던 고대의 시인들이 영광과 찬양을 새로운 수단이나 착상으로 인식하지 않았던 만큼 그들 시인에게는 죽음이 일상만큼 충만했다. 따라서 운명, 공포, 굴욕, 전쟁과 같은 생의 잔인성은 오히려 적극적 선택의 도구로서 시인의 노래에 남게 된다. '인간의 발견'이라는 주목할 만한 야만성의 증가가 기존의 야만성을 뒤덮은 르네상스적 빛 속에서 인간은 그때까지 자기 생 전체를 통해 홀로 울려퍼졌던 찬미가를 하나의 경연대회로 탈바꿈시켰고, 그 시상대에 올라 시는 다른 누구의 것도 아닌 자기의 이야기를 들려달라고 요청

한다. 시인이 고통스러운 것은 시와 자신이 분리되었기 때문이 아니라 시의 목소리가 더이상 이전처럼 자신에게 무례하지 않기 때문이다. 그것은 더이상 찬양과 영광의 의지가 아니고, 찬양과 영광에 의한 의지일 뿐이다. 시가 시이기 위해서는 시인이라는 특수한 존재됨과 멀어져야 한다. 운명을 잃은 자가 오히려 너무나도 큰 낙관에 젖어, 종말에 대해 일체의 견고성을 잃어버린 오늘날의 질병은 죽음을 모방할 뿐 죽음을 누리게 하지는 않는다.

"표상으로서의 세계만 남게 되고, 의지로서의 세계는 사라져버린" 쇼펜하우어의 미적 상태는 아마도 그러한 상황을 지시하는 말일 것이다. 의지에 봉착하지 않기 위해 의지를 사용해야 한다는 원인성들, 실천 이성들의 이율배반적 축제는, 한편으로 의지가 자유의 가능성을 승인하는 동시에 타율을 승인하며, '의지의 자율'을 낳는다는 칸트적 상태를 또한 증시한다. 무화하거나 탈주하거나 경계를 나누는 사유 방식들이 무언가 끊기를 요구하고 그 요구를 반복하는 동안 시는 자유로운 동시에 오히려 자유를 충실히 잃어왔다. 절대나 지혜를 향한 욕구가 의지에 대한 지식을 시에게 요구해왔다면, 오히려 그것은 주체를 더욱 고형화시켜온 타율의 다른 이름으로 간주되어야 한다. 악기에 비유하자면, 현은 음악이기 위해 울리는 것이 아니라 누군가의 귀에 울렸기 때문에 음악인 것이고, 동시에 현 자체는 음악일 수 없는 것이기 때문에 음악으로 채워질 수 있는 것이다. 청자는 자신의 감정이 음악적인 것에 감싸여 있다는 착각 속에, 그 의지의 백치 속에, 예술을 향한다.

어떤 의미에서 과묵은 위대한 자들의 것이다. 권능과 지혜는 말할 능력, 더욱이 미래의 것을 말할 능력을 가진 자에게 주어져왔다. 그러나 말해진 미래는 이미 미래일 수 없어서, 모든 예언자는 비유와 상징으로 의미를 감추는 검약을 실천해왔다. 이러한 예언자적 특성은 언어에서도 마찬가지여서, 말하지 않을수록 말은 더욱 해석되고 의미 부여된다. 이러한 부단한 노력 뒤에 언어는 침묵이라는 청각적 상태에 이르러 비로소 형체가 되었다. 그리하여 탄생된 '말 없음'의 의미로서의 진공眞空은, 시라는 특수한 언어 형식 안에 모든 미래적 비전에서 흘러나오는 에테르를 채워넣으며 무례와 모멸이 아니라 자기 숭배로서의 가차假借적 숭고를 획득해왔다. 더욱이 자신의 숭고에 도취되느라 반성할 겨를이 없는 거대한 서가書架로서의 말없는 자들은 오히려 침묵하느라 피곤해지는 것을 두려워한다: 거의 말하지 않은 입이, 감각이 열린 잠결 속에서 입의 의지대로 더 많은 말을 내뱉을까 두려워하며.

고대 그리스 철학의 방법이 '문학적 형식의 교설'이었던 것은 그 시대가 확신한 언어적 행위의 합리성이 신과 인간이라는 스승과 도제 관계의 대비에 적합한 것이었기에 가능했다. 이러한 관계를 그들은 '조화'라고 생각했는데, 그것은 근대에 와서야 가능해지는 '혼합'과 본질적으로 상이한 것으로, 그 차이는 주체에서 타자를, 실제 시대에서 실제 세계를 구별해내는 하나의 대립으로서의 눈의 유무에 있다. 눈먼 자늘의 세계, 배타석 세계에서 송송 예술은 인식의 방해물로 간주되곤 했지만, 자기 자신과도 구별되는 —자신의 것이 아닌—다른 세계를 바라봐야 하는 탁월한 시력을 가진 현대인의 눈에 비하면 그것은 자신과 자신의 세계만을 자전적으로 응시하기에 이미 충분한 것이었다. 또한 물리적 의미에서, '조화'가 등방성等方性을 가진다면, '혼합'은 이방성異方性을 가지고 있다고 비유해볼 수 있다. 문학은 기원에 가까울 때 결정結晶을 가지지만, 멀어질 때 비결정적인 것이 된다. 수많은 굴절과 반사를 가진 빛의 이야기들은 온전히 기원으로부터 멀어진 것, 즉 현대적인 것일 수밖에 없다. 그렇기에 "태양신의 소녀들이, 밤의 집을 떠나/ 빛을 향해 가니, 머리에서 손으로 면사포를 걷어낸 후에"라 읊은 파르메니데스의 시구는 우리가 알고 있는 현대의 빛을 향해 달려가는 것이 아니라 우리가 빛이라 이해하고 있는 하나의 신격神格을 향하고 있는 것이다. 그러나 등방과 이방의 이러한 결정적 차이가 일찍이 서로 다른 본성에서 출발한 것은 아니다. W.K.C. 거드리의 희랍 연구에 따르면 그것은 "결코 인간의 마음이 전혀 다른 방향에 따라 작용했던 것이 아니라, 다만 당시 지적 상태에 있어서는 사람들이 추리를 시작하는 전제가 아주 달라서 우리들이 보기에는 아주 이상스러운 결론에 그들이 불가피하게 이르게 되었을 뿐"이다. 현대의 이방은 그 원칙에 있어 고대의 등방과 다르지 않다. 그렇기에 문학의 유약화에 앞장서온 모든 장르 구분들이 저질러온 비극은, 스스로의 가치는 보수保守하고, 이외의 가치에 대해서는 구분 짓고 경계를 가르는 해부학적 쾌감에서 비롯된 것이다.

시란 어떤 방향에서건 같은 결과가 나오는 등방성 물질을, 방향에 따라 결과가 달리 나오는 비등방성 물질로 둘러싼 두 겹의 세계다. 세계가 편광화되어 보이는 것이 물질 분자 내의 밀도가 다르기 때문인 것처럼, 우리의 인식이 각자 서로 다른 조건으로 그것을 통과하기 때문이다. 굴절율의 상이가 빛 자체의 변화를 의미하는 것은 아니다. 등방성이 없었다면 결합 방향, 배열 상태와 같은 것은 존재하지 않을 것이고 이방성 역시 존재할 수 없다. 각각의 방향에 대해 다른 결과가 나오는 것은 그것들이 하나의 동일한 방향에서 출발했으며, 같은 방향의 길을 다른 조건으로 지났기 때문에 가능한 것이다. 그렇다면 예술의 불균일성은 균일했던 생성 초기에 동시에 존재했어야 한다. 우주가 그러하듯, 시가 팽창하기 시작했을 때 그 형태가 완전히 평탄하고 균일했다면, 오늘날에도 시는 여전히 그 상태로—신화와 한 덩어리가 된 상태로—남아 있어야 하기 때문이다. 초기 우주의 빛은 생성 이후 줄곧 우리 곁을 떠돌았다; 다만 에너지를 잃어 더 길거나 더 짧은 파장으로 우리에게 자신의 모습을, 마치 서로 다른 시대의 것으로 착시하게 하는 것으로. 그것이 우리가 시라고 부르는 하나의 형식에 새겨진 영혼들의 희박하고 오래된 점멸漸滅이다.

그 반짝임과의 직면은, 고대 시대에 물결쳤던 수많은 원자들이—고대 원자론의 파편들이—신을 기점으로 서로를 향해 별도의 것으로 해석되어왔던 것처럼, 고요히 상호성을 끊고 자기로부터 흘러나오는 고대적 빛을 복원하는 방식일 것이다. 문학을 포함한 모든 글쓰기 행위는 지금껏 의미에 대해 이해를 갖춰야 하기도 했지만 역으로 이해에 대해 의미를 갖춰야 할 필요도 요구해왔다. 그리고 그것은 물자체와 기표와 기의라는 말판에 놓인 세 개의 말이 이후 끊임없이 싸워가야 할 전장前場에서의 수많은 패배 중 가장 우선한 패배이기도 했다. '모든 글쓰기는 자명할 수 없다'는 탈근대적 사유가 문학을 말해주기는커녕 문학을 문학에서 늘 이탈시켜온 이유는, 요컨대 글쓰기라는 아포리아에 있어 신, 인간, 자연이라는 화음적 질서를 소음적 질서로 바꾸면서 그들 사유가 물음과 답을 자의적으로 완성해왔기 때문이었다. 이 새로운 긍정들은 낱낱의 미소한 면에서 인간을 인간에 대한 애착과 갈망으로 새겨넣는 것으로, 인간 자신이 자신에 대해 더이상 말할 수 없도록 침묵을 강요해왔다.

어떤 시집을 읽고 그 시편들이 전해준바, 시인이 가진 삶의 올바름 같은 것을 떠올렸던 적이 있었다. 그리고 책을 덮으며 나는 자신을 새롭게 관성화한 느낌, 뭔가 돌이킬 수 없는 잘못을 저질렀다는 죄책감을 떨칠 수 없었다.

내가 운명을 받아들일 때 시는 그 운명을 저주하며 운명에 묶인 한 인간을 격하와 무례로 살아가게 한다. 나의 치욕을 남들이 찾아준 게 아니라 내가 찾을 수 있게 되는 그러한 자족적 기쁨 속에, 시는 자신이 오래전 저술했고 독해했던 빛바랜 문자의 기억을 다시금 복원해야 한다. 그 문자가 말하는 바는 곧, 운명은 불편, 불쾌를 요구하며, 자기 바깥과 불협하고 있으며, 그럴 때에만 운명이 될 수 있는 역설 안에 놓여 있다는 것이다. 그렇기 때문에 문자를 통해 스스로를 말할 때의 우리는 사실상 의인화되어야 하고, 인간이 아니라, 인간적 형태의 무엇으로 이탈해나가야 하는 것이다. 그럴 때만 인간은 문자에 의해 여전히 설명될 가치를 얻게 될 것이다. 시는 언어 속에서 살아남은 위대한 침묵이 아니다. 더 입을 열어 말해야 하고, 더 삶의 차륜에 깔려 울부짖어야 하고, 더 만월滿月인 채로 어둠에 채워져야 한다. 비우는 것도 신비로운 것이지만 채우는 것도 신비로운 것이다. 시가 운명에게 퍼붓는 저주는 인간을 인간 그 자체에서 벗어나 고통을 음악으로, 피곤을 노래로 만들며, 죽음 속에서조차 다시 도래할 역경과 고역을 기원하는 헌주獻奏로 도약할 수 있을 것이다.

시의 악惡

고향 상실로서의 시

어느 때에 출정자는 죽음 직전에야 떠올릴 수 있었던 마지막 말을 죽음 이외의 것에서 가져오며, 한갓 신의 권능이 지의류처럼 낮게 마른 채 쏟아지는 대지를 헐벗음에 종속게 하는 것을 바라봐야 했다. 인간은 적의를 희망으로 채우는 헐벗음에 의해 신의 단위가 자신에 의해 계측될 수 있음을 말하는 희생에서, 그 희생의 진부함 속에서 시작되는 것이다. 그러나 '우리는 무엇인가'라는 의문의 싸늘함 뒤에서만 발견되는 우리가, 대지가 모든 밤의 자명함을 망각의 구조로 만들고 있음을 아는 우리가, 어찌 조각나고 가난한 우리가 그러한 희생의 향기를 알 수 있으랴. 시는 인간의 무수함 뒤로 펼쳐지는 끊임없는 결여와 그 결락들과의 대비에 의해 역사로서는 존재하지 않는 유일한 세계를 긍정한다. 그리고 초월의 자명함을 열거하며 그중 가장 큰 고발로 자신을 내세운 한 사람이 고향을 떠나 상실과 난파에 위협받으며 하루의 밤이 삶의 흔들림에 익숙해지는 것을 거의 참혹하게 바라본다.

선험에 대한 경험의 형식

내가 나를 숭배하며 모든 것의 신성이 된다는 한정적 고뇌의 세상에서조차 '자연에는 거짓이 없다'는 말이 보편적으로 통용되는 것은 조소嘲笑들의 본질적 정열이 대상의 문제에 있어서만 그렇다는 것이 아니라는 것을 인식적 무력함의 측면에서 뒷받침하는 것이다. 참다운 것이 언제나 호소의 형태이며 증여의 구조일 때, 자신이 진실이라 믿는 것이 하나의 훈육임을 깨닫기 전까지 세계를 배반하려는 자연의 모든 노력은 적에게조차 옹호되면서 쇠락해왔다. 그 쇠락을 형용하고 아물게 하며 위로한 것이 세상의 연속성이라면 상처를 고통에 대한 공격으로 만들던 이 경험 이전의 질병은 어떻게 더이상 참됨이 필요 없을 만큼의 사실을 거듭할 수 있었는가? 모든 인간적 극복은 인간으로서 기뻐해야 할 것을 목적하는 것이 아니라, 우리는 꿈꾸는 존재이고 그 존재가 명백하게 한계를 지니는 이유로써 우리가 꿈속에서조차 스스로 깨어 있다는 데 있는 것을 긍정하는 데 있다. 세상의 모든 직분을 잃어가는 상실된 사람으로부터 자기 운명의 방향을 알게 되는 사람에게까지 그곳에서 문학은 인간의 총량을 얻어왔다. 회유어처럼 기억은 올해도 어김없이 시의 가장 처참한 얼굴, 세계의 고향으로 세계 모두를 회귀시키리라, 고 이친 축적자는 밤하늘에서 약간의 빈혈을 발견한다.

시의 악

그러나 태양을 잃어버린 아이들이 뛰노는 운동장에서 시는 세계가 자기부정으로 매우 간결해지고 있으며 무엇에도 의존시킬 수 없는 동정同情에 자신이 감싸여 있음을 안다. 특히 그것이 태양으로부터 멀어져서 우리가 석양이라 부르는 그 붉고 기이한 풍경을 만들 때 시는 그것이 멸滅이며 또 세계의 악이라 생각하게 되는 것을 멈출 수 없다. 하지만 어떤 추구가 작게 흔들리는 나뭇잎의 뒷면에 비치는, 계절로 뒤섞인 빛의 문맥을 세계에 의존하는 하나의 사고思考로 이해할 수 있을 것인가? 적정률適正律, 신의 질서를 무너뜨리며 인간에게 삶은 시의 불구이며 고통은 그것을 치료하기 위한 하나의 헛된 도구라는 것을 학예라는 병은 가장 정확히 말해주고 있는데도.

질병으로서의 시가 요구하는 것

감정은 강학講學이 그를 가리켜 속문俗文이라 말할 때보다 더 영롱한 것이다. 왜냐하면 이성이 우리를 제외하고 자신에게로 환원하는 것, 즉 현혹은 이미 그것에 있었고 생각은 뒤따르며 앞서는 그것에게 자기의 본질을 돌려달라고 울부짖는 광자狂者의 역할을 맡고 있기 때문이다. 사람이 죽은 후에도 자기의 뼈를 기억할 수 있다면 그것은 아마도 이것으로 가능할 것이다. 벌레 먹은 잎을 쥐자 시는 상념되는 것이다. 만약 누군가 태양보다 먼저 세상의 어둠을 보았으며, 견딜 수 없는 심정인 채 찢기는 풍경으로 세계를 흔든다면, 이것은 좌절의 것이 아니라 용기의 것이라고 부를 허공이 시에 여전히 남아 있다는 뜻이다. 그리고 이것은 당신의 광분엔 오늘 아무런 기복起伏도 오지 않는다는 허무하고도 쓸쓸한 예지이기도 하다. 자해와 좌절을 알고 있는 젊은 날의 빛나는 지혜는 자연이 자연을 공격할 때만 인간의 자신에 대한 사고가 거부될 수 없다는 것을 말해준다. 그리고 그 싸움 전체 교범의 미성숙한 부분에서 인간의 건강이 태어났다는 것을 알려준다. 그에 대한 결론으로 사물은 대상에게 병력病歷으로서의 경험을 강요한다. 죽음이라는 유일하고도 완결적인 광성狂性 안에 아름다움이 보다 더 멀리 있다는 사실을 속삭이는 시는 이기적인 예술을 우리 이성 안에 보다 더 낮은 품위의 저속으로 압축해왔다. 그러니 더러운 손을 가진 밀고자 소년이던 인간의 성장이여, 신이 정상正常의 얼굴을 포기하는 오후에, 구토하는 감각과 취기 이상의 온건을 네 정신의 주색酒色에게 허락하라.

시에 있어서의 구원과 질병

먼저 시는 그것에 사로잡힌 인식에게 항상적이고 유일한 병을 주는 것으로 자신을 치유한다. 모든 체계는 욕망을 가지고 있으며 모든 규범은 그 자신보다 더 많은 외부를 가지고 있다. 평탄을 유지하기 위해 항해자가 하는 일은 세계를 자신에서 기인하는 심연으로 치환하는 기술이다. 그리고 비유하는 자는 늘 물질의 나약에 대해 비정상적으로 몰두하게 되는 자신의 관점을 문학의 형식 안에 평탄과 석딩이라는 두 상이한 질서로 표면화한다. 이때 문학의 역할은 상상이 물러간 자리를 상상을 대체할 수 있는 현실의 기이함으로 채우는 일이다. 신은 분명 거기에 적합한 아름다운 결정結晶이며, 축軸으로서의 인간에게 대칭의 구조를 깨닫게 하며, 아무런 규범적 반복도 없는 자신을 세계 전체로 유지하는 광활한 확장을 보여주었다. 기도로 갈구하는 인간은 신의 광활함에 상응하는 세계의 평탄함을 제시하는 것으로 자기 영혼의 요구가 세계를 우회하고 있다고 여기게 된다. 자식의 죽음에 참여해야만 하는 불운을 겪는 부모의 마음이라 할 수 있는 이 정서는, 인식에게 실재 세계를 남겨두는 헛된 위안을 포함하여 특히 검정색을, 개인의 동토冬土를, 덜 영혼을 가진 조각을 온 인류의 피부 아래 흩뿌리는 것으로, 분노로부터 무마된다. 허공이 아닌 것을 허공인 것으로 고쳐 부를 수는 있지만 종국적인 것을 영혼의 연약한 면으로 고쳐 부를 수는 없다. 그리하여 다가가서는 안 되는 세계 가까이에 가장 많은 내면들이 쌓이게 된다. 영혼의 가장 뜨겁고도 무리한 요구는 그런 부패로 완성된다. 광란에 섞인 약간의 평화를, 내가 착상된 하루를, 양심의 문제를 처음 깨닫게 된 영혼이 그보다 덜 좌절하는 영혼을 감싸고 있음을, 현실에의 이성애적 접근을, 시는 부른다. 저 멀리 발작하는 밤의 리듬 속에 문헌으로서의 병이 옮아올 때, 시는 이성의 외부로 전진한다. 시의 영혼은 신과 세계로 이원화된 구조와 범주에서 충족되는 병적 이해 모두를 사혈이 맺힌 자신의 피막 아래쪽으로 구성해왔다.

문학과 구원

소용없는 피조물을 그래도 신은 만들어야 했다. 고통이 줄 수 있는 가장 큰 최음제인 자연을 앞에 둔 이것이 술과 음악에 의한 도취였다면 우리의 무수한 판단이 괴물의 형식으로 취기에까지 나아갈 수는 없었으리라. 모든 운명의 비극에 무력한 영혼을 대입시키며 단지 일그러진 개인의 얼굴을 영혼의 그늘로 동의하는 것으로 개별적 운명을 세계 자체가 되어가게 하는 힘을 발휘해온 것은 그들 각각의 갈망이 세계 모두를 잃기 위해 집중해왔고 집약해온 하나의 기능이었다는 것에 대한 분별로 가능한 것이었다. 그러자 이제 물음은 현상을 제기할 수 있는 권리를 잃는다. 권리를 잃은 물음은 반복적으로 이렇게 물어왔다. 재현은 확증의 양식인가? 이제 죽음에 대해서도 생은 그것을 요구할 수 있다. 갑각을 인 벌레의 푸른빛은 그 빛 아래 맺힌 추한 생명이 일생 동안 추구한 주제들—병에 의한 구원, 부재不在를 희생시키는 기적적 예술, 화해의 악의적 물음—을 사태로부터 건져올린다. 무엇보다 압축을 요구하는 고통 가운데 가장 맑은 신성이 있다. 사태로부터, 예술의 양식들은 이를 전도된 것으로서 일괄해야 할 것으로 여기며 무無에 대한 응답으로서가 아니라 유有에 대한 응답, 즉 내면화의 깊이가 가장 표면적 지위를 가지는 그런 곳에 비로소 하나의 장력張力으로 존재해왔다. 즉 시는 이성의 무력無力을 양식화해왔다. 남몰래 자신의 악을 도운 문예적 광인들에게 종교와 세속은 둘 다 모두 놀라움과 부끄러움의 타인을 남긴다, 인간을 성소로 만들기 때문에 시는 언제나 축복을 통해 밝혀질 수밖에 없다는 그런 놀라움과 부끄러움의 타인들을.

현실 세계의 문법적 형식

구체화라는 사색의 물질성은 생 자체의 불완전성을 능가하는 불가능성으로 현실과 대면한다. 이런 필연적 어긋남이 문학을 장르의 나약함에 가두고, 순수하게 외적인 부분으로만 내적 선택을 하도록 강요해왔다. 문학 자체는 미적 본질을 목표로 하는 것이 아니라 그것의 형식적 측면을 목표로 한다. 왜냐하면 형식이 존재하지 않을 때 영혼은 구조의 모습으로 나타나게 되고 그것은 주관의 성질로 절대화, 혹은 내면화하여 형식의 부재를 다시 형식의 국면으로 지속시키기 때문이다. 외부와 내부가 오로지 형식의 구조적 측면에 의해서만 서로에 대한 영향력을 가질 수 있기 때문에 문학은 구조적 형식 안에서 해석되고 이해되는 것이며 그것의 이면적이며 본질적 요소를 아무리 강조한다 해도 그것은 창작자의 세계관을 제시하는 일일 뿐, 본질적으로 형식의 조건을 충족하는 것은 아니다. 시는 그러한 무정형을 극복하기 위한 가상적 규칙을 외부의 규범으로부터 가져오게 되는데, 그것은 내면의 자유를 용인하는 동시에 그에 따른 필연적 결과로 현실에 폐쇄성을 부여한다. 그럼에도 불구하고 그것이 개인의 주관적 표면처럼 모호하고도 이해 불가능한 범주인 것은 아니다. 왜냐하면 형식은 이미 세계의 구조이며 개인의 인식은 자신의 선험적 지평이 어떻게 감지되건 그것과 무관하게 세계의 행위, 사태에 대한 사후성 자체이기 때문이다. 그렇기 때문에 문학적 인간이 가지는 세계에 대한 태도로부터는, 직선을 곡선으로 이해하거나, 야생동물의 눈을 가지고 그것으로 밤의 원리를 이해하거나, 삶의 척력적 요소를 관찰해 죽음의 과정에 인력적 요소가 있다는 것을 확인하는 일 따위가 가능해진다. 그러한 결과들이 구성하는 윤리는 구조를 잃어야만 완성될 수 있는 형식을 통해서만 대상을 판별하는 학學, 즉 감성의 수사적 방법을 이루게 된다. 심리적 법칙성이 외부로부터 주어지지 않고 자기반영적, 자기반성적인 한, 그것은 현실의 규범과 아무런 관련이 없으나, 주관이 외부라는 내부의 부재적 측면, 곧 사태의 사후적 형식이라고 말할 수 있다면, 그것은 이미 지연된 의미에서의 현실을 최우선 가능성으로 포함하고 있다. 또한 지연된, 미지의, 도래할 현실에서 참조되는 것은 주관의 성질상의 형식이 아니라 그 형식의 무질서일 가능성이 크므로, 주관은 외부를 무의미하게 부유하다가 자신에게로 되돌아오는 형식적 과정을 반복할 것이다. 그리고 반복은 방식의 단순함을 소진하게 될 것이다. 그리하여 언어와 의미의 관계와 유사하게 그것은 서로의 경계점에 대해 어떠한 참조도 하지 않으면서 그 영향으로부터 늘 노출된다. 그러나 둘은 장식적 요소로 묶여 동질적으로 기능하면서도 그것 자체가 비동질인 하나의 거대한 유리遊離에 담긴다. 영혼의 수사적 형식이란 바로 이러한 오락적이며 동시에 보다 비일상적이며 숙고적인 부패 상태를 말한다.

시에 있어서의 내적 불일치

더 내재하는 시는 존재하지 않는 시가 존재하기를 원하는 시다. 존재를 위해 사물, 대상에 요구된 것은 그것 자체의 불일치성이다. 구조적 형태가 필요한 것은 시가 더이상 시 이상의 것이 될 수 없도록 방해해야 하는 사물들의 질서에 기인한다. 그렇기 때문에 우리가 시라 부르는 것은 존재의 도약에 대한 하나의 인식적 포기를 말한다. 문학이 가진 현실에 대한 계측적 기능은 바로 이런 구속에서 발생한다. 그리고 우리는 문학에 의해 평가되며, 문학이 가진 범주적 한계 안에 우리가 겪어야 할 모든 체험들이 놓여 있음을 고통스럽게 바라보게 된다. 세계의 형식이 반영적이며 무의도적인 한, 문학은 탐구되기를 포기해야 한다. 왜냐하면 인식체가 존재인 한 존재 이하의 단계를 상실할 수 없는 것과 마찬가지로 존재는 존재이면서 그것의 구조적 형태인 세계를 상실할 수 없기 때문에 존재로서는 인식 이상을 향해야 할 이유가 없는 까닭이다. 존재가 겪는 고통을 직조하면서도 그 고통으로부터 가장 먼 곳에 놓이는 것을 문학의 구조라 할 때, 구조의 이러한 불완전에 의해 비로소 인간은 향유를 문학적 사건으로 이해한다.

장르로서의 결여

감성의 다음 단계에 도사리고 있는 무엇에게 자신이 이해하고 표출하려는 바를 남기는 일을 일컬어 지성이라 부른다면, 거기에는 한편으로는 지성이 가담하는 현실의 형식과 그에 따른 체계화의 과정이, 다른 한편으로는 그와 반대로 모순적으로 세계를 비추려는 감성의 원초적 의지가 담긴다. 한갓 형태는 그 자신의 목적이 낳는 최종점과 최고점의 고착화가 야기하는 불안의 원리에 의한 것이다. 시는 이 점에서 자신의 목적이 말하기인 것을 전혀 잊지 않고 있다. 그는 말하고 있을 뿐이지 '어떻게' 말하고 있는 것이 전혀 아니다. 횔덜린은 「시인의 사명」에서 이렇게 말한다. "그대, 낮의 전사여! 아직도 잠자는 자들을 어서/ 깨우지 않는가? 법칙을 부여하라, 우리에게 삶을/ 선사하라". 시에 따르면 말하는 것은 낮이고 깨어남이고 법칙의 부여이며 곧 존재다. 존재가 어떻게 존재하는지 말할 수 없는 것처럼—혹은 그럴 필요도 없는 것처럼— 존재는 자신에게 부재하는 방식으로만 '있음'이다. 다름아닌 이것이 장르적 구분의 이해에 요구되는 감성과 지성의 싸움이며, 시가 불합리한 세계처럼 보이는 현상의 정체다. 무엇이 완결되어 있기 때문에 우리가 그것에 객관화와 상대화를 시도하는 것, 그것이 장르를 수립하는 것이 아니라 무엇이 완결되어 있기 때문에 내면을 향해 공격해올 수 있을 만큼의 영역이 생긴 것, 그것이 장르를 수립한다. 이와 같은 수립은 결여적일 수 없는데 왜냐하면 그 자신이 이미 내적으로 완전무결한 구조를 갖추고 있는 탓에 세계가 더 단면적이고 덜 총합적인 구조로서 방법상 이미 불가능이 실현되어 있는 양식으로 그에게 존재하기 때문이다. 즉 시는 불가능으로만 비결여적이며 완결된 형식으로서만 비장르적이다.

표현과 실현의 문제

그렇기 때문에 시는 흔히 방기적일 때 예외적인 국면을 만난다. 잘 알려진 것처럼 내포성을 가진 의도들은 시 안에서 유령적 존재이며, 유령의 성격과 유사하게 희미하고 불안한 형상으로 표출된다. 시의 내적 세계가 불안한 한 존재에 의해 지배되고 있다는 것은 시가 이미 세계이기 이전에 선험적으로 세계이기를 거부한 존재의 지평으로 짜여 있음을 추측하게 한다. 그뒤로 기나긴 투영이, 영원히 형체에 가닿을 수 없는 숙명의 기나긴 투영이 이어진다. 원점에서 이격점으로, 양식이 가진 역동은 시선과 시점을 포기할 때 문학 내에 비로소 남을 수 있게 된다. 도처에서 떠도는 유령 덕에, 자신의 이상에서 멀리 있는 어떤 환멸적 전제 위에 이상 세계는 건립된다. 신체의 환희를 모두 자신에게 돌리는 방식으로 거지들은 수치스러움의 방향을 동정하는 사람 모두의 신체에로 돌려놓는다. 과거의 자취가 남긴 익숙한 온기가 얼마나 자신을 보호하며 동시에 도태시켰는가를 아는 항수, 앞으로 다가올 것들을 보다 세련된 형식으로 익히지 못한 자가 가지는 불안, 형식의 추상화 능력은 삶의 형상이 아닌 삶에 대해 대상으로서의 삶이 그러하듯 종교에 대해 숭배자의 창밖으로 펼쳐졌던, 도저히 신의 피조라 인정할 수 없었던 그토록 소소한 풍경들의 것이었다. 그리하여 언어는 자기의 말을 할 수 없는 입으로 이외의 모든 것을 말하는 풍경의 과밀함에 둘러싸인다.

형상과 영상

그런 과밀한 형상에 대해 동의할 수 없다 하더라도 그것이 최소한의 형상임을 확인하는 것은 아무리 강조해도 지나치지 않다. 최소한의 환원을 다음과 같이 그려볼 수도 있을 것이다. '주어져 있지 않다. 그러므로 종류가 될 수 없다. 그러므로 창조의 매 순간 세계가 다시 시작되는 시행착오의 밤과 낮을 반복한다. 그러나 그것은 여전히 세계가 아니다. 그러므로 종류가 될 수 없다. 아무에게도 무엇으로도 주어져 있지 않다.' 이 최소로부터 이야기들은 매번 다르게 가능해진다. 언제나 그렇듯 순수한 고통이 인식이 원하는 형태의 완전한 감각에 도달하지 못하는 것은 그러한 예술의 밤과 낮이 감각의 고통과는 다른 고통을 가지고 우리를 괴롭히기 때문이다. 어떤 종류든 체계 그 자체가 합리성을 전제하는 한, 적어도 세계는 하나 이상의 영상을 형상에게 제시하고 있는 것이다. 형상과 영상이라는 이 분기에 의해 헛것에 가까워지려는 것, 현상 저편, 핍진해지려는 것, 영상이 형상에서 다른 영토를 누리게 되는 최초의 사태가 발생한다. 개인의 변론술, 즉 고전적 의미로의 변증법은 그것이 유사 이래 가장 잘 이해된 형태다. 사유된 것의 표출은—어떤 경우 그것은 주장, 변호, 설득이며, 다른 어떤 경우 그것은 기술 행위의 묘사와 진술이다— 어떤 경우든 명확한 것이 아니다. 그럴 때 논리에 대한 증명은 사실보다 더욱 명확해지고 중요해진다는 것이 고대 그리스 변증법의 교훈이었다. 간주된 것, 즉 체계로서의 지식은 나의 논리와 타인의 논리가 교차하는 지점이지 함께 수평을 그리며 나아가는 평등이 아니다. 반면 논리에 대한 동등한 요구는 지식의 취약성을 여실히 보여준다. 제개념의 투쟁은 제형식의 투쟁으로 이완되며, 이성과 그 형식의 완전한 동일시가 영혼이 가진 형식의 강제로서, 즉 영혼의 자기 자신에 대한 변술체계로서 존재하게 된다. 구조, 얼개짜기의 행복에 대해 꿈꾸는 모든 이성적 경험의 최대공약수는 죽어갈 몸으로서의 삶과 마찬가지로 건축의 개념소차 잊이비릴 추주의 막대한 의지이다. 그것은 내부적으로 안전하며, 통합을 통해서도, 심화를 통해서도 아니고 의지가 배제된 형태의 표출 끝에 비로소 나타난다. 그리고 그것을 행한 자는 형상이 아닌 것을 형상으로 바라볼 수 있는 초월적이며 미신적인 시선을 가지게 된다. 그러나 그것은 여전히 상실이며 더욱이 그 상실한 것이 자신의 생 전반을 통해 누렸던 핍진이라는 점에서 진정 예술에 가까운 행위이며 진정 예술을 모독하는 행위이다. 허구와 실재는 핍진의 이념을 체험할 수 있는 장소이다. 그렇기에 시는 아마도 영원히 사물화될 수 없는 세계이다. 하지만 그토록 운명의 외침이 애원되고 있음에도 불구하고 종국의 우리는 모든 형상의 운명처럼 무명無名에 이를 수 없다. 의식이 지식의 목소리를 가지고 우리가 무명으로 돌아오는 것을 막기 위해 자신이 비춰진 영상의 입구에 서서 형상의 새로운 정의에 대항해 외치고 있기 때문이다. 존재는 자신의 방패에 절망하기 위해 존재 전체의 한계에 꿰뚫린다. 그리하여 마침내 명증은 이성의 질을 떨어뜨린다. 시는 이것의 진정한 취약성이다.

“가격이 상품과 나란히 존재하듯이”

과거 위대했던 문학적 순간의 영광이 작가나 작품에게 드리웠을 때를 현재에도 기대하는 건 여러모로 사치스럽고 낙관적인 방식이다. 천재는 가장 우울한 시간대에 홀로 태어나야만 하는 자들이었고 문학은 거대했으며 사람들은 이제 과도함에서 이질감을 느낀다. 그리고 감성은 차라리 주고받음의 거래이기를 원한다. 문학이 전적으로 천재의 장場이라는 것에 동의하지 못할 수는 있어도, 가장 우울한 시기에 가장 우울한 자들에 의해 문학이 출현했다는 것만은 동의할 수 있다. 언어 예술의 자명성은 뭔가 말하고자 하는 것에 대한 표명 능력을 불분명한 등가물로 보여준다는 데 있다. 예를 들면 가치는 가격으로 제시되고 화폐로 표상된다. 문학과 경제의 본질적 유사성은 재현과 표상의 문제뿐 아니라 관계(비유)에서도 마찬가지이다. 자기 땅이 아닌 곳에서 태어나 살아가는 사람들,

더이상 잃을 게 없고 거기에 분노마저 포함되어 있는 뒷골목의 사람들, 싸움이 벌어지기도 전에 이미 패자인 이방인들, 그들은 존재의 위치가 거부되기 때문에 생기는 것이 아니라 그 위치가 영역적이거나 혹은 일상적인 것으로 치환되어 문제의 본질을 알아챌 수 없는 곳에 위치하기 때문에 그렇다. 본질과 너무 가까이 밀착되어 있기 때문에 자행되고 있어도 인식되지 못하는 것이다. 합당한 것을 이해할 필요는 없다. 그러한 합당함의 안락 속에 바로 언어 예술이라는 존재의 불안이 숨어 있다. 개별 존재는 그러한 익숙함에서 벗어나 있지 않기 때문에 세상이 개체 중심이 아니라 관계 중심이라는 것을 등한시한다. 이런 중심 이동의 가장 큰 비극은 모든 것이 사물화될 수 있다는 자명성이다. 경계는 요구되어지거나 시정되어질 수 있는 게 아니라 그저 주어진 법적 질서이기 때문에 개입될 수 있을 뿐 개입할 수는 없다. 다시 말해 개인은 법에 의해 처벌받을 수 있을 뿐 법을 처벌할 수는 없다. 그것이 개체와 관계의 모습이다.

한편 언어 예술의 재현에 해당하는 것, 무효화되었던 어떤 부분을 유효화하는 작업은 이 경우 거래적인 것이다. 세상은 하나의 암시장이며, 심지어 기호적 노점들의 집합이다. 예컨대 유물론조차도 그 언어관에 있어 이토록 '거래'적이지만은 않았다. "사상은, 가격이 상품과 나란히 존재하듯이 그 속성이 소멸되고 그 사회적 성격이 사상과 나란히 언어 속에 존재하는 방식으로 언어로 전화하지는 않는다. 사상은 언어로부터 분리되어 존재하지 않는다."[1)]

그러나 일반적인 거래와 교환은 같은 물품끼리 하는 게 아니라 비슷한 가치를 가진 다른 물건과 하는 것이다. 즉 절대 가치는 '절대' 구할 수 없는 것이며, 뭔가 그 비슷한 대용품에 의해 해소되어야 한다. 그것 때문에 거래자는 늘 괴롭다. 분명 마음 깊이 원하는 품목이 있는데도 그것만큼은 결코 구할 수 없는 좌절이 이 경제학에는 존재한다.

영원히 욕구가 해결되지 않을 거래의 귀결은 아마도 서로 간의 싸움의 형태일 수밖에 없을 것이다. 인간이 그것을 사용하지만 않는다면 거기에 동원될 무기들은 동원된 무기를 뛰어넘어 언제나 새로워질 것이다. 인간에겐 자신의 한계를 넘어가는 상황에 대한 유추의 능력이 언제나 충만히 준비되어 있기 때문이다. "가격이 상품과 나란히 존재하듯이" 인간 종의 고독이 사물의 고독을 능가하리라는 것은 거의 인간적인 착오다. 인간적 자존감은 물건에게 부여된 무력감과 같은 것이다. 명징은 그것을 믿음으로 하는 것에게로 내리는 더러운 비가悲歌다.

---

1) 마르크스 · 엥겔스, 『마르크스 · 엥겔스의 문학예술론』, 김영기 옮김, 논장, 1989, 108쪽.

살륜殺倫에 붙여

모든 정당한 목표들이 그렇듯이 최종에 이르기까지의 의도에는 순수와 불순, 선함과 악함, 옳음과 그름, 진실됨과 거짓됨이 섞여 있습니다. 그들은 서로의 반영이므로 최종적으로 부여되는 의미는 본질에 속하는 것이 아니라 투영에 속하는 것입니다. 쓰는 행위가 존재를 비하함으로써 존재로 전진하는 단계이며, 문학적 대상이란 곧 쓰인 것이 쓰이기 지전과 대항할 때의 양심이 갖는 불결이라는 것은 이러한 투영을 자연적으로 모방한 한 예입니다.

우선은 충분한 걸 불신합니다. 그러기 위해선 불충을 충분히 이해해야 합니다. 세상의 모든 왕과 신하는, 주와 종은, 이데올로기와 토대는 그러한 이해를 자연적 결과물이라 생각해본 적도 없으면서 그것으로부터 자연적 온기를 쏘이고 있는 자들입니다.

자기 목적의 문학이 지칭하고 있는 아름다움은 문학의 자기 목적에 완전히 일치합니다. 전자는 행위로, 후자는 언어로, 자신을 포함한 불완전한 모든 것을 상처내고 능가하고 선善으로 방향을 돌려놓기 위해 자신의 손상을 만물의 손상에 미루어 예지하는 방법으로 자신을 자신과 충분히 일치시켜왔습니다. 이것이 언어적 사태의 구체적인 제한들입니다.

색채가 시각의 한계를 넘어 그저 물상으로 눈앞에 던져진 것일 때, 심리를 다루는 기술記述은 언제나 미美의 곁에 있습니다. 언어에 대한, 사물에 대한, 그들을 집합적으로 다루게 되는 문학에 대한 글쓰기는 그렇게 될 수밖에 없는 경우에 한해 문학을 정의할 것입니다. 그런 의미에서 그것은 심리의 바깥쪽이기도 합니다. 표현의 예술은 세계상이 낳는 부자유와 기형에 대한 근접이며 그 어떤 미감에 대해서도 상을 구성하려 하지 않는 반사체로서의 굴곡 거울입니다.

세계상이 언제나 언어적 상태라는 뚜렷한 명제가 우리의 인식을 구조와 관련짓는 것이라면, 우리 의식은 알 수 없는 것을 향하고 행하는 몰의미적 상태이기 때문에 언제나 유사類似들과 관련되는 것입니다. 만약 누군가의 앞에 문이 존재하고 그 문이 열릴 수 있는 것이라는 전제가 규정되면 그는 반드시 그 문을 열려는 열망으로 가득찰 것입니다. 그러나 그 문을 진정 열 수 있는 자는 반드시 문을 행위 자체로 이해한 뒤 문 앞에 선 자일 것입니다. 이것이

'어딘가 적혀 있을' 혹은 '이미 쓰여진' 문학을 동경하는 자가 행할 수 있는 노동의 언어적 상태입니다. 그러한 노동의 권위자라 부를 수 있는 작가 카프카는 그렇기 때문에 자신을 두고 이런 놀라운 말을 했던 것입니다: "나는 고독해요—프란츠 카프카처럼." 그러나 이것이 자신에 대해, 자신의 노동에 대해 정확히 초점을 맞출 수 없는 약시의 결과에 대한 증폭이라는 것 또한 놀랄 만한 것입니다. 드문 문학은 말하면서도 무엇이 말해졌는지를 자신을 통해서는 바라보지 않는 까닭입니다.

감성이라는 도구에 문학적 물질인 생과 죽음을 매번 사용하느라 자신을 극복할 틈이 없었음에도 불구하고 문학가가 인간의 고통과 아픔에 대해 꾸준히 간섭할 수 있다면, 그것은 문학가가 언어적 자유의 방식이 표현에만 존재한다고 믿는 문학적 관성으로부터 표현을 제재할 물체를 얻고 있기 때문입니다.

생 전체에 걸친 가뭄을 겪는 사람에게 뇌우는 어떤 의미입니까? 그것에 대해 무지한 자가 그의 타당성을 내부로부터 검증할 수 있겠습니까? 혹은 자신에겐 존재하지 않았던 본래의 기후를 자신의 대기 안에서 상실할 수 있겠습니까? 물을 간직했었기에 목마른 자의 기억은 더욱 건조하고 혹독합니다. "저들의 글자 적힘으로 인해 대지는 이전에는 대지일 수 없었던 척박과 황무荒無를 얻을 수 있는 것이다!" 비를 처음 본 그는 외쳤습니다. 문자를 가진 자들은 자기 무능의 비참에 대해 전혀 징후이지도 병리적이지도 않은 방법으로 병을 깊어가게 하는 자들입니다. 공급된 물로 인해 가뭄이, 간직했던 가뭄의 개념이 영원히 부서질 때 그는 '모든 것을 잃는 전능' 자체를 배회하게 됩니다. 이들 의미 속에서 발견되는 물질의 흔적은 매우 드물 것입니다. 흔적이 드물게 남기 때문에 우리는 그것이 표상하는 바가 우리에게 확정이 아니라 제시로 요구된다는 사실을 알고 있습니다. 인습적 색조를 우리로부터 빼앗아 자신들을 밝히기 위한 도구로 사용한 신들의 인간되기는 그로부터 유래합니다.

기운 것, 기울려는 것은 모두 명도明度를 가진 것처럼 보입니다. 모두들 머리에 세계의 창조를 하나씩 얹은 붉은 반점들입니다. 그간 우리는 우리의 색조로부터 사생寫生된 것을 걸작이라거나 영웅이라 불러왔습니다. 자신으로부터 분리되어 스스로를 바라볼 간섭무늬의 권리를 갖기에 우리는 우리로부터 너무 멀었고, 사생의 진정한 내용인 자기 복제를 갖는다는 것이 또한 이러한 거리 감각에 대한 이해라는 걸 몰랐습니다. 오히려 우리는 풍경에 의해 병증을 진단받아왔습니다. 밤마다 가늠할 수 없을 만큼 아주 작고 가벼운 어둠의 멍청이들이 밤의 명도 전체를 우리의 눈 위로 끌어올립니다. 형상의 신비로움은 떠도는 별이 순수하지 못하기 때문이며, 지극히 희박하고 지극히 어두운 자들만이 감지할 수 있는 그러한 특권적 밝기로 허공이 채워진다는 노래가 들려옵니다. 그러나 이들 노래가 늘 세속을 배반하는 것은 아닙니다. 고향 찬가는 서정시를 찢고 나서야 대도시의 가장 큰 시장에 다다릅니다.

변치 않는 인력과 척력 속에 해변이 자신을 밀고 당기는 것처럼 나무는 밤과 낮의 흔들림 속에 모든 시인을 제외하는 이상 국가를 반복 실현하고 있습니다. 아마도 지금의 나는 지난 세기와 나의 스승이 동일한 존재로 여겨질 수 있다면 얼마나 경이로울까를 상상합니다. 불꽃의 가녀린 투명을 윤곽으로 발전시킨 그 나라의 입법자는 이렇게 외칩니다. "예술의 이차성은 죽음이 가진 독립된 감각과 같다, 그것은 살아서는 알 수 없는 것이다." 시인의 병명은 천상의 구원 목록에 적혀 있지 않기 때문에 하는 수 없이 스스로 대지에 써내려간 기나긴 자신의 이름과 정확히 일치합니다. 하늘과 역사를 동일시했던 그 나라의 입법자는 사물의 윤곽을 지배했던 촛불이 꺼지는 순간, 밤 전체의 몰락이 사람의 잠이라는 대가를 치르는 것과 같이 흐릿하게 퍼져가는 파문 속에 보다 강력하게 자신의 신념을 잃습니다. 적어도 언어 예술에서만큼은, 위태로움은 안전함에게로 전진하는 일반 운동입니다. 밤이 꺼지고 고요히 퍼져가는 어둠의 물결이 만드는 파문은 그것을 들은 사람에게 이렇게 들려왔습니다. "형체는 세계가 나온 피막으로부터 자주 자신의 형상이 거부된다."

자연이 가진 보복의 기질 때문에 사람은 죽음만으로 요약하기 힘든 종말을 맞게 됩니다. 어부라면 거기에 아가미 없는 물고기를 풀 것이고, 농부라면 거기에 씨앗에 닿지 않는 태양을 풀 것입니다. 자신 내부에서 들려오는 목소리 전체를 이단의 불경, 수사修士의 지식으로 다뤘던 시대에 행해진 수많은 처형의 징표를 안고 있을 때의 시는 덕德에 묶인 자연에 불과한 것이기 때문에 어떤 가해로도 고통을 피해자이게 할 방법이 없습니다. 시를 읊조릴 때의 사람에게 자연은 지체 없이 곧바로 복수하기 위해 준비됩니다. 건너야 할 징검다리가 점점 간격이 멀어져 디딜 자리마다 물너울이 차오르게 되면 홀로인 존재는 자연의 말에 순응하는 존재의 가축으로 변모하여 물 저편으로부터 길들여집니다. 이 모두는 자연이 가진 보복의 기질 때문에 사람이 내부에 이단을 세우게 되는 계기입니다. 이때 시는 자연적 쇠락 뒤에 다육을 남기고 생존에게서 이물감을 얻는 일종의 보호 의지입니다. 매우 촉각적인 것이 되지 않으면 펼쳐질 수 없는 세계가 시체에 대해 그렇다고 말하는 종말의 시간에서조차 죽음들은 서로 도덕적 이견을 시작합니다.

이것은 말의 행위입니다. 아니, 행위라기보다 이야기입니다. 이야기는 곧 말의 행위에 대한 행위입니다. 또 이것은 착각술에 대한 이야기이고 당신은 전달술이라는 행위에서 그것을 발견합니다. 한때 행위였고 전달이었고 영속이었으며 소리인 이것은, 치명적이게도 너무 많은 생을 모사한 것이 인간이 아니라 인간이 두렵게 고발해왔던 죽음들이라는 생각에 머물러 있는 자입니다. 목소리의 능력을 언어로부터 잃을 때 그 정보는 언젠가는 숭고를 결심하도록 도울 것입니다. 물리적으로 말하지 못할 때의 입이 언어를 의미가 아니라 의미의 장식으로 사용하도록 그렇게 말입니다. 어떤 자는 이들 이미지를 통해 진리를 간지하기도 합니다. 진리는 그 진리를 사용하는 한계 내에서 선할 수밖에 없지만 진리 사용의 한계 밖에서라면 다시 우매해질 수밖에 없는 것입니다. 그렇기에 진리로만 오로지 인지할 수 있는 그 우매를 사람은 오로지 인격적 복잡으로 실현하고 있습니다. 복잡하기 때문에 진리인, 폭풍을 마주한 그는 한 손엔 자연광을, 한 손엔 신의 쪼개진 석상 머리를 쥐고 있습니다. 그는 색깔을 실현하고 싶었기에 바람개비를 돌릴 것이고, 실현된 것을 실현될 수 없게 하기 위해 그것을 확대할 것입니다. 자기를 벌레 삼기 위해 떠난 여행은 어떤 색깔이라도 눈에 해로운 것이 없습니다. 왜냐하면 이 여행의 시작은 우선 벌레에게 눈알을 권하는 일로부터 시작되기 때문입니다.

꿈이 처벌 형식이라면 무언극은 무질서의 형식이고 육체는 가장 법적인 것입니다. 육체는 우리의 발이 진리의 섬광을 훔치는 과정에서 짓밟혀진 것입니다. 이 사랑의 이타성은 세계, 자연이라는 신적 보조 기구의 가능성을 까맣게 피어오르는 폭풍의 씨앗들로 제시하는 법을 배워왔습니다. 우리의 꿈은 가장 이상적 상태였던 낙원을 사회적 형태로 잃게 됨으로써 자연으로부터 고립됩니다. 에덴 이래, 사람이 사람과 오래 대화할수록 물질이 정신보다 돋보이는 까닭은 그들의 대화가 신의 질서와 역접으로 얽혀 있기 때문입니다. 우리 자신이 밤하늘에 되새겨지는 것과 같이 신은 되새겨질 수 없습니다. 이성은 신과의 덧없는 화해가 꿈의 몰락으로 실현된 세계입니다. 덧붙여 인류의 퇴행성은 문식文飾하는 자, 글을 쓰는 자가 자연 전체를 그리려는 욕망에서 출발하여 자연 전체만을 대상으로 하게 된 그런 거대함입니다. 거대한 대상으로서의 형태는 후대를, 제자諸者를 압도합니다. 이 광대하고 눈부신 영향력들은 추상적 기준에 의해 미래를 전망해온 시간이 정확한 간격으로 종점과 결절점을 인간의 생 위에 위치시키는 인간적 금욕과, 개인의 세세한 목적에게까지 법의 느낌을 요구해온 집단 가치로서의 신적 금욕이 일치하는 경이의 광경입니다.

여기 경험의 출발점이 사실상 기억의 종착점인 국가가 있습니다. 그에겐 책임의 엄격성도 무질서의 한 변형입니다. 국가는 질서의 명성과 가치를 단 하나의 종속으로 만드는 자입니다. 그의 방탕은 감정의 경로를 택하지 않고 계절의 무표정하지만 가장 확실한 경로를 택합니다. 대답하지 않는 사람의 계절, 금방 사라지는 눈송이의 계절, 계절은 자기 행동에서 들려오는 높낮이가 다른 소리에 평온을 느낍니다. 피로 덮인 싸움조차도 고작 기호의 무위無爲에 그치는 것을 그는 알고 있습니다. 자신만의 부호로 쓰인 것을 누구나 읽을 수 있는 보통 문자로 고쳐서 쓰는 것, 즉 쓰는 자의 감정은 심리적 천박을 하늘의 것으로 바꾸는 임무로부터 국가를 인내하게 합니다. 그것은 법으로만 가능한 애통의 범위입니다. 그러므로 누구에게나 유일하게 결정되어 있는 것은 본질이라기보다는 불경입니다. 우리가 애통한 것에 대해 말하는 자이기 때문에 애통이 슬픔의 다양성을 악화시키고 있는 것은 아닙니까? 아니면 아픈데도 고통이 거기에 있지 않았던 이유가 오로지 우리의 몸에서 기원들의 싸움이 일어나기 때문은 아닙니까? 보통 문자의 기원에 비하면 고통의 기원은 오히려 복된 것입니다.

언어를 문자로 시도할 때 이해는 세속적 신뢰에 지나지 않습니다. 문자는 개념에 좌표가 현존하는 질서이기 때문에 우리는 훌륭히 상대방에게 자신의 주장과 전달을 언어적으로 성공시킬 수 있다고 믿게 됩니다. 그러나 그것은 장애물에 의지해서만 완성될 수 있는, 그것이 아니면 점수를 얻을 수 없는 한 종류의 육상 경기와 유사한 것입니다. 비연속적 개체인 우리는 역사적 속성을 형상으로 복원하려는 시도에 한해 거의 완벽에 가깝도록 역사적으로 패배합니다. 그것은 목표를 향한 직선에서 늘 목적이 표리하고 있다는 것을 의미합니다. 반드시 예측은 이미 실행된 것이어야 하고, 경험은 예측 없이 밖으로 전진할 수 없으며, 상상은 예술적 도구의 분실에 의지하지 않고는 그 자신의 경험칙을 세울 수 없습니다. 이 경우 언어 예술은 예견된 것의 개별적 선택에 지나지 않습니다. 쓰는 자는 '현재는 그것을 꿈꾼 시간의 한계 내에 있다'고 말하는 자입니다.

상상은 자연을 반영하지 않고 오히려 자연을 정량화하는 것으로 자신을 구성해왔습니다. 무엇의 정량화입니까? 끝까지 신중을 기하고 싶다는 욕구, 특히 작품 내의 세계가 각별히 자연에 대해 얼마나 일관되는지를 설명하려는 노력이 바로 그것입니다. 거의 불가능한 그러한 노력에 의해 작가는 스스로 광인이 됨으로써 광상극을 평가 절하하는 자입니다. '그러했던 것'으로부터 '말하는 상태'로 혼입하며, 그 자체로 신으로부터 떨어져나온 정신적 태胎

라 부를 수 있을 만한 이들 작가는 역설적으로 모든 능력에서 자유로워진 불행한 신의 모습을 하고 있습니다. 이들 신인종神人種이 영원히 손에 만져지지 않을 숭고하고도 독실한 세계를 교살할 개체로 성장하리라는 것은 역사적으로 의심할 나위가 없습니다. 이후 행위의 정당성에 불성실한 하나의 이념이 싹트게 됩니다: '나는 작가이며 세계의 복수複數다.' 이것이 살륜殺倫의 의미입니다. 반복되는 나의 밤에, 여럿인 나는 고독의 더러움을 타박하며 곁에 밤새도록 고함치는 초를 켜둘 것입니다. 우리는 미래의 신에는 도달했지만 과거의 신에는 아직 도달하지 못했습니다. 이것이 살륜의 의미입니다.

이 모든 사멸한 것들의 불멸

이곳은 허기가 없는 바다입니다. 아니 이곳은 무미無味가 한 잎의 낙엽이 되는 곳입니다. 한때의 여름은 풍성한 식탁의 식기들이 거두어진 뒤의 허탈한 식탐처럼 잠잠히 물러가고 도래할 고요한 허기짐을 기다리며 다음 인연이 계절의 하늘로 오고 있습니다. 아름다움의 가장 기괴한 체취가 깃드는 곳은 다름아닌 우리가 아름다움이라 여겼던, 그러나 지금은 더이상 아름답게 보이지 않는 장소입니다. 우리는 그것의 정체를 잘 알면서도 모른 체하는 것으로 신들의 가호를 물질화하는 데 오랜 시간의 노력을 기울였습니다. 그리하여 사람은 배고픔을 잊고, 배고프지 않아야 하며, 기아飢餓적 상태를 혐오하는 책을 가지게 됩니다. 그 책의 아름다움은 세계를 좀더 무익한 것으로 만들고, 포플러 위를 지나는 충만한 빛을 인류 전체의 것으로 만들며, 인간을 막대한 것으로 만들 수 있는 광대한 소란스러움에 있습니다. 과연 우리는 불가피함일까요?

우리는 어떻게 영혼에 대해 경건하면서도 동시에 영혼에 대해 무능한 시선을 함께 가지고 있을 수 있는 걸까요? 용기 있는 자가 자신의 용기에 대해서마저 용맹을 사용하는 오늘의 이 축제에 가장 먼저 초대받은 것은 바로 무한해진 인간에게 가닿기 위한 또하나의 무한, 즉 우리가 시라고 불러온 하나의 비유물이었습니다. 지시된 의미 대상을 불투명하게 하거나 회피할 때, 지시하는 행위는 의미의 격리, 수사적 방탕을 낳게 됩니다. 우리의 잠이 가장 어릴 때, 그러한 방탕과 격리는 모습과 형상으로는 뒤덮일 수 없는 것이었습니다. 아래층에서 간절히 위층의 것을 부를 때, 장차 잃어버릴 것들에 대해 기대와 저항을 섞어 온몸으로 전율할 때, 상징보다 더 멀리, 먼바다를 향해 부르는 이름들 하나하나를 향해 세계는 자신을 소모하고 있는 것입니다. 그럴 때 우리는 허기지면서도 찬란하고, 인간이면서도 짐승이고, 길을 알려주면서도 길을 잃게 하는 나침羅針에 다름아닙니다. 사라져가는 것의 향기 속에 우글거리는 이 배고픈 것이 다만 우리의 바다라면, 당신이자 그것의 책인 당신은 너무 많은 방향으로 아름답게 죽어가고 있습니다.

스스로 짠 실로 거미가 다가가듯, 세계는 자극과 고통과 불안에서 색깔을 뽑아내 이 꽃의 정원을 언어로 무성한 무덤이게 합니다. 비밀은 좀더 관대하게 불안 뒤편의 세계를 망각하고 있습니다. 거기서는 "꽃을 거둬라!"라는 뱃놀이 신들의 외침이 들려왔습니다. "우리는 빠져 죽을 것입니다. 건져내지 말기를 간절히 바랍니다." 난파難破로 꽃밭을 흔들며, 당신은 피었기 때문에 가라앉고 있습니다. 당신이 빠져 죽는 시의 저녁 어느 시간, 유쾌히 한낮을 치솟던 나무들이 보여준 매일 저녁의 성질인 가연성可燃性에 깃들어 대지가 하늘로 풀어헤쳐지는 이 숭엄한 변신의 정체가 무엇인지를 저는 저를 묶는 끈끈이 줄을 통해 훔쳐보게 됩니다.

어느 고택古宅에 앉아 당신과 저는 마르고 낡은 모과를 굴리고 있었습니다. 또 어느 무성한 나무 밑에서 우리는 그곳에 기거하며 지냈던 옛 사람을 생각했습니다. "나는 아마 당신의 이웃이 되지는 못할 것입니다. 그러나 우리는 같은 고향을 가지고 있습니다. 뿌리 뽑히고 상실된 것을 말이죠"라고 저는 가만히 중얼거렸습니다. 낮과 밤, 서로의 시체를 꺼내고 있는 두 개의 바구니 사이에서, 매일을 사육謝肉의 축제로 화해시키는 저 하루라는 몸에서, 물러나야 할 권리를 얻지 못한 죄로만 무죄는 죄와 맞설 것이기 때문입니다. 그 잘생기고 단단하고 이미 죽어버린 모과를 굴리는 한만閑漫했던 우리는 우리의 뒹구는 해골에게도 그와 같이 완구의 성질을 부여할 누군가를 기다립시다. 아마도 시는 이편을 비우며 저편을 쌓는 가장 무용한 놀이를 섭렵한 누군가입니다. 정신은 오직 세계 그 자체의 것이다, 라고 말할 수 있던 행복이 실은 자아의 발견자가 가장 뒤늦게 발견한 당혹이라는 것을 알려준 것 역시 그것입니다. 그러니 절망이라는 노동은 얼마나 이성적 불편함입니까? 고향을 사랑하는 한 편의 시가 얼마나 많은 고향들을 버리고 있는 것입니까? 그런 에움길로부터 거절당한 무늬가 우리에게 잦아들 때, 우리는 또한번의 만년晩年을 지나게 될 것입니다. 쾌와 불쾌로 넘

실대는 인간의 종국적 세계가 그 자체로 외롭고 불행한 금지 구역인 시기를 말입니다.

금지되어야 할 두 형상의 적이 찾아왔습니다. 처음엔 '너에겐 누군가가 죽어가는 저 폐허가 보이지 않는가?'라는 분노 어린 질문을 던진 자에게, 그가 그의 물음을 겨눴던 적과 동등한 적이 찾아왔습니다. 시인이 그 자신의 시를 예술의 범주 안에서 해석하느냐 인간의 범주에서 해석하느냐의 문제는 언제나 글쓰기 자체를 곤란하게 해왔습니다. 시인에게 시와 인간은 분리될 수 없는 것임에도 불구하고, 언제나 옳았던 것은 정신의 도움을 받은 채 진전하는 어떤 것이었습니다. 시가 구체적인 정신에서 오는 것인지를 물을 때의 인간은, 현실이 의식과 반드시 연관되어 있으며 정신의 부분이 현실에서 발현되는 것처럼 현실의 어느 부분도 반드시 정신적이어야 할 것을 전제하고 있는 것입니다. 그러나 현실에 대해 부분임을 전제한 시는 이미 그 자신의 반성에 대해 범주적 한계를 지니고 있습니다. 그럴 때 예술적 기능이 현실적 기능의 결합에서 기인하는지를 파악하는 것은 미적으로 공허한 일입니다. 시는 현실을 포함하지만 그 이상의 실현을 현실에서 완성하지 않는 것으로 자기 기능을 완수하려는 성격을 가지고 있기 때문입니다. 이것은 시가 가진 고유의 기만적 성격입니까? 시가 자명했을 때, 루카치의 말처럼 "영혼은 세계의 한가운데에 서 있고 또 영혼의 윤곽을 이루고 있는 경계선도 본질적으로는 사물들의 윤곽과 다를 바가 없다"면, 외면세계로부터 내면세계의 의미가 파악될 수 있다는 믿음은 시의 익히 알려진 주관적 발화라는 기능을 부정하는 동시에 현실의 객관적 형식을 다시 주관적 형식으로 협소화하는 스스로에 대한 부정마저 환원적으로 수행하고 있는 것입니다. 지금껏 내부를 외부에 가둠으로써 파생된 이러한 또다른 내부야말로 본질적 가치를 함유하고 있다고 생각하는 부류들이 예술의 재현 가치를 오로지 질료적인 것으로 격하해왔습니다. 그럴 때 그것은 현실적 해결 기능을 가지게 되지만 반면 미적 기능을 하고 있지 않게 됩니다. 인간에 대한 하나의 공리로서 현실은 도외시될 수 없는 것입니다. 그것은 예술뿐 아니라 존재가 하고 있는 그 어떤 것에든 공통되는 것입니다. 이미 존재하지 않는 유령의 존재인 비현실적 문학이라는 형상을 만들고 다시 그것에게 현실에 좀더 충실하라는 요구를 하는 자로부터 공격당하는 자는 누구입니까? 과녁을 앞에 두고 시위를 당긴 사수射手는 외칩니다. "과녁에 활을 명중시킬 수 있는 것은 목표물의 의지가 아니라 오직 목표물과 그 외부를 나누는 나의 의지에 있다. 이것은 동질의 문제가 아니라 차이의 문제다. 그리고 네가 쏜 매번의 그 화살이 너에게로 되돌아가고 있다!"고. 이렇게 말하는 사람에게도 그 말 속에 등장한 것과 같은 동등한 적이 찾아왔습니다.

오직 기쁨만이 비극에 대해 그렇다고 말할 수 있다고 합니다, 당신은. 고대 철학자 엠페도클레스는 "죽을 수밖에 없는 모든 것들 가운데 어느 것에도 탄생이나 죽음이 아니라 혼합과 분리만이 있다"라고 말했는데, 자연으로부터 우리가 아직도 전도되고 패배해야 할 이유가 있다면 그것은 우리가 알고 있는 세상의 빛이 우리가 받아들여야 할 빛보다 무한히 적기 때문입니다. 빛이 가진 귀착이 그러한 것처럼, 소용되는 작은 속임수와 신비들로 감싸여, 있는 것이 없는 것에게로, 없는 것이 있는 것에게로 교차하는 일이 놀이에서 자연으로 돌아가고 있습니다. 오늘 당신이 말한 놀이의 규칙은 운명이 아니라 자기에게 이름을 명명함으로써 사람이 신에 이르고자 한 불경不敬이었습니다. 그것은 일면적인 태양 아래 종인從人에게 위대한 주인을 옮겨오는 불경과 같습니다. 그렇다면 이 빛깔은 삶이라거나 행복이라거나 슬픔이라거나 우리가 인식해야 했던 모든 무례 속에 놓여 얼마나 많은 분노로 채워져 다시금 우리가 겨냥하며 이전의 삶을 향해 팔매질했을 그러한 돌로 환원되어야 하는 것입니까?

밤에 대한 해석을 새로 써야 할 일을 대낮은 우리에게 떠넘기고 있습니다. 그때 필경사인 우리는 지옥과 천국, 신과 악마, 성과 속으로부터 버림받은 것이 되면서, 혹은 영원으로부터도 버림받은 것이 되면서, 그 어느 때보다 이 세계를 가장 잘 기술할 수 있게 됩니다. 그럴 때 당신의 연필은 쓰인 글자마다 색깔이 없어서 기쁠 것입니까? 산꼭대기에서 계곡으로 바람이 불어오듯 한 영혼이 더 검은 영혼을 맞이하게 될 때, 우리에게 청량淸涼이 없다는 것은 특히 걱정하지 않아도 좋을 것입니다. 비극을 자연은 그의 전신全身으로 소비하여 우리의 슬픔과는 아주 다른 방식으로 흘린 한 방울의 눈물을 우리에게 건넬 것이니까요. 대지가 그것을 알고 저물어갈 때 우리는 시라는 이름의 얇은 천으로 멀어져갈 이름들을 덮고 그 위에 아래쪽의 형상을 필경筆耕하는 그런 자들이 될 것입니다. 그렇기에 우리와 우리 아닌 것들은 서로에게 무한히 가깝습니다. 그러나 아무런 상호 작용 없이 서로를 투과할 수 있을 만큼 그들이 자신의 세계로부터 충분히 정화된 것은 아닙니다. 우리의 죄는, 신이 나뭇가지에 돋으라 명령한 열매를 허락 없이 따낸 사람이 자신의 미각 앞에 제출했던 하나의 응답, 즉 자신을 감싸는 상징을 긍정해야 하는가, 부정해야 하는가를 고민하며 새 지혜를 얻는 동안 내디딘 두 발 아래로 최초의 지옥이 떠올라, 밤하늘에서 반짝이는 별과의 돌이킬 수 없을 대결과 마찰을 사과 한 알에 다 담아버린 압축적이며 문학적인 행위를 영원히 죄악시해야 했던 바로 그 죄입니다. 그렇기에 시가 우리를 우회하듯, 우리 역시 시를 우회하는 것입니다. 모든 비유의 방법이 하나의 질서이며 주체와 대상 간의 기만과 정숙에 기반한 거짓 놀이임에도 불구하고 시가 진실의 외피를 입고 우리의 밤에 등장하는 이유는 이것으로 설명될 수 있습니다. 신은 피조물을 우회하지만 피조물은 피조물을 우회할 수 없기 때문입니다. 우리는 우리 자신에 의해 영원히 부정될 것입니다. 오로지 언어라는 새로운 마구간, 인간에 대해 골몰하는 사물의 구유통에 의해서만 우리가 비밀을 만들 수 있게 되기까지, 내부에서 오는 질병에 대한 혐오는 인간 전체에 대한 혐오로 변모되었습니다. 그렇기 때문에 상징은 그것이 비유의 유령이며 우리의 몸을 떠난 이방인이라 할지라도, 우리는 그 탕아에 대해 이간離間할 권리가 없습니다. 스스로에게 버림받을 수 있는 자가 어찌 스스로라는 인식을 기꺼이 받아들일 수 있겠습니까? 저기 무성히 뒹구는 폐허의 잔상들 말고 또 어디에 우리가 있을 것입니까? 우리는 넋을 얻고 비밀을 잃은 자들입니다.

여기 세상을 잊은 자의 시편이 있어 그것을 읽어 다시 세상을 얻는 기이한 일을 하는 자가 있습니다. 시편마다 기억의 균형에 대해, 물질의 기울기에 대해 생각해봅니다. 그것은 고즈넉이 마음과 풍경을 분기分岐하고, 오래전에 소멸한 것들이 전생의 밤으로 문득 찾아와 자신의 몸을 울리며 고요히 악기를 연주하는 탄성을 가지고 있습니다. 그것은 무언가를 덧없이 그리워하고, 그 고향이 교훈하는 것은 좀더 망각하라는 것, 좀더 엄존嚴存을 부재不在에게 건네라는 것. 기꺼이 그 요구에 응하며, 작가와 연대를 알 수 없는 여러 이본異本으로 사람의 책은 영혼과 물질을 떠돌고 있는 것입니다. 그 죽음이 안착할 곳은 영혼이 자아와 무관하게 스스로 행위하는 곳입니다. 또한 기꺼이 그 요구에 응하며, 어떤 것도 스스로라고 부를 수 없는 밤, 충蟲이 사라진 밤, 오랜 멀미를 되새김질하며 사람이 잠에서 깨어 제일 먼저 자기의 형상을 볼 것입니다, 특히 자신에게 고함치고 있는 것을. 태胎 안에, 비밀로부터 격리되는 혹독을 맛보기 위해 사람이 태어나고 있습니다. 다 자란 후의 사람을 더 자라게 하려는 운명으로 몰락이 다가오고 있습니다. 시편 속, 죽음을 목전에 둔 그 사람은 마지막으로 한번 숨을 뱉는 대신 무한을 들이마시고 있습니다. 이 샘은 샘으로만 고요히 더듬거리고 있습니다. 스스로를 멈추고 스스로에 어두워지면서 사람은 영원해질 것입니다. 이제 사물들이 온기를 잃는 계절입니다. 창을 따라 길게 방안까지 들어온 가을 오후의 빛을 맨발로 가만히 밟아봅니다. 발바닥이 대지도 허공도 아닌 알 수 없는 곳의 기억으로 밝아지고 있습니다. 그러한 오후는 당신이 좋아하는 시인인 사포sappho의 시를 제게도 펼칩니다. "흔들리는 잎새 사이로/ 안면安眠이 쏟아져내립니다."(사포, 「조각글 2」)

소잡素雜의 점點, 침잡沈雜의 면面

— 시적 토폴로지Topology에 대한 몇 가지 견해

1

크기는 그 자체가 무한한 것이라 하여도 전체라는 범주로 이해될 수 있다는 점에서 한정적인 것이다. 죄의 크기를 알 수 없기 때문에 우리에게 지속적인 반성이 가능한 것과 마찬가지로 무지는 우리가 인지하는 것의 근본 개념들을 포함하는 크기이다. 이럴 때의 상대성은 상대적인 것에 대한 전반적 포괄을 전제로 한다. 삶에 대한 잠재태라 할 수 있는 시 역시 이런 의미에서는 규정되어질 수 있는 표상을 규정 불가한 잔여물로 정밀화하는 행위이다. 한편 인간의 내·외적 연관에 대한 전지全知의 열망이 인문을 낳았다면, 시는 현재라는 근원적 연관을 그 연관에 의해 사라지게 한다는 점에서 우회적으로 혹은 예외적으로 인간을 열망한다. 지식의 소산과 그 주변들이 그렇듯, 아마도 이해는 긴장될 만한 인간적 역능일 것이다. 그것은 풀어쓰기의 방식으로 우리에게 다가오지만 동시에 현실이라는 집적물에 대해 지나치게 요약함으로써 또한 지나치게 비약한다. 다시 말해 크기는 우리가 알고 있을수록 우리가 아는 것보다 더 비좁아진다. 현대의 인문과 문예가 그토록 반복해 말해왔던 다양성이 순수한 의미에서든 불순한 의미에서든 이성에 의한 단일한 소여의 방식이었다는 점을 감안하면, 경험된 것의, 감각했던 것의, 사라진 것의 총량만큼이나 지체遲滯들의 총량이 방기되어왔다는 것은 그다지 놀랄 만한 일이 아니다. 하나의 시가 우리를 지나쳐온 과거 모든 순간의 종합보다 미래적이라는 것은 이런 경우 가능해진다. 경험이라 불리는 과거의 구체적 엄밀성과, 기억이라 불리는 과거의 추상성이 시편들 안에서 서로 단일하지 않은 이유는, 그것을 구별 짓거나 정립하기도 전에 그 자체가 이미 스스로를 해명하기 때문이며, 동시에 우리가 종합에의 기능을 이해했기 때문이 아니라 오히려 그 종합을 현재성으로 오인하기 때문이다. 그런 이유로 우리 자신이 자연과 일치되어야 할 부신符信으로서 존립할 수 있는가를 회의할 때 비로소 시는 인간 체험의 모두를 연속連續하는 것이다. 그러나 그것은 현실에의 근접이 아니라 본래적 시간과 동일해지려 한다는 의미에서 비체험적인 것이며, 체험하지 못했던 시간으로부터의 전승이라는 점에서 미래적인 것이다. 때문에 시가 미래적일 수 있다면 그것은 선형적 시간의 뒤에 놓이는 일점一點들의 집합이 아니라, 자신이 기거하는 크기의 여백들, 마모도磨耗度, 즉 삭제된 것에 대한 측량을 가지는 하나의 부접浮接이어야 한다. 그것의 형상은 아마도 모든 것을, 사라졌거나 도래할 모든 것을 이어붙인 일면一面처럼 보일 것이다. 그런 의미에서 잔존했던 노래들은 소멸한 노래가 아니라 도래해야 할 노래들인 것이다.

2

그렇기 때문에 시는 시화詩化의 모멸을 견디며 미래로부터 온다. 시가 된 것을 시가 될 것으로 무한히 치환하는 이러한 작업은 비록 결과물로서 어떤 것을 표상하려는 의도가 아닐지라도 여전히 그 기초적 층위에서는 대상에 대해 해명'되어진' 어떤 것이다. 모든 '되어진' 사태가 주체에 의해 재구성된다는 점에서, 기억에는 관점이 없을 수 없다는 말과 이 말은 의미적으로 동일하다. 그러나 자연은 여전히 존재의 방식과 배열에 대해 대조적이다. 이러한 아포리아를 시인이 시로부터 얻는 것은 경이롭거나 특수한 국면은 아니지만, 그것이 시이기 때문에 시인은 시화詩化된 구체적 질서를 통해 자신의 작업을 이해하고 싶어한다. 시화는 발언해야 하고, '되어진' 발언이 발언을 둘러싼 제문제에 대해 가능한 조건을 요구해야 하며, 무엇보다 형식의 범주여야 한다. 수사적 형태와 기술들은 주어진 다양에 대한 선택일 뿐 아니라 그보다 먼저 범주의 규정이기도 하다. 다시 말해 주어진 가능들을 행위로 가능하게 하는 하나의 조건이다. 시의 언어가 언제나 최초의 언어이며 시의 묘사가 언제나 최초의 풍경이라는 초유성 역시 이러한 범주에서만 타당할 수 있다. 그러나 경험적으로 주어진 것은 선행적으로 주어진 것과 다른 것이며, 시의 사유는 그 양극에 대해 통합적이거나 전체적일 때만 시화에 이를 수 있다. 현대의 에크리튀르ecriture들이 서사를 삭제해가는 것처럼, 시화 역시 시라는 본래의 사태와 양극적 관계이므로 시인은 시에 대해서도 부분적인 것이 아니라 전체적이어야만 하며 또한 기명記名적인 것이 아니라 익명적이어야 한다. 시/시화에 대한 전체성과 경험/선험에 대한 전체성의 요구는 모든 시가 시인에게 묻는 근본적 물음이며 그렇기 때문에 개별 존재 일반을 벗어나는 물음이다. 여기서 단순히 내적 직관으로서의 표현이 외연과 어떻게 결합되는가, 하는 문제는 차라리 형식 내에서의 문제와 다를 바 없는 것이기 때문에 종종 독자는 개별적 시 작품에 대해 자족적이며 충족적인 느낌을 갖게 된다. 그러나 위와 같은 사실을 이유로, 시인은 시 안에서 충족적일 수 없으며 자신이 행한 것처럼 행해지지 않는 시의 사태에 당혹해한다. 이러한 문제는 시화가 시인에게 모멸을 요구하는 시의 행위로부터 기인한다. 이것을 형식은 전승으로부터, 형식의 바깥은 제시提示로부터 온다고도 표현할 수 있을 것이다. 그러나 어느 것도 예찬받을 만한 것이라는 의미에서 그렇다는 것은 아니다. 단지 의미의 차이가 아니라 범주의 상이相異가 시쓰기에 존재하며, 시화로는 도저히 시에 이르지 못하는 시인의 모멸과 통각이 바로 시로부터 발생한다는 사실이 있을 뿐이다.

3

쓰는 자로서의 입장을 지우는 이러한 주체의 영역에서 본래적으로 잃은 파편을 되찾기 위해 시는 재생산되지 않는 풍경의 모든 능력을 동원해야 한다. 그런 의미에서 두려움으로부터 위로받지 못하는 시인은 고통의 능력을 전도顚倒하는 자이고, 가외로부터 전체를 상기하지 않는 자는 종합의 능력을 남용하는 자이다. 그럼에도 불구하고 자연과 인간의 관계가 그러한 것처럼, 시가 체험적 현실과의 유비 관계라는 한계적 산물임은 분명하다. 왜냐하면 인간은 세계라는 체계 속에서 간접 현상이 아니라 직접 현상으로만 표상되기 때문이다. 이러한 불가피성은 문예 일반에 걸쳐 '현실과 반영'이라는 문제로 오랜 기간 다루어져왔다. 각별히 시에 있어서 외부가 문제되는 경우는, 문예 일반이 외부를 고정 불변하는 속성으로 인식하는 것과는 달리 외부를 항변恒變 가능한 것으로 여기는 시 장르 특유의 오랜 전통 때문이다. 사회적 입장에서 볼 때, 상호의존성을 거부하는 시의 배타성은 주어진 객관적 사실에 대해 다소 매력적이나마 전망적이지는 않은 것으로 통상 여겨져왔다. 다시 말해 사회적 기능성이 현저히 낮은 것으로 판단되어왔다. 그러나 윤리적 책무나 사회 전체를 위한 기능화, 실천성의 요구는 시와 무관한 것이라기보다는 통상의 인식보다 좀더 복잡한 것일 뿐이다. 우선 시 자체의 성질이 지시적인지 아닌지, 전달받음인지 전달하기인지에 대한 규정이 주어져 있지 않고, 더더군다나 표현의 원론적 의미에서조차 현대의 시는 미메시스인지 디에게시스인지의 경계가 불분명하기 때문이다. 이 역시 현대 시의 애매함과 고루함이라기보다는 시를 규정할 때의 복합성과 복잡성에 기인하는 것이라 할 수 있다.

4

시를 다면의 토폴로지로 이루어진 것으로 이해하는 것은 바로 이런 미규정성에 근거하는 일이다. 시의 행간들에 수많은 장소와 지명, 인명이 등장한다 하여도, 개별 지리들이 말하는 바는 지리 정보도, 심상 지리도 아니다. 시인에게 장소는 자연 상태도, 자연 상태의 메타포도 아닌, 마치 거명되지 않을 것을 원하는 유령의 지시체처럼 움직이기 때문이다. 장소에서의 모든 행위와 감정은 무능한 것이 되며, 무능한 채로 전체 구조를 대신한다. 무능의 구체화 혹은 무능의 구조화라 할 수 있는 이런 소잡의 세계에서 역설적으로 우리가 얻는 정서는 지시적 합의에서 이탈된 낯선 감각들이다. 이는 의미화된 것들이 일원화될 때 드러날 수 있는 주장이나 규정, 판별 등을 시에서 찾아보기 어려운 이유이기도 하다. 여기서는 오히려 단어가 의미를 거부할 때의 불가능성이 도래하며, 의미의 크기로 축소되어야 할 단어들의 숙명을 본래의 크기로 확장시키는 일이 벌어진다. 대상가代償價가 없는 공간적 활동은 단순히 의미만을 붕괴시키는 것이 아니다. 공간이 공간일 수 있는 모든 제반 요소, 즉 좌표, 물리적 요소(면적과 길이와 높이와 질량 등)뿐 아니라 시간마저 정향을 잃는다. 기억이 구체적 사실의 행위였다는 것을 부정하면 그 기억은 필연적 관계가 아니라 임의적 관계가 되어 대상과 만난다. 하이데거는 토포스(τόπος, 장소)에 대해 현대의 개념에서 장소는 공간에 의해 규정된다고 전제하고, "장소의 변화라는 의미에서의 움직임에 상응하는 그런 정지는 같은 장소에 머물고 있음을 뜻한다. 동일한 장소를 점유하는 그런 방식으로 움직이지 않고 있는 그런 것만이 움직임 속에 있을 수 있다. (중략) 거꾸로 말해서, 장소의 변화라는 의미에서 움직이고 있는 것만이 자기가 타고난 기질 속에 그대로 머물러 있다는 그런 방식 속에서 '정지해 있거나' '잠잠히 있을' 수 있다"[1]고 말했다. 하이데거의 사유는 정확히 토폴로지적 관점과 일치한다. 토폴로지의 일반적인 의미는 물리적인 배치의 형태로 이루어진 어떤 현장의 종류를 설명하는 것이지만, 토폴로지는 지정학Geopolitics이 아니라 그 배치들의 관계를 설명하는 분야이기 때문이다. 토폴로지 개념에서 배치들의 구성과 네크워크는 그렇기 때문에 중요 개념일 수밖에 없다. 하이데거적 의미에서 자신의 본질을 드러내는 것은 운동이 아니라 정지, 즉 물질의 역학이 아니라 물질의 좌표이며, 그렇기 때문에 토폴로지는 영역들의 사유인 것이고, 그러한 관점 안에서 시는 주체와 대상에 관해 진술하는 행위가 아니라 그들 간의 거리가 말하는 바에 관해 진술하는 행위이다. 주체가 본질적으로 고유해질 수 있는 곳은 주체와 객체 그 자체에 의해 해명될 수 없고 오로지 그들 간의 위치적 변화에 의해서만 가능하다는 이러한 입장은 과학의 영역이라기보다는 시의 영역에 보다 가까운 것이다.

세상의 물질적 속성이 제거되고 그 규칙만 남은 곳에서 시인은 떠돈다. 시인이 전유하는 단 하나의 남아 있는 규칙은 '거기에 그것이 있다/있었다'이다. 그렇게 자신이 바라보는, 혹은 바라봤던 것은 그 자체가 훼손되지 않은 채 의미 자체를 하나의 망각으로 치환한다. 의미가 망각된 사물, 사건이 가진 개연이 우연으로 바뀌

1) 하이데거, 『이정표 1』, 이선일 옮김, 한길사, 2005, 203쪽.

는 것은 이 경우 전혀 불합리한 것이 아니다. 다시 한번 하이데거를 참조하면, "각 공간들은 자신들의 본질을 장소로부터 수용하는 것이지, '저' 공간으로부터 수용하는 것이 아니"[2]기 때문에 의미에 익숙한 우리에게 우연으로 보일 뿐이지, 결코 존재들은 우연할 수 없는 것이다. 더불어 그러한 공간은 전이轉移된 장소이며 그렇기 때문에 더욱이 절망이 거주해 있는 장소이다. 이곳의 절망은 '세상과의 불화'라는 문학의 일반적 명제라기보다는 의미와 좌표와의 불일치에서 오는 긴장감이라는 표현이 더 적확할 것이다. 나아가 이 절망은 자기 자신과의 불일치 역시 포함하는데, 하이데거는 '대화'의 과정 역시 장소에 도달한 채 장소 안에 현존하기 위한 도정이며, "대화의 도달하는 과정은 절망의 길인데, 그 길 위에서 인식은 그때마다 자신의 '아직은 참된 것이 아님'을 상실하고 진리의 현상함에 헌신한다"[3]고 말하고 있다. 당연하게도 시 역시 하나의 대화이며, 현존하기 위한 것이며, 자신이 참된 것이 아직은 아님을 자각하기 때문에, 결과적으로 절망스러운 것이다. 이러한 불일치의 세상에서 시인은 그러나 분노하기보다는 치리리 눈을 바꾼다. 바라봄의 체계를 이동함으로써 좌표의 이동으로는 닿을 수 없는 총체적 변화를 꿈꾸는 것이다. 부자유한 세계의 규칙으로부터 정신을 바꾸는 소극적 방식이 아니라 세계의 규칙을 궁극적으로

2) 하이데거, 『강연과 논문』, 이기상 · 신상희 옮김, 이학사, 2008, 198쪽.

3) 하이데거, 『숲길』, 신상희 옮김, 나남, 2008, 296쪽.

무화할 수 있는 유기체적 변화를 시도하는 것이다.

5

시감視感되는 것에 대한 기견旣見에서 벗어나기 위해, 우리에게 요구되는 것은 의미를 버렸기 때문에 비로소 의미를 기다릴 수 있는 존재의 위치에 대한 이해이다. 장소가 그것을 목도하는 자에게 무엇을 약속할 수 있는가는 전적으로 그 장소에 배치된 물건들에 의해 규정될 것이다. 그럼에도 불구하고 놓여 있는 그것은 (어디에 놓여 있고, 또한 무엇이, 어떻게) 놓여 있는 상태를 말한다. 즉 장소의 구조는 불변하는 데 반해 그것들의 양태는 바라보는 자에 따라 가변한다. 위의 괄호의 항목에 그 무엇을 넣어도 무관하다. 왜냐하면 바라본 것들은 시각視覺을 통해 들어와 인식의 틀 안에서 재구성되기 때문이다. 그런 의미에서 안식眼識은 산포散布하는 것들의 소잡이 가진 모든 눈이다. 회색이 눈앞에 나타날 때 우리는 그것이 검은 것에 가까운지, 흰 것에 가까운지를 판단하려 할 것이다. 인식 자체의 합리성은 그렇게 인식된 경험, 즉 경험의 축적을 부정해나간다. 그러나 빛은 우리 밖에 있음으로써 내부에 감광될 수 있는 것이다. 만약 삶이 권태롭고, 보잘것없고, 가벼워져도 상관없는 것이라면, 그것은 전체 외부 대상, 즉 자연이 우리를 편향적인 것으로 만들고 있는 것이 아니라 모든 것을 향한 우리의 눈이 간직하는 표명에 의해 우리에게 다다를 외광外光이 선택되기 때문에 가능한 일이다, 바라봄은 존재하는 것이 아니고 '발생한다'. 궁窮해 있는 하늘, 계절의 협동, 간절懇切 뒤에 찾아오는 불우不佑, 신이 그렇게

만 인간에게 손 내밀 수밖에 다른 방법으로는 하나의 상태일 수 없는 것, 이러한 제감諸感들이 인간에게 궁해 있다. 그렇기 때문에 시 쓰는 행위는 선善이라는 궁극에 대해 하나의 악惡이고, 악인의 선물이며, 악과의 채무이다. 그러나 인간이 스스로에 대해 절대적 이해를 가질 수 없는 것과 마찬가지로 행위는 자신과 교통할 뿐, 우리에게로 통용되지 않는다. 그들 사이에 긴 이해가, 놓아버릴 수도 없지만 어디론가 이르지도 않는 긴 이해가 시작된다. 그것은 본질을 알기 위해 행하는 표상에 대한 자기 검열도 아니고, 존재 밖으로의 멸빈滅擯을 꿈꾸는 성聖적 욕망도 아니다. 우리는 우리 자신에 대해 불활동한다. 그로 인해 전진한다는 것은 면연綿延의 의미가 아니라 하나의 분파가 된다는 의미이고, 정렬된다는 것은 접사接辭된다는 것이 아니라 그것으로부터 유리되어 있다는 체념의 집합이 된다. 패牌와 방幇의 방식은 근접자가 되어 삶을 바라보는 방식으로 미세微細를, 미세의 불량과 잔패殘敗들을 경칭敬稱해왔다. 그때 하나의 눈은 모든 눈이 되고, 비로소 안점眼點은 안대眼帶가 된다.

6

모든 것이 통로로 유도되지는 않는다. 그러나 모든 것은 어딘가에 있다. 존재는 그가 명명한 것들 주위를 떠돌며 부출浮出한다. 그럴 때 존재는 절대적으로 신에 대해 허황한 자, 즉 피조被造가 된다. 인간은 신의 핍진이며 그러한 병통病痛 속에, 만들어진 자신과 닮은 것을 만들며 모방된 신으로서 살아간다. 이 끝없는 순환과 가역可逆 속에, 핍진은 비유의 역할을 버리고 눈이 가닿는 곳, 외부 사물과 사태의 카니발에, 그 횡포와 전횡에 도취된다. 말하고 느끼는 것은 그렇게 서로에 의해 해부된다. 아무리 내재적이라 할지라도 의미는 우리 몸 가장 깊숙이에 외과적 방식으로 놓여 있다. 그런 의미에서 사람을 본뜬 것은 항상 그 자신의 석명釋明을 경계해야 한다. 처음으로 돌아가 다시, 모든 것이 설명으로 명확해질 수 없다. 그러나 모든 것은 자신의 설명을 가지고 있다. 그런 자에게 미래는 정화淨化되는 것이 아니라 중화中和되는 것이다. 좌표로부터 좌표에로.

7

시편들은 고정된 크기나 넓이 등에 주목하지 않고, 점과 선과 면의 좌표와 연결에 주목하는 토폴로지의 의미 안에서 장소와 장소를 떠돌지만, 동시에 떠돌았던 장소에서 의미를 지워나간다. 점이 면으로 변하고 면이 중심적일 때, 점은 지워지는 것이다. 즉 소잡의 점은 자신이 가진 의미보다 더 깊이 내려가 침잡의 면이 된다. 여기서 한 가지 부기해둘 것은, 토폴로지적 인식이 궁극적으로는 주어진 사물들의 좌표를 이동하고 재배치하는 위상적 행위지만, 그것의 문학적 환원이 가능하기 위해서는 어느 정도 내적 자기구성이기도 하고, 주체와 대상들의 관계이기도 하다는 점이다. 그러나 그 관계가 의미적 필연성을 가지지는 않는다는 점에서는 또한 위상적인 것이기도 하다. 장소가 하나의 문제로 출현할 때 그 문제 안에는 존재의 지근거리에 서성이는 무엇을 우리가 무엇이라 부를 수 없는 난망함이 함축되어 있다. 토폴로지를 통한 의미 거세는 사유적 행위가 아니라 존재적 행위이다. 그것은 내가 나에게 거주하겠다는 절대적 귀소 본능이다. 시적 믿음은 우리가 역사적으로, 전통적으로, 계승적으로 이어오며 믿어온 그런 통시적 믿음과는 다른 것이다. 의미가 소거된 세계의 위치들은 의미에 의존하지 않고 스스로 떠다닌다. 그 속에 기거한 우리는 본래적 존재를 기다리며 절망에 몸을 기댄다. 때문에 우리는 아직 오지 않은 것처럼 살아 있다. 그리고 기억되지 못할 미래는 없다. 시는 면으로 빛나고 시화詩化의 이름은 점으로 침몰하면서 시에 빛을 드리운 채 일렁인다. 좌표로부터 좌표에로.

신에 대한 소략疏略은 어떻게 가능한가?

세번째 시집 즈음에 나는 '신에 대한 소략이 인간에게 가능한가?'라는 물음에 사로잡혀 있었는데, 신이라는 인간 최대의 추상이 어떻게 인간에게 가능할 수 있었는지에 대한 답변 따위를 구한 것은 아니었고 단지 인간이 어디서부터 어디까지를 자신의 경계로 둘 수 있는지에 대한 의문이 어쩌면 신이라는 불가해한 객체의 윤곽을 말해줄 수 있을 것이라는 기대 때문이었다. 당연하게도 이 물음엔 인간의 범주를 넘어 초월로 나아가려는 의도가 첨가되는 것이 전혀 고려될 수 없었다. 신이 인격을 가질 수 없으며 그렇기 때문에 선악의 계측자가 아니라는 것은 스피노자를 필두로 많은 철학자들이 주장한 것이다. 반면 인간에게는 신에 대한 믿음과 자기 몸이 가진 믿음의 불일치가 언제나 대결했다. 그중 어느 한편에 편향될 때 역사는 성살해지고 평화는 산설해진다. 그리고 인간에겐 그것만으로도 충분히 위안이 될 수 있었다. 편향에 대한 이러한 종속성은 만약 창조된 것이 아니라면 필히 내재되어 있어야만 한다. 운명이라 부르는, 개체로서의 인간의 비극은 운명의 주인 스스로가 설정한 원점과 그 원점으로부터 추산될 수 있는 극점 간의 거리를 그 넓이로 가진다. 그리고 분명 신은 그 사이에 '있다'. 때문에 이 거리에 대한 의문은 일소될 수도 없고 확산될 수도 없다. 극점은 가장 멀리 있다고 느껴질 때조차 언제나 나아가는 바로 그 앞에 존재하며 영원히 좁혀지지 않는 하나의 추상화이며 개념이기 때문이다. 인간이 신이 될 수 없는 것과 마찬가지로 신 역시 인간이 될 수 없다. 즉 범주는 범주 내에서의 하위들에 대한 다양성의 가능은 제시할 수 있지만 범주 밖의 상위에 대해서는 다양은커녕 일국면一局面조차도 제시가 가능하지 않다.

예술과 과학이 이상 세계를 두고 하나의 풍경에서 겨루듯이, 또한 현실과 이론과 역동성을 두고 하나의 운동에서 겨루듯이, 대상들은 언제나 그 자신으로부터는 유래될 수 없는 거리감을 대상의 물질적 변형으로부터 얻어오고자 시도한다. 물질적 변형으로 표현될 수 있는 소재는 이제 신을 떠나 비로소 인간에게서 가능해지고, 신격화된 인간은 신의 온전한 표면, 즉 신의 누드로 표현된다. 이러한 역사가 성상聖像 전반에 사용되었다. 그럴 때의 인간의 피부는 어느 시대건 신적으로 존재해왔다. 작품들 역시 표피에 시점을 심는 실행을 해왔으며 그것이 가상 사건에 대한 현실의 순발력이기를 고대해왔다. 표면의 끝인 사후 세계는 인간이 유한한 가운데 무한의 장치로서 사용 가능한 유일한 영역이었다. 그렇기에 종교는 삶의 죽음에서 비로소 시작되는 것이다. 만일 대상이 물질적 변형만을 자신의 역사로 삼는 것만은 아니며, 시점의 재구성이 사물의 형식에 준하는 바가 있다면, 여기서 무엇보다 먼저 결정되어야 할 것은 무한을 경험해본 적이 없다는 사실 자체가 우리를 무한으로 분할하는 그런 영역일 것이다. 유한으로 쪼개어진 무한의 성질은 위치의 반대편에 도달하게 된다. 그것은 표면을 경계로 간주하며 뛰어넘을 수 있는 유일한 분할일까? 아니면 길이와 넓이가 아니라 순서와 배열로 이어지는 걸까? 끝에서 시작으로, 인간에서 신으로, 체험하는 모든 사물에서 유한하다는 말의 관념으로, 경계들은 고백한다. 그리고 그 고백은 물질의 경우로 충분하다. 또한 무엇이 옳은가에 대한 질문에 남겨진 것은 기억의 과정만으로 충분하다. 고백의 물질을 물질의 변형으로 만들지 않는 것, 부등한 것, 포집하지 못한 것, 인물군群이 불구적 상태인 것, 지금 신이 만들고 죽어가는 그것, 이것들 모두가 또한 피부인 우리로부터 멀어져가고 경계인 우리로부터 솟아난다.

시점은 현재를 임종臨終케 하는 존재다. 자신을 엿본 자처럼 신은 바뀌어간다. 자신에게서 무엇을 볼 수 있었는가? 경계의 지속이 물질의 고백인 것처럼 물음이 대답에 한하여 더욱 유보되리라는 것. 눈으로도 좇을 수 없을 만큼 거대한 지평선으로 확정되어가는 고독이, 우리의 살이 무한히 넓어져 물질만으로는 이 넓어진 간격을 채울 수 없기 때문에 생긴다는 걸 다소 절망적으로 그리고 다소 구원적으로 우리가 아는 것. 이때 신에 대한 소략이 인간에게 가능한가? 자기 자신을 축조 대상으로 삼아 반복해온 확장술과 축소술 덕에 사람들은 보편 건축에 미치지 않고도 언제나 신이 거주한 드높은 탑을 찬미할 수 있었다.

그러나 공물 때문에 솥과 실랑이하는 신은 너무도 궁핍하여 사람이 저지른 죄와 같을 수 없었다. 스스로 지어낸 이야기가 된 이후부터 신은 줄곧 석상에서 그리스인들만 흉내내고 있었다. 구속의拘束衣를 준비한 법의 영혼이 지혜롭다면 분명 신 중에도 상할 자가 많으리라. 홀연히 떠오른 서사시 속 퇴영退嬰이 끓는 숲에서, 지혜가 없는 성물聖物 한 자루를 끌고 나온 뒤로 인간의 문장은 신의 각막처럼 밤하늘에 유독 빛났다. 가죽으로서의 밤하늘은 구멍마다 색점色點을 가지고 대지를 노려본다. 우리의 오해와 달리 법은 고독을 이해하는 것 자체이다. 새로운 지식을 전하면 법집행은 지식을 넘지 않는다. 그러니 노을의 종種처럼 저녁 모두를 뒹굴고 나서, 법은 '머리는 땅에 떨어져 좋은 열매를 맺거라' 그런 위로를 들었다. 신의 소략 뒤엔, 피부에 시간을 물들이는 사람이 있을 뿐이다. 타인의 작은 발돋움이 그려질 자리에 몸은 자력自力을 남긴다.

지난 세기의 모든 형상을 통해서 우리는 산 사람이 죽은 사람을 생각할 때 부르는 애창곡으로 남게 되었다. 신에 대한 소략은 어떻게 가능한가? 축소는 축소된 것에게 가능한가? 전별하면서 지식은 나무의 뒤편이고, 살은 타면서 손안의 세계다.

숙살肅殺이 불어오다
—『코란』『설문해자說文解子』[1]

오늘은 이웃의 마음을 수리數理로 헤아렸습니다. 오늘의 누군가는 할머니에게 차가운 주머니를 얹고 오늘의 누군가는 다리가 부러질 것입니다, 운명이 없는 곳으로 귀가 있는 짐승을 인도했으니까요, 손실자損失者가 바람을 얻기 위해 바람과 다투었으니까요. 무성한 것이 곁에 불어왔다면 그것의 의미는 숙살肅殺입니다. 먼지마다 노을이 가득차 있기에 오늘은 반성하는 당신을 한 마리 두 마리 역수易數로 세어나갑니다. 그 마릿수의 끝에서 당신은 옳은 적이 있습니다. 그러하므로 그 형체가 의문스러운 것을 귀히 여기는 짓을 꺼리지 않겠습니다. 불운하신 분이, 재물을 영혼에 담으신 분이 흘러내리는 둑 위에

1) 『코란』, 김용선 옮김, 명문당, 2002. ; 『설문해자: 부수자 역해』, 염정삼 옮김, 서울대학교출판문화원, 2007.

서 있으니까요. 그리고 그 곁엔 이 책들, 나에게는 하나의 말이 다시 여러 개의 말로 적힌 것으로밖에는 보이지 않는 책들이 놓여 있습니다. 『코란』과 『설문해자』. 귀신에게 바치려고 했으나 빈객이 가져가 버려 바칠 수 없는 음식이 된 이것들을 광주리에 담고, 수리의 마음을 다시 글자의 마음으로 헤아립니다. 어제의 당신과 눈썹을 교환할 때 내일의 송아지에게는 기쁜 일이 있으며, 어제의 당신이 모든 방소方所, 모든 형물形物이 들려오는 고요한 방일 때 내일의 부엉이는 창자가 차오릅니다.

『코란』은 아랍어로 시처럼 암송되어져야만 하는, 통상의 음독 체계로는 의미를 전달받을 수 없는 구조를 가지고 있습니다. 그러니 번역됨은 무의미하겠지요. 거기에는 응답이 있을 뿐이고, '갑자기 오는' 어떤 것들만이 의미의 총체로 존재합니다. 그러나 신앙으로서가 아니라면, 불가해가 불손이 아니라면, 이 책으로부터 우리에게 오는 유예는 퍽 아깝지 않은 독백이기도 합니다. 신의 문자가 노래이며 매실로의 가능성이지 대상으로 가능하지 않다는 것은, 도리어 우리와 그들의 거리가 어떤 경우에도 잘못된 것일 수 없다는 걸 확신하게 합니다. 구句에 요구되는 보편 규범은 이 경우 언어로서는 도태되었기 때문에 의미적으로 약동합니다.

『설문해자』 역시 사물의 개념과 의미의 형상이라는 기원적 질료가 현재라는 그 자신의 시간보다 언제나 더 큰 부피의 과거를 지속 생산하고 있다는 점에서 학學과 사史 어느 쪽에도 어울리지 않는 역동성을 가지고 있습니다. 만약 이것이 순수히 고증학이라면 자의字義에 대한 설명 외에 설명된 것은 그 무엇도 없다고 말할 수 있을 것입니다. 왜냐하면 훈고訓詁는 글자가 가진 의미의 바깥에 존재할 수 없는 것인데, 자구字句 자체의 사건성이 조합된 문자적 사실과 사건에 후행하는 것이 아니라 선행한다면, 후행하여 만들어진 의미는 자체의 사건이 가진 의미와 무관해야 마땅하기 때문입니다. 그것은 그것 자체로 전면적 통인通人이랄 수 있습니다. 즉 문자로만 가능한 사물은 그것이 아직 표현될 방법이 없던 시기에 한하여 표현의 의지입니다.

표현된 것이 아니라 표현하기 위한 성질인 이 두 권의 책은 명백한 하나의 사물에 대한 다른 두 견해이기도 합니다.

물을 찾아 자기에게로 오는 목마른 짐승 때문에 샘이 솟아버린 사람이 울고 있는 밤입니다. 벌레 더듬이에서 감각의 길이가 조금씩 줄어들 시간이면 '숙처淑處에 기역이其易耳한 것이 있겠습니까?' 라고 묻고 베갯잇을 더럽힙니다. 내 돌은 이제 부스러져 밤하늘로 날아가고 있습니다. 타락의 정도를 보기 위해 세속 대지에 내려온 천사를 도리어 부채로 날려보내며 당신은 동쪽 허공을 조금 손바닥으로 당겨 냄새 맡습니다. '신의 거울이라도 바람을 어찌 비추겠으며, 아직 마시지 않은 포도주 속에 숨겨진 취기를 어찌 비추겠는가?' 여름 부채는 전전 기특해져갑니다. 인간이란 광의에서 보편으로 귀결되는 하나의 숙처이므로 누군가는 이 지병을 바람의 아랫니라고도 말했습니다. 넌 박혀 있구나, 여며져야 할 연인들 앞에서 아문 딱지를 떼고 잠자는구나, 불량을 근심하면서도 여기까지 자라 내가 너의 조수潮水를 밤마다 일으키게 하는구나, 달이 떠 있는 검고 뭉근 이 기후는 행복한 자를 위한 광견병에서 왔습니다. 행복만으로도 저녁은 귀가 움푹 팬 것이 될 것입니다. 헤아림에는 여지가 없고, 노을 앞의 누군가는 콸콸 붉어지는 집을 하염없이 닦고 비볐습니다. 인간에게 신은 삼가는 것이고, 폐휴廢畦에게 씨앗은 떠도는 집입니다. 하지만 우리의 신은 얼만큼의 궁핍을 우리의 거지로부터 얻을 수 있을 것인지요.

우리들은 인간을 검은 진흙으로 즉 도토陶土로 만들었다. 그러나 진흙들은 그 이전에, 우리들이 이것을 작열하는 불로 만들었다. 그대는 주께서 천사들을 향해 "나는 도토 즉 검은 진흙으로 인간을 만들려고 생각한다. 내가 그 모양을 만들어 이것에 내 입김을 불어넣으면 너희들은 엎드려 절을 하라"고 말씀하셨다. 그때 천사들은 모두 엎드려 절을 하였지만, 이블리스만은 끝내 모두와 함께 엎드려 절을 하지 않으려 하였다. 주께서 말씀하셨다. "이블리스여! 왜 너는 딴사람과 함께 엎드려 절을 하지 않는가?" 그는 말하였다. "당신이, 도토, 즉 검은 진흙으로 만든 인간들에게 나는 절대로 절을 하지 않겠습니다."

—『코란』, 히지루의 장 : 26~35

새 진흙을 붙이고 사람은 과거에 허락되었던 위협을 지금의 살에 다시 주름 새깁니다. 그간 우리는 모든 위협에 식물처럼 잎사귀를 내밀고 얼마나 육체적으로 위대해졌던 걸까요? 때로 감정은 응해 오는 것에 대한 육적 승리입니다. 인간에 대한 신의 긍정이 자율이 아니라 절박이었다는 말이, 걸어 올라가는 방식이 하강하는 계단의 극히 일부분일지도 모른다는 생각이, 혹은 지옥에 대한 비유가 천국에 경역境域을 만들었다는 율문이, 그 승리에 의해 얼마간 투명해집니다. 그리고 비유는 어떤 숭배보다 더 기도의 형식입니다. '있을 것이다'라는 야음夜陰과 '있을 뿐이다'라는 촉은燭隱 간의 차이가 그러한 기도의 정신적 속성과 물질적 속성을 한꺼번에 말해주기 때문에 오늘 당신에겐 꺼뜨릴 수 없는 하루가 손끝마다 줄곧 타오르는 형상으로 남겨지는 것입니다. 세계의 영사물影寫物은 유일하게 고정적으로 그를 대표할 수 있는 것, 자기 상태에 대한 확신으로 반대편에 비춰집니다. 그렇기에 부정은 조금 더 각운이 있는 문체로 보일 것입니다. 우리의 선善에 비해 그것은 좀더 경쾌할 것입니다. 그리고 이블리스보다 더 천박하게 빚어진 존재를 향해 펼쳐진 흙이 세상의 모든 보주補註, 유보와 유예로 길어질 것입니다. 대지는 시처럼 자신을 잃을 수 없으며 시 또한 대지처럼 자신을 잃을 수 없다는 말이 들려옵니다. 과연 대지는 흙에서 인간을 빚어내기 위해 불태워지고 있는 것입니까? 우리가 예견하는 종국의 형상이 불에 의한 것은 또한 태초의 형상이 불에 의한 것과도 같습니까? "검은 진흙으로 만든 인간들에게 나는 절대로 절을 하지 않겠습니다"라고 말한 자가 시의 감정이 아니라면 우리가 어떻게 이블리스를 우리 육체의 숭배 대상으로 삼을 수 있었겠습니까? 그러므로 우리가 어떻게 우리의 기도보다 더 오래 경건해지지 않을 수 있었겠습니까? 그것이 이블리스에게 저주받은 자의 노래인 한, 시는 현자이며 연금술사인 자로부터 부름을 받은 귀중한 금 조각이 아니라, 빛나는 금장식의 무덤 속에서만 비로소 영원한 왕국이 실현되는 모든 죽은 황제들의 독거성獨居性이라야 마땅합니다.

진흙의 사람은 검게 태어납니다. 울음 대신 울음 아래 흐르는 영하零下의 투명을 보살피고 난 후, 밤하늘에 빛나는 숭고한 사랑은 우리에게 명중하는 적의를 별에게로 되돌립니다. 가져온 하늘은 비어 있지만 가져온 하늘만큼 적의가 쌓여 그 하늘이 또 가득 차게 될 것이라 믿는 아이들이 태어납니다. 가장 늦게 채워진 하늘에서야말로 인간의 운명은 스스로에게 행하는 가해加害 때문에 참으로 영원히 길어지는 영혼을 내뿜는 샘으로 남게 될 것입니다. 복사服事의 임무는 늘 인간의 운명을 영혼의 길이로 조절하는 것이었습니다. 그러므로 태어남을 더이상 태내胎內로 남발하지 말 것, 죄악을 함부로 용서하는 죄악을 포도주에 적신 빵과 같이 하지 말 것. 그러나 처벌을 지켜볼 자가 없는 죄는 죄일 수 없습니다. 귀를 봉하고 오늘의 황혼에 수많은 귀머거리를 세워둡니다. 그들은 소리를 청각으로 감수하지 못하는 대신 소리를 그리는 능력을 얻었고 세계 자체를 그들의 수기, 방명록으로 만드는 데 성공했습니다. 말과 소리가 없는 세계가 길게 펼쳐진 음지로 사람을 상형했습니다. 종교가 상형의 체계이며 율법서들이 거대한 하나의 상형문자라는 것은 인간의 상형적 이미지 앞에서 어떤 이유로도 비유일 수 없습니다.

조용히 얼굴의 분장을 지우고 모든 악을 검토하던 사람이 거기 있어, 현재를 알 수 있기 위해서는 지금껏 이해됐던 모든 것을 가로질러야만 한다고 말합니다. 이것은 이성이 가진 취기입니다. 냉정과 진노를 함께 다스린 법정 또한 매번의 판정마다 세계 전체의 시간을 거슬러 다시 시작되어야 한다고 말합니다. 이들 역사가는 판결에 시간의 성별을 붙이는 자들입니다. 언어가 미래를 체험의 모든 것으로 간주할 때라면 적어도, 지나온 형상이 지나온 영혼을 닮지 않아서는 곤란한 것입니다. 말소抹消가 바람으로 불어오는 쪽, 혈의학血醫學의 가장 건조한 정신 아래 피는 고요히 자만합니다. 자신이 태내의 독송讀訟과 같아지는 것을 시로 자만합니다. 또한 이것이 종교가 미래와 관련된 감각을 갖지 말아야 하는 결정적 이유기도 합니다.

하여, 문자와 인간을 관계 지으려는 고대의 생각은 행위가 죄의 문제가 아니라 가멸可滅의 문제, 즉 신의 문제가 아니라 신을 빗댄 인간의 문제이며, 의소意素의 겹으로 음소音素의 폭을 견디는 행위임을 말해줍니다. 그럴 때 개인의 품위는 고작 착오적인 지표를 세움으로써 자신에게 가할 수 있었던 감정의 적의와 위해, 즉 영혼이 가진 도덕의 광범함에 불과한 것이 됩니다. 들리는 것은 들릴 수 있는 것으로, 있는 것은 있을 수 있는 것으로 표진飄轉되면서 발밉니다. 그러나 문자는 그 원천이 창조자의 행동 방식이었기 때문에 파악될 수 없는 것입니까, 아니면 사람의 머리와 신의 발 사이에 비좁게 겨우 놓여 있어 파악할 수 없는 것입니까? 『설문해자』의 風부部와 蛇부에서 마음에 드는 몇 구절을 가져와봅니다.

> 風은 팔풍(八風)을 말한다. 虫로 구성되었고 凡이 발음을 나타낸다. 그래서 벌레〔蟲〕는 8일이면 변화한다. 바람〔風〕은 쓰임〔用〕이 거대하므로 대체로 형태도 없이 이르는 것을 '風'이라 한다. 팔(八)은 바람〔風〕을 주로 하고 바람은 벌레〔蟲〕를 주로 한다. 它는 벌레〔虫〕다. '虫'로 구성되었고 길다. 상고(上古) 시대에는 풀 위에 살아서 뱀〔它〕을 두려워하였기 때문에 서로 "뱀은 없었는가?〔無它乎〕"라고 물었다. 『시(詩)』에서 "維虺維蛇, 女子之祥〔훼(虺)와 사(蛇)는 딸을 낳을 징조라네〕"라고 하였고, 『국어(國語)』·『오어(吳語)』에서 "훼(虺)였을 때 막지 못한다면 사(蛇)가 되면 그것을 어찌하리오〔爲虺弗摧, 爲蛇將若何〕"라고 하였다.

위의 인용은 원문과 최소 여섯 겹의 주석(주석 안의 인용을 합치면 더 길어지겠지만)을 뭉쳐 무작위로 만들어본 것입니다. 하나의 글자(여기서는 부수)가 가진 이 수많은 이력과 판단과 보류와 중지와 진행의 갈래는 너무 많아 도저히 한자리에서 해득解得하기엔 버겁습니다. 그러나 이것이 감정들의 놀이이고 겹의 놀이라면 하루종일 아니, 책이 끝날 때까지, 혹은 책이 끝나고 나서도 유희를 반복할 수 있을 것입니다. 지금은 그것이 비록 설명이 되어버렸지만, 주석의 본래적 역할이 비유의 역할을 대신하던 시대의 아름다움, 혹은 쓰기 자체가 이미 덧대는 행위였던 시절(논어의 '술이부작述而不作'을 떠올린다면 더욱)의 가치가 이 책에는 담겨 있습니다. 그리고 사람은 그곳으로 떠나 무엇이 무엇인, 그러나 앞의 무엇과 뒤의 무엇이 끊임없이 뒤바뀌는 세계의 혼매昏昧와 만납니다. 그런 이유로 『코란』도, 『설문해자』도 그 의미의 추론은 많지만 그 자체가 뜻하는 것은 아무도 모릅니다. 석언釋言하여, 그것은 '이름 없는 것'입니다. 비의秘儀적이어서가 아니라 연쇄적이기 때문에 그러합니다. 어느 한 점도 다른 한 점에 대해 최단 경로가 존재하지 않는 세계에서 결경結經은 개경開經과 같은 것입니다. 이것에 의해 시의 방식은 생 전반에 대한 응축을 사용할 수 있게 됩니다. 그렇기 때문에 응축의 원리를 순수가 자신을 다르게 해석하는 일 자체라고 여기는 자들은 척도가 자신으로부터 뒤늦는 자들이며 극단에 이르러야 정적靜的일 수 있는 자들입니다. 반면 혼탁은 너무 이르거나 미달된 화해입니다만, 비로소 자연의 대칭에 인간의 비대칭이 부여되는 순간입니다. 점서占書처럼 미래에 여러 이름을 부르며, 스스로 아주 빈천한 것이 되어 더 큰 빈천이 자신 위에 올라설 수 있도록 얇아짐으로써 자신의 왜소를 확인하는 사람은 지금껏 자신이라 불러온 사람과 사별하는 것으로 별인別人이 되어갑니다.

무른 쪽을 잘라 당신께 보냈습니다. 허공에 과밀하게 쏘아올린 신들의 괴색愧色을 황혼이라 불러봅니다. 탐미적인 당신의 노을과 비읍悲泣하는 너의 색은 아마도 영원히 빌지할 수 없을 것입니다. 그러나 이름을 외우기 시작하는 것만으로도 그 이름의 첫마디로 돌아갈 수 없게 되는 하염없이 긴 이름들의 만숙晩熟만은 일치할 것입니다. 자기 핏줄을 의붓자식으로 여겨 강포히 구박하는 자처럼, 우리 모두는 자기 자신을 입양한 계부모이기 때문입니다. 소해小奚는 우리 안에서 오죽이나 울었겠습니까. 아마도 인문학 뒤의 서술은 그런 식으로 자신을 강조할 것입니다. 마디가 갈급하면, 우주가 짧아지면, 한 장의 종이는 실로 외롭게 떨어져 있는 다른 모든 종이를 자기 위에 점경點景할 수도 있을 것입니다. 자신을 둘러싸고 있는 장황한 고립의 대부분이 해명된 채로, 이 암묵은 자신의 언어로는 메워지지 않는 우주가 한낱 속씨식물의 씨에 싸여 있다는 것을 알게 됩니다. 손과 발의 혼인婚姻, 질병이 숙주에게 건넨 그릇, 꽃이 줄기에 놓이는 방식으로 다른 기후의 경계에 솟는 육안肉眼, 지금은 어렴풋하게만 만져지는 그런 사라진 인간의 흔적 기관을 지나, '새의 경우로 잘못된 것이 있다면 새를 지적하라, 우리의 정향定向으로 잘못된 것이 있다면 우리의 중성 상태를 지적하라!'고 몸이 말한 것은 육체에 만유萬有가 불충분했던 탓이 아니라 오히려 과잉되었던 탓입니다. 당신의 바람에게라면 씩 치우친 자가 되리라는 생각을 저는 다만 하고 있습니다. 현자가 바라본 우자의 세계와 우자가 바라본 현자의 세계가 이렇듯 공유되는 것입니다. 오늘 그 무른 쪽을 잘라서 당신께 보냈습니다. 당신이 나에게 써주지 않은 글자는 여전히 엷아져가고, 자신에게 끝없이 반대되어갑니다. 모든 것이 다만 숙살의 일입니다. 허탈한 것이 긴장과 밀도를 꿰뚫듯, 희생의 피가 제주祭酒를 꿰뚫듯, 점시覘視의 희미한 조각이 명석明晳을 꿰뚫듯, 그렇게 다가오는 죽음 말입니다.

독서는 죽은 사람이 차지할 만큼의 들판

짜낸 복숭아들이 왔길래 평소 그런 엉터리 짓을 잘하는 엄마가 또 뭘 보냈구나 했습니다. 우선 하나를 먹자 달콤한 여름의 맛입니다. 그리고 내게 어떤 단점들이 있었는가를 떠올려봅니다. 그래서 선물의 복잡성에 대해 떠오르는 것이 있어 책을 꺼내 듭니다. 그 책에는 모든 아름다움은 약간씩 다르고 약간씩 지나친 것이라고 쓰여 있습니다. 늘 그런 것과 마주하고 있다는 것을 모르는 나는 어쩌면 행복한 것입니다. 스스로를 가리켜 '이 사람은 가장 좋은 사람입니다. 그렇지만 인연을 모르기 때문에 가장 위험한 사람입니다'라고 말하면서요. "형상은 건설하고 질료는 방해한다"는 아리스토텔레스로부터 복숭아는 줄어들기 시작합니다. 도망갈 수도 없지만 도망갈 필요도 없는 사람은 자기 자신에게 언제든 이렇게 선물을 내밀고 있습니다. 고맙게도, 모든 상황은 친숙한 상황으로 번역되지 않고는 이해될 수 없는 것입니다. 그리고 불행히도,

마음의 일부는 언제나 반조返照되지 않고 형상을 비출 수 없는 고통의 거울입니다. "모두에게 살 땅을 나눠주는구나, 죽은 사람이 차지할 만큼만. 넓은 들판은 몫으로 주지 않고."(아이스킬로스, 『테바이를 공격한 일곱 장수』) 나와 같이 빛이 빈약한 자에게도 아주 약간의 살아갈 땅은 있는 걸까요? 창밖이 더 맑아 보이는 건 아마도 '죽은 사람이 차지할 만큼만' 비가 내리는 중이어서일 것입니다. 비가 오기에 물청소를 했는데 밖의 빗줄기가 더 선명합니다. '죽은 사람이 차지할 만큼만'. 그래서 저는 고개만 끄덕였습니다. 그게 어떤 건지를 아는 사람에게 뭘 더 첨가해 말하는 건 무례한 것이니까요. "만일 내 본질에 침투하는 이 불타는 열정이 나를 그대의 본질에 이어주지 않거나, 그대와 나의 두 본질이 똑같다는 것을 느끼게 해주지 않는다면, 나는 그대를 더 순수한 부류로 여길 것입니다."(루소, 『신엘로이즈』) 그래서 내게는 부끄럽고 몇 번인가 같은 날이 밝아왔습니다. 그러나 내 시는 몇 번이고 검게 떠올랐습니다. 내가 너무 야위었다는 말을 들었습니다. 그러나 창밖의 응원에게만은 부끄럽고 싶지 않습니다. 여름이 끝나버렸어요. 하지만 여름의 선물을 받았기 때문에 가을도 아닙니다. 그저 상자가 많이 버려져 있는 공원에서 여름날 치솟던 그 차가운 혼곤을 이제는 빗줄기를 통해서는 전달받지 못할 것이라는 애석과 석연이 남는 나날입니다. 여름이기 때문에 제가 광분하지 못하도록 저는 저를 의자 깊숙이 앉히는 교육을 해왔습니다. 독서가 시작되면 하나의 유채색과 다른 유채색 사이의 무채색이 떠오릅니다. 독서는 죽은 사람이 차지할 만큼의 들판입니다.

프로메테우스의 청년

청년은 무엇일까? 원주原州행 내내 그것을 생각했다. 다만 나에게도 그것이 있었다. 그렇기 때문에 곤란한 것이다. 지나쳐왔던 특정 시기에 대해, 전혀 알 수 없게 된 나이에 대해, 비루하던 때의 내가 그때의 나에게 물었던 질문은 여전히 생경하지 않다. 가장 명징한 젊은 날일 때조차 사라지고 싶다고 느끼는 건 생 전체의 지혜가 그 시기를 통해서만 나타난다는 것을 의미하는 것은 아닐까? 그러나 청년은 천재가 아니다. 셸링적인 의미에서 천재가 "인간 속에 내재하는 신성"(셸링, 『예술철학』)이라는 특수자 전체의 절대적 필연성이라면, 청년이 천재가 되기 위해서는 무한한 자기긍정이라는 절대성의 한 부분이어야 한다. 그렇기 때문에 지혜의 절정이 한 시기에 구현되었다고 생각한 것은 나 자신의 결핍에 대한 서글픈 긍정이었을 뿐, 무한한 긍정을 요구하는 생 전체를 만족스럽게 하는 것은 아니었다. 전체 구조로는 가능하지 않으며 그 축조가 단일할 수 없다는, 어느 특정 형식에 대한 형식적 교만이 거기에 있었다. 그러나 거기서 결코 한 발자국도 도망치고 싶지 않았던, 자신의 모순과 전략을 사랑한 청년이 있었다면, 나는 아직도 그가 지금의 나를 향해 비방과 염려를 아주 간절한 나약함으로 전하고 있다고 생각해야 마땅하지 않을까?

원주로 한 청년을 만나러 간다. 산운山雲이 춤춘다. 똥을 누기 위해 자신만 아는 어딘가로 사라지는 착실한 개처럼 예전의 나는 그 도시를 오간 적이 있었다. 안개 속의 녹음이 그렇게 말한다: 우리는 착해지지 말자. 그러나 우리는 착하고. 아무것도 아닐 때 비로소 기쁘자. 그러나 우리는 어떻게든 아무것도 아닐 수 없고. 때로 무탈한 생이 지나가면 단지 살아왔기 때문에 살아갈 수 있었던 불길한 지속을 확인하는 일이 생기곤 한다. 그러나 청년의 유형을 규정하고 변형시키는 일 모두는 지금까지 저물어가는 사회의 몫이었다. 바람에만 산다고 알려진 벌레를, 그 벌레를 잡으러 떠난 사람을, 생의 초기에 건설한 사람에게 이런 말들은 얼마나 노쇠하게 보일 것인가? 세계는 생에 대해 그 태생에 있어 도래도, 도약도 무엇 하나 약속된 것이 없었다. 그러나 나는 착한 개와 같이 청년을 허비했다. 정당할 수 없는 것에 대해 정직할 수 있을까? 안개는 나무를 감추고 이윽고 자기 품안의 모든 것을 실재가 아니라 표현에 불과한 것으로 만든다. 청년은 이와 같이 앓는다.

지금은 집의 측벽이 아침의 태양으로 인해 떠오르는 창의 비좁음, 낡은 간판의 이질적 상징들, 버려진 것들의 짧은 숙명, 지난밤 별을 목도하며 완벽해졌던 화훼와 조경이 대낮의 비밀스러움에 젖어가며 희미해지는 궁핍, 그런 더러움으로 채워지기 때문에, 약한 것에게 엄습해오는 역한 것의 본모습은, 혹은 야만이 가장 찬란해질 때의 그런 무의미한 노동으로만 성실함을 가질 수 있었던 본래적 창조는 '약한 자들의 고통은 강한 자들의 선악이며, 약한 자들의 선악은 강한 자들의 고통이다'라는 잠언으로 결정된다. 매번의 아침, 희망을 담은 언표가 인간을 얼마나 더 광범위한 섬뜩함 속에 가두고 있는지를 깨닫는 자가 자신의 덕을 돕기 위해 지금까지 배워온 모든 악을 몰고 지옥으로부터 오고 있다 하여도, 우리의 이름이 우리가 모르도록 개명되어 불려진다 하여도, 우리가 어리석어지는 곳은 이곳 말고는 더이상 전락할 수 없는 바로 이곳이어야 한다.

청년은 자신의 인식 안에서 축조와 철거가 연습될 그 스스로의 건축이다. 그 태생은 부패될 수 있는 것이며, 서로에 의해 착취될 수 있는 것이며, 프로메테우스가 불을 인간에게 가져다줬다는 죄로 벌받은 것이 아니라 자신이 전해 들은 신의 파멸이라는 예언을 신들에게 비밀로 지켰기 때문에 신들로부터 분리되고 항구한 죄를 받은 것처럼, 태생은 태생으로부터 버려지고 신성神性을 포기한 어떤 것으로 벌을 받는다. 어느 사회든 청년이 반대한 것이 그 사회의 모순적 질서나 관행적 전통이 아니라 그 자신의 태생이었다는 것은 알지 못했기 때문에 기성既成들은 자신들의 세계를 바꿈으로써, 혹은 바뀌질 수 있는 모델을 제시함으로써 자신들의 후예가 자신들과 같은 정신적 퇴폐를 갖기를 원해왔다. 그 행위는 계몽으로, 훈육으로, 제도로 매듭지어져왔지만, 대체 어떤 인류가 자신들의 요람과 무덤을 계몽하고 훈육하고 제도화할 수 있었던가? '신에게 학대받아도 차별은 학대받는 자에게 영원히 도착하지 않으리라'는 구호로, 청년은 태생을 반대한다.

산운 아래, 청년의 노여움은 청년의 온화함과 이런 대화를 나눴다.

"나는 오래전에 태어나 우리가 전적으로 아버지 편인 사람 가운데 소임 맡은 자로, 이제 그에 할거하여 신이 막지 않은 자들, 나의 적들이 분노를 담아 내게 쏜 화살이 어떻게 신과 나와 나의 적대자로 가려질 것인지를 기다리고 있다. 태생은 현재의 자신으로부터 가장 먼 것을 존경하는 법으로만 마음이 할 수 있는 노동과 동일하게 노동한다. 탄식자여, 지금껏 혼자서 자궁을 만들어온 그 어떤 여신도 우리의 증인이 되지 못했으니, 그대는 자신에게 이르는 판결 중 어느 것을 가장 공정한 신으로 만들어 배석하게 하겠는가?"

"들어보시오. 마음이 기도한 것을 하늘의 별빛으로 거두어들인 이 선서가 그대를 이곳까지 전달해준 배심원의 손짓에서 만들어진 것이라면, 심판하는 자 모두가 그대의 이름에 대해서는 그것이 맑은 샘물로 깨끗이 씻은 손을 감추었다고 말하고 있는 것이요, 그 맑음으로 또한 더렵혀졌다고 말하는 것이니, 그대로부터 목격되고 증언되어야 할 것이 그대 이름의 것이오, 아니면 그 이름에 얹힌 손의 것이오?"

"반대쪽에 배려와 답례를 명령하겠노라는 그대의 탄식은 신의 천둥과 같아, 쓰러져 죽은 나무를 다시 일으켜 세울 것이다. 그러나 그대는 그대의 명령과 아무 관련이 없는 그 열매마저 일으켜 세우려 하지 마라. 그대가 지체하고 있는 밤과 낮을 짓밟는 자가 있다면 그들은 이미 자신들의 명예를 위해 불결을 사용하는 데 주저가 없을 것이니, 그대는 그 불결을 빼앗지 마라. '나는 주저 없이 버려야 할 것도 덕에게 묻고 그렇게 한다'는 그대의 도리는, 우리가 그대의 불모不毛를 빼앗을 손을 도리어 그대로부터 빼앗는 그런 도리가 아니면 무엇이란 말인가?"

"청년이여, 어찌하여 정녕 밤과 낮을 지체하는가? 어찌하여 계절을 전락하고 어찌하여 종교 없이 회개하기 위해 신을 찾아 나서는가?"

"오, 적이여. 오, 젊은이여. 그대와 같은 자로부터 이토록 오래 저주받아 구원과 승리의 모든 독이 사라진 나는 이미 그것을 모른다."

지상의 문자에서, 숭고는 도전받기 어려울 만큼 이름이 흐릿해진 통속으로 표현될 수 있으며, 악은 언제나 다른 어떤 것들의 총칭이었다. 그렇기 때문에 우리의 삶을 바라보는 사탄의 눈은 우리에 의해 아름다울 수밖에 없다. 직면하는 위험의 크기는 그것의 강함이 아니라 그것의 약함에서 생기는 것, 대다수를 감사하는 인간에 의해 대다수를 증오하는 인간이 생기는 것, 사색하는 사람이 지니는 정신적인 기품 같은 것은 사색하지 않는 인간의 천품에 의해 보충되는 것, 영혼이 정화수에 목욕되기에 앞서 먼저 세계의 황혼이 되어 있었다는 귀신의 슬픔을 얻는 것, 그런 시효時效들이 청년을 청년으로서의 얼마 남지 않은 세계에 묶어둔다. 적은 수의 사람은 노래로만 더 적은 사람을 경멸할 수 있다. 약소弱小가 없는 자가 말한다: 내 이름은 어둠에서 말소된 별이다. 모두의 눈이 퍼올린 별은 떨어져 자신을 퍼올린 그 눈을 찌르며 뒹굴었다.

청년은 무얼까? 다만 나에게도 그것이 있었다. 그리고 청년에게도 그것이 있었다. 독수리에게 간을 파먹히는 자처럼, 가장 고통스러울 때 고통받는 자가 바라는 것은 오직 순수한 노동뿐이다. 비는 내리고 청년과 청년이 없는 자가 함께 앉아 불을 피웠다. 누군가는 모국어가 아닌 문자로 글을 쓰고 있었다. 누군가는 발코니에 짓기 시작한 벌집과 거미집에 대해 얘기했다. 살아 있을 때의 형체를 알 수 없을 정도로 빛깔을 잃으며 밤은 연기와 비슷해진다. 혹은 벌과 거미 중 어느 쪽을 도와야 할까? 혹은 우리가 어떻게 도덕을 억제할 수 있을까? 혹은 우리가 어떻게 행함을 억제할 수 있을까? 청년은 무얼까? 앞으로 전개될 벌과 거미, 그 두 거주자의 부쟁이 낳을 구속과 예속 모두가 그것을 바라보는 자일 경우를 우리는 어떻게 엄격하게 지킬 수 있을까? 청년은 무얼까?

침대

침대는 안락에서 불안으로, 불안에서 안락으로 우리의 정신을 옮기는 네 다리의 상징물이다. 어떤 사람은 거기서 식사를 하기도 하고, 어떤 사람은 사랑을 나누며, 어떤 사람은 잠을 자기도 한다. 그러나 공통적으로 그들 모두는 안락과 불안 사이를 오가는 이계異界의 짐승 등에 올라탄 듯한 멀미를 느낀다. 잠에서 깨어나 느끼는 취기가 일상의 것도, 환상의 것도 아닌 것처럼 느껴지는 이유는 영역과 경계에 대한 침대의 초월 의지, 혹은 무화無化 의지 때문은 아닐까. 직사각형이라는 명확한 공간적 구분은 침대라는 상징적 의미를 만나 명확하지 않은 공간으로 변모한다. 그러므로 침대는 세밀화일 수 없는 그림이다. 한편에는 휴식이라는 이름의 안락이, 한편에는 악몽과 비일상이라는 불안이 혼재된 이계이다.

내게도 침대가 있지만 나는 그것을 사용하지 않는다. 바닥에서 잠을 잔 지가 꽤 되었다. 빗자루도 있지만 청소는 늘 손바닥으로 한다. 세탁기도 있지만 가급적 손으로 빨기를 선호한다. 그런 내게 침대는 여간 불편한 대상이 아닐 수 없다. 지금은 차라리 관상용, 혹은 평면적 전시물이라 해도 틀린 말이 아니게 되었다.

침대 길이에 맞춰 사람을 잘라 죽였다는 프로크루스테스의 침대는 자신의 생각이 타인의 생각과 얼마나 다른가에 대한 것뿐 아니라 자신의 생각이 자신이 품고 있는 생각과도 얼마나 다른가를 보여주는 신화이리라. 만약 그렇지 않다면, 자신의 악행에 만족하는 악행자가 자신의 악행과 같은 방식으로 종말을 고해야 할 이유가 없어 보인다. 자신을 조율하는 주인의 것과도 일치하지 않는 이 근원적 불일치에 대한 이야기가 내게는 침대를, 잠을, 꿈을, 그 위에서 벌어지는 모든 일을 하나의 모호한 대상이게 한다.

나의 침대는 하나의 지극히 단편적인 곱자와도 같아, 사람이 가진 비극의 길이를 재는 용도 이외에 다른 기능은 하지 못한다. 그러나 적어도 그것을 생각하는 내 꿈의 길이에 맞춰 자라난다. 아이는 덮개가 되고, 어른은 커다란 판자가 되고, 밖에 다른 색깔의 바람이 분다면 방엔 계절이 찾아온다는 그런 몽환의 대상으로만. 그러자 침대는 놀라울 정도로 단순해졌다. 단순성을 즐기기 위해 나는 침대 머리맡에 '경허 우음 29수鏡虛 偶吟 二九首' 전부를 자잘한 필획으로 적어놓고 더러 나에게 읽어주기도 했다(더러 내 방을 방문한 사람들이 그걸 몹시 더러워한 건 또한 시적 필연이리라). 낮잠에 대한 길고 훌륭한 그 시 중에서도 "서동이 와서 내게 알렸다, 밥때를 알리는 북이 이미 울렸다고(書童來我告 飯鼓已鳴云)"라는 구절은 더욱 나를 침대에 가두었다. 비록 그 위에서 잠을 자지 않는다 하더라도, 깨어 있는 상태로의 잠과 같은 것으로 말이다.

몽환 쪽으로 더욱 깊이 끌려갈 때, 침대에서 잠들기 전의 나는 침대가 되기 전의 무엇이다. 침구寢具이며 짐승인 너는 지금 나의 가장 외로운 단어다. 함께하는 것과 혼자 하는 것, 여러 사람이며 동시에 혼자인 것, 보이는 것과 보이지 않는 것이라는 구분 사이를 떠돌며, 너는 내게 사람이 자살할 때 사용할 수도 있을 비닐 주머니 안쪽의 꿈을 쥐여준다. 불가해한 사건에 대해 끊임없이 해석해야만 하는 사람의 곤혹 속에, 나는 어떤 사람이 침대 위에 남겨놓은 문양이 없는 털 한 가닥을 손가락으로 집어 올린다. 사랑하는 그 사람이 잘라간 내 다리와 내가 잘라온 그 사람의 다리가 서로 길이가 달라 서글펐던 날에, 침대가 된 나는 이번 생이 지나가는 곳 모두가 된다. 그러나 나의 잠이 침대 위의 것이 아니라 할지라도, 그곳이 어디건 기꺼이 나는 몽환하며 잠들리라. 설사 그가 내게 가장 긴 악몽을 드리울지라도 나는 침대가 목줄을 쥐고 이끄는 차안과 피안의 짐승이 되어 잠들지 않는 세상의 모든 것과 맞서리라.

전령신의 말

전령신은 살아 있는 여자의 뼈를 훔쳐왔다. 그 일로 인해 그날 저녁 태어난 전령신의 아들은 훔쳐온 뼈만큼 다리가 없었다. 인간에게 선택권을 줌으로써 가장 기만적이고도 고통스러운 방법으로 죽일 것을 예고한 아버지도 아들의 불구 앞에서는 신들의 여자를 훔쳐올 수밖에 없었다. 신들의 여자가 인간의 두 다리를 대신한다고 알려졌기 때문이다. 그해엔 사기 빌을 스스로 훔친 아이와 빙산의 높이까지 자란 두 다리가 있었다. 전령신은 떡갈나무 껍질에 소의 울음을 싸와서 모두의 발자국을 발굽 자국으로 바꾸고, 화덕 속에 돌 모양을 한 인간과 인간 모양을 한 돌을 함께 데웠다. 타는 뼈가 고요히 속삭인다. "괴물이란 그 자체가 인간이기를 갈구한 우주다. 뱀이 벗기려고 몸부림치고 있는 것은 낡은 껍질 외에 자신을 철학한 우주이기도 했다. 바람에서 발꿈치를 조금 덜어내고 갓난아기 행세를 하면, 강신降神은 세상의 무게가 밤하늘의 별을 가지지 않은 곳을 가르쳐주겠노라고 약속했다. 그후로 오랫동안 저녁 하늘이 인간의 형벌을 모방하지 않았다면 자연이라는 작은 독방이 어찌 죽은 사람을 이길 수 있었으랴." 다만 무익한 구원 앞엔 '신성한 길이 죽음을 통과하도록 하라'는 호혜가 있을 뿐이다. 명계冥界 어느 날에, 태양을 광장에 내다 버릴 것이며 빛이 있는 곳에서는 일몰의 값을 치르지 말라고 전령신이 일렀다. 그러나 물이 신을 비출 만큼 혼탁해져도 물밑은 그 약속을 지키지 않았다. 죽을 수 없는 영원 불사의 신은 한번 죽으면 그만인 인간이 너무도 소중했던 것이다.

시가 영혼을 요구할 때 악은 욕망의 실현을 방해하는 저 처절들의 서書를 참조하라고 요구한다. 그러나 욕망하기 전에 그것의 힘이 되라는 명령은 현상을 필요로 하는 우리에겐 여전히 온건하지 못한 것이다. 적어도 진실해지기 위해 선해지기는 싫다고 말하는 사람이 있다면 역으로 그는 선해지기 위해 진실해지고 있는 것이다. 왜냐하면 원인으로서의 선善은 현상을 필요로 하지 않지만 현상이 선하지 못하고는 그 자신의 원인으로 남아 있을 수 없기 때문이다. 도덕률의 근거인 한, 의지는 현상이어야 한다. 그렇기 때문에 본질에 대한 갈구는 영원히 본질이지 못한 채 전개적인 것이다. 예술에서 우리가 감각 가능한 것은 내부로 이어진 어떤 통로, 깊이를 가진 확장이 아니라 현상이며 그저 주어진 것, 평평한 것, 즉 상상적인 것이다. 감각할 수 있을 때 우리는 비로소 상징적인 것을 하나의 형이상학으로서 부정할 수 있게 된다. 그리고 그 최종적 결과는 상상하는 한에서 감각의 분열이 한낱 영원히 지속되리라는 믿음이다.

세계의 아버지들은 규준한다, 이 세계가 적대적인 것이 되기 위해 너라는 대상이 나를 상상한다고.

대상은 대상과의 유사함이다. 그러므로 대상은 결코 자체가 되지 못한다. 이러한 불일치에 의해 '앎'이라는 기능이 성립한다. 유사 관계가 실행되지 않는 한 사변은 불가능하다. 이 말은 그것이 물질 대상인 한, 유사 관계적으로 실현되고 있지 않다는 말이다. 유사 관계 자체는 대상들의 비유사성에 의해 결합되는 것이다. 이를테면 아버지와 아들(프로이트), 주인과 노예(헤겔), 상부구조와 토대(마르크스), 이것과 저것(키르케고르), 누메나와 페노메나(칸트) 등은 상호 부정으로부터 출발하지만 상호 조건적이라는 의미에서 적대적이기보다는 오히려 유사한 것이다. 대체 가능성은 곧 유사를 말한다. 여기 하나의 사물이 있고도 또한 그 사물에 대한 표현이 요구된다. 표현은 물질성을 갖고 있지 않다. 그런데 인식은 표현을 통해 그 대상이 물질임을 알게 한다. 실제 대상으로서의 물질이 없는 상태에서 새로 정립되고 인식되는 물질성은 원래의 대상으로부터 부여된 물질성이 아니다. 그러므로 두 개의 물질이 대상-표현-인식의 순환에 있으며 그중 하나는 물질로부터, 다른 하나는 표현과 인식으로부터 온다는 판단은 옳은 것이다. 표현과 인식 사이에 물질이 있다. 그러나 그것은 연결되어 있지 않고 연상

聯想되어 있다. 만약 '사물이 비약한다'는 표현이 가능하다면, 그것이 사물의 적도適度일 것이다.

전령신이 살아 있는 여자의 뼈를 훔쳐온 것은 아직 신전으로 돌아오지 못하고 헤매는 신들의 밤을 밝히기 위해서였다. 대지를 밟을 수 있는 인간의 뼈를 훔쳐와야만 자신의 다리가 사라진 줄을 모르고 신들은 안전하게 더 많은 밤을 섭렵할 수 있다. 그들의 눈에는 아마도 인간이 신의 침묵 앞에서 바랄 때의 그런 고요의 높이로 인간의 대지가 보일 것이다. 신에게 실질은 침묵이다. 신들의 세계에는 존재하지 않는 이 놀라운 비극이 죽은 자를 통해 산 자에게 상기된다. 즉 우리 자신을 지속시키는 존재와 대결하고 우리 자신을 지속시키지 않는 존재와 화해한다. 실질은 대상이지 않음이다. 신들의 올빼미인 우리는 인간 의지로는 밤을 꿰뚫고 가장 깊고도 멀리 바라보지만 신의 의지로는 단 한 뼘도 자신에게로 나아감을 보장받을 수 없다. 우리 모두는 우리 모두의 무기력을 보기 위해서라는 목적에서만 내세에 있다.

내가 나 자신에게 적을 향해 던지는 투기投機를 위임하고

1

율백이 잎사귀 하나를 잃고 나서 손을 닦는 것을 보고 스스로 만든 인간의 병이라 주장하는 어떤 이가 "육체에서 피어올라 이토록 깊지 않은 것이 지옥라면 너희의 천국에서 울고 있는 것은 얼마나 낮은 것이냐?" 하고 물었다. 그러자 현자 율백이 대답하기를 "바로 그것 때문에 모든 신이 우리의 울음에 기척하지 않는 것이네, 자신의 머리 위에서 인간의 울음이 들릴 리 없다고 신이 확고하게 믿고 있는 덕에"라 하였다.

2

탄생은 죽음의 직접적 이념이다. 영혼은 표현을 넘기 위한 현실의 속된 능력이다. 낙원이 회복되어갈 때 인간의 상실감은 죽음이 회복된 이미지라는 것뿐, 갈등의 어원語原을 충분히 이해하지 못한 채 후대에 의해 수정이 가해진 사람을 후대로 둔 그를, 무無는 우리가 생에 대해 알고 있는 만큼의 처지로 부질없게 만든다. 그러므로 무無는 무엇에 대해 약속할 수 없으되 모든 것에 맹약할 수 있다. 잔디가 흘러 콩이 밟히기 전에, 자신을 가둘 모눈종이를 종이 위에 채우기 전에, 물건과 나 사이에서 아주 어설픈 시조始祖가 맺힌다. 처음 족속이 만든 꼭두각시 인형은 지극히 추상적이어서 말(언어)의 내용과 크게 다르지 않았다. 그것은 '나는 살아 있다'고 선언하고 형식으로는 불가능해져버렸다. '세계의 종지부는 어머니가 지켜내지 못한 처녀성이다'라는 고백에서 느낌의 어순을 시작한다. 효수형 받은 죄수가 가진 목 위쪽 깊이만큼의 고백이, 그가 행한 생물로서의 태업怠業이 이 느낌의 모든 선조를 대신한다. 영혼의 이념은 육체의 색을 훼손하기 위한 낙원이었다. 겹쳐놓으면 번식하던 생물의 안쪽은 놀랍게도 주정꾼 최후의 직접적 문화를 가졌었다. 세계의 잡역부를 낳은 여자는 그 부모에게 아름다운 동화로 남게 되고 또 세상의 어휘이게 하는 책들을 밤마다 늑대들과 뛰어놀게 했다. 빛은 촛불의 어휘이고 어둠은 촛불이 꺼일 때마다의 어휘였다. 그것은 마치 신들의 놀라운 점이 유일하게 그들이 신성하다는 점뿐인 것을 폭로하려는 어둠의 간절함 같았다.

3

각각의 신의 합은 침묵하는 인간 하나와 같다.

4

도자기에 그려진 음악에 대한 논박을 통해 죄와 죄에 대한 상상의 동일성을 고대인들은 믿었다. 그들이 빚은 도자기는 추하게 일그러진 사람의 표정을 닮고, 수확철의 낫날이 맨발의 그들에게 가한 고됨을 닮았지만, 그조차도 목이 잘리고, 남근이 과시되고, 머리 없는 신상에 비유하는 변신에 비하면 그런대로 퍽 유한한 것이었다. 음악으로 음악적 모상模像을 뒤따르기 위해, 농경적 풍요를 대범람으로 부르기 위해, 족쇄로부터 족쇄에 묶인 이적異蹟을 행하기 위해, 이 과잉한 짐승의 흥분을 제한할 옳은 사육사를 고대인들은 신의 흥분에서 찾았다. 밤이 낮의 원리인 한에서, 무지가 지知의 물질인 한에서, 반인半人은 반신半神에서 자신의 풍요를 찾아왔다. 보라, 보다 높은 인간의 출생을 비천한 자가 도덕의 말구유로 비유하는 저 하늘에서 곧바로 떨어져내릴 것 같은 가장 위태로운 벽돌이 신의 풍식風蝕인 것을. 거기서 찾아내는 발견엔 언제나 반복되는 지혜가 있는데, 낙뢰와 같은 기후의 중립적 섬광이 심지어 용서로까지 불렀던 시대로부터, 더이상 빛으로도 밝아질 수 없는 최대 눈부심의 상태가 추락의 둔화보다 더 둔감하게 떨어져내린다는 것을 지혜의 동물은 추락하는 자신으로부터 분리되어 환호한다는 것이 그것이다. 인간의 밤은 상념이라는 유혹물을 부여했던 별들의 침투로부터 자신을 지키려는 기나긴 심판에 지쳐간다. 그렇다, 이 사람은 추락의 인간이다. 환희는 추락한 자신을 건너온 다리다. 썩은 살을 뼈에서 긁어내어 정확히 예술의 의도만큼 타락할 수 있었던 자로부터 유일한 재산인 자신의 소를 신에게 바치고도 그 뿔에 받힌 자에게까지, 모두는 모두를 향해 가속한다. 서로 마주칠 수 없는 무기들이 상해되어 죽은 시체와 부당하게 계약되는 것을 고대인들은 목숨이라 불렀다. 그들의 세계에 인체를 닮지 않은 자연의 미궁은 없었다. 상상에서 죄를 지어 상상으로부터 쫓겨났으며 비로소 몸을 얻어 예술을 목숨이게 했던 그 세계는 신에 의한 재물 박탈에 이르려는 자, 신을 경과해서만 온갖 병에 이르려는 자, 신과 반비례인 자가 가진 고백의 애매함 등으로 출구를 잃어왔다. 출구 없음, 밖으로 걸어나오지 못한다는 것은 곧, 인체가 정신의 고통을 모방할 뿐 아니라 사후를 모방한다는 것을 의미한다. 다리 두 짝과 팔 두 짝은 미궁의 서로 다른 문을 갖고 있다. 그 문은 언제든 출구도 입구도 될 수 있다. 나는 지금 가장 복잡한 미궁에 첫발을 들인 것인가 아니면 가장 복잡한 미궁에서의 마지막 걸음을 뗀 것인가? 자연의 문이 나를 이외의 모두로 바꾸는 것처럼, 나는 이외의 모두를 제외하고 나를 사후로 만들었다. 나의 두려운 회고를 듣기 위해 모형 젖꼭지를 물고 신과 자연은 태어났다. 보라, 그들의 두 다리 사이 검은 두덩에 맺힌 예술이라는 거대하고 조악한 성기가 무엇을 식용하고 있는가를.

5

신화가 우리에게 가르쳐주는 한 가지 교훈은 '미래가 포함된 어떤 것도 미래의 형상이지 않다'라는 것이다. 신화는 인간 전체의 한계이며 무한히 게시되는 것처럼 개체의 기억이 자신 전부를 표현하는 기능의 잡다이다. 사람은 멸절하지만 멸절의 형상에 이르지는 못한다. 자연이 시도하고 완결한 것은 피조물의 불완전일 뿐이다. 오로지 선에 의해 대지는 정신의 높은 곳에서 인격의 모습으로 황폐화된다. 이것에 대비될 유일한 유사 신화는 '불은 피조물이 경직되어 생긴 것이며 물은 불이 교훈적인 설명일 때 자연에 의해 빛과 어둠 저편으로 사라지는 피조물의 딸'이라는 열등의 서사극 구조뿐이다.

이념은 경험적인 것이 아니므로 세계에 대한 어떤 요구든 스스로의 자연권으로는 불가능한 것이다. 한편으로 개념의 축적을 통해 이념은 자기를 정립하는데, 이렇듯 소실되지 않은 것들을 소실된 것처럼 쌓아올려 그것을 지식화하는 과정은 역사 자체보다 더욱 역사적이다. 비유하면, 이들 탁월한 문예가는 학자적 명백성을 요구하는 상대방에 대해서도 역시 허구의 역할을 강조하는 것으로 역사성의 정점을 표현한다. 이념의 비경험적 속성은 집적과 동시에 분류로 현실의 영역을 새롭게 구성하는데, 그것이 바로 현재에 대해 역사가 가진 적극적 간섭의 욕구라 할 수 있다. 현재는 학문의 요구가 그렇듯 자체 내에서는 한계를 가질 수도, 외부를 가질 수도 없다. 현재는 회고되는 것으로밖에 자신의 목소리를 들을 수가 없다. 만약 회고되지 않는 현재라면 가상의 방식으로 자신을 생산하는 것처럼 과거가 경험으로부터 멀어져가는 현상을 우리가 어떻게 이해할 수 있을 것이며, 그 형상의 결과물인 문학이라는 기원 없는 회고의 방식은 또 어떻게 이해할 수 있을 것인가? 부모를 기억하지 못하는 이 신생아에게 현재에 대한 무한한 적대는 부모에 대한 그리움으로 꾸준히 대체되어왔다. 현재를 잃는 방법이 기원의 충족에 있음은 사랑에 대한 하나의 상투어 이상으로 자연에 대해 세속적인 것이다. 형상화하기 쉬운 자연만이 세계의 것이다! 고아들은 그렇게 외칠 수도 있겠지만, 그때 자연은 겨우 난쟁이들만 기어오를 수 있을 법한, 천장이 너무 낮은 역사의 계단에 불과했다. 이보다 더 위태로운 원근법이 있을 수 없기 때문에 인간은 역사의 시야에 의해 균질한 피사체로 교정되고 또 평등의 이념 아래 민주적으로 보호될 수도 있을 것이다. 가장 청결한 자연만이 역사적이라는 역사의 비극이 여기서 시작된다.

현재는 이념의 과거적 모습이다. 기억을 가지기 위해 이성 또한 역사적으로 해석해야 했던, 자신을 뒤집어 보이는 것이 가능한 이 기예에 의해 예술은 그만큼 자신의 진보가 지식의 안쪽에 놓여 있던 무지의 바깥임을 증명해야 했다. 그리고 그 기예에 의해 모두의 눈에 보이도록 예술가는 고독자가 된다. 예술과 그 저장 장치인 세계 사이의 기억 방식 차이에 따른 병목 현상은 이념이 가진 본질적 자기애의 문제에 비하면 주목할 만한 것조차 되지 못한다. 자연은 상정되어야 가능할 뿐 아니라 모순되어야 가능하다는 것으로서만 자연 앞의 인간이 가정된 존재로서 자연적일 수 있다는 것을 환기하기 때문에 자연은 스스로에게는 전망적이지만, 우리에게는 총체적으로 과거적이다. '너희는 너희를 버리고 인간을 상상하라!' 현재가 이념의 과거라면 회상은 이념의 현재다. 인간은 만드는 자가 아니라 겪는 자이며, 신의 행위를 담아놓은 상자로서의 의미에 더 적합하기 때문에 본질적으로 물성物性 안쪽에 고립되어 있다.

내가 나 자신에게 적을 향해 던지는 투기를 위임하고 오랫동안 그 묵인의 진가에 대해 숙고했다면 극복되지 못한 적으로서의 나는 또한 나 자신에게 묵인의 대가代價로 대립되었으리라. 세계는 자신의 복잡함을 추구하는 동시에 자신의 소박함 역시 추구한다. 실재가 표상으로만 감각된다는 것만으로도 충분히 자학적으로 보일 그러한 실재로부터 출발한 언어 예술은 실재의 축약도, 실재에 대한 언어적 축약도 가능하지 않다. 자신을 비추기 위해 우리의 망막을 통과하는 것이 사물이 아니라 사물 형상대로의 빛이라는 사실만이 오직 그 축약에서 유일하게 축약되고 있음을 잊지 말자. 이 싸움의 가해자와 피해자가 모두 나 자신이 아니라면 언어 예술은 영원히 예술의 영역이 아닐 것이다. 만약 대상 자체가 말하여질 수 있다면 그 방법은 대상이 스스로를 적대하여 벌이는 투쟁 속에서 발견될 것이다. 표상은 실재에 대해 말하고 있는 바가 아니라 표상된 것이 표상으로 성립되지 않는 싸움 속에서 드러나는 바를 말한다. 이들의 원한이 자신들이 포함된 종種을 유익하게 하려는 시도임에도 불구하고, 비록 그들 각자가 밤이 흘러들어 침수되는 저지低地로서의 긍지를 가지고 불유쾌한 사물의 생을 끝마치려는 빗물받이의 처지가 된다 할지라도, 언어가 세상과 문학적으로 맞서고 있다면 거기서 발생하는 모든 위협은 문학과 세상의 일치라는 유일성에 의해서만 그럴 뿐이다. 나는 오로지 나 자신에게만 나와 싸울 권리를 위임할 수 있다. 나를 찔러야 하는 유일한 적은 나이며,

자신의 성공과 실패가 몸 위에 화언話言으로 정립될 뿐이다.

밤의 목가牧歌가 반딧불이 무리 속으로 떨어지면 다만 정상적으로 작아진 인간인 나는 돌아가서 그것을 신의 속단으로 예기치 않게 지연된 인간의 지속이라고 말하리라. 우리의 물가엔 물결이 물을 구토하는 그런 회귀적 결말에 젖어 현상적 방식을 버리는 맹인의 떳떳함이 있다. 그러므로 시선을 대낮으로 향하지도 않고, 줄어드는 뿌리를 가지지도 않으면 생명은 세계가 가진 전체의 이념보다 더 거대한 전체를 마주하게 되리라. 줄곧 줄기 밖으로 성장함으로써 얻어진 식물적 항일성은 동물적 배회와 배회에서 만나는 밤의 어둠을 잃게 한 주요한 성질 중 하나였다. 이것이 시에 대한 의미라면, 그리고 축약에 대한 의미라면 일찍이 시는 진화론이 말하듯 식물에서 동물로 분화된 것이 아니라 동물이라는 조상을 버리고 변이한 돌연한 식물로 비유할 수 있을 것이다. 혹은 거대한 것보다 미소한 것이 더 폭력적인 세계, 운동보다 정지가 더 폭력적인 세계, 촉지보다 시력이 더 우세해진 세계의 풍경을 언어의 숲 위에 밀집시키는 것에 비유할 수 있을 것이다. 그 결과로 밤을 떠난 식물은 밝고 작고 조용하고 예쁘장해졌다, 마치 고대 중국 여인들의 전족처럼 기형적으로 발이 작아져서 뒤뚱거리며.

확산적이고도 총칭들을 행하는 세계에서 종지사終止辭는 죽음의 이미지가 아니라 번영의 이미지가 된다. 예순저 불가능에 대해 이성의 가능성을 반복하는 이러한 타성은 어떠한 형태도 거부하는 수형樹形의 두 방향, 즉 수형도 이전의 나무와 세상의 모든 수형을 압축하는 나무로 나뉜다. 전자는 배회하고 후자는 빛을 얻는다. 밤의 목가가 반딧불이 속으로 떨어진다.

실재는 물질적 증거로 유래하여 열매를 맺지만, 재현으로부터 얻은 쓰디쓴 열매는 관념의 목적으로 쓰이게 된다. 그것이 가상이기 때문에 뱀은 여인에게 열매를 먹도록 부추길 수 있었다. 신이 되는 것이 아니라 신에게 자신과 같은 나무 열매를 매달아 땅 위의 고통과 관계 맺는 방식으로 살아가라는 조언을 담아. 그로부터 인간은 자신으로부터도 자신과의 차이로부터도 대상적인 것이 되었다. 대상의 능력이 자신을 둘러쌀 때 최선의 관념은 스스로의 본성에 의해 지켜지기를 바라면서 동시에 그 본성이 인칭에 의해 지시되고 있음을 위협받는다. 문예적 방식은 표상의 세계를 향하는 것이 아니라 표상의 표면을 향한다. 표상의 여과천으로 걸러진 것을 실존으로 부르는 어리석음에 대항하는 그런 재현의 언저리를 문예는 향한다. 그것은 지상에 대해서는 되도록 간결하고 짧게 기술하겠다는 결의에 찬 신의 세계가 자신의 이미지에 대해서는 인간 세계 전체의 곤궁을 아우르는 결핍으로 확장되는 형상이다. 문은 벽이 어긋난 것에 불과하고, 인간은 신이 어긋난 것에 불과하며, 표현은 실재가 어긋난 것에 불과하다.

신의 바람이 쌓여 인간의 토양이 되었다고 너는 말한다. 전자는 세계의 우울을, 후자는 세계의 기쁨을 실현시켰다고도 말한다. 하지만 그렇게 말해도 순수하게 아리스토텔레스에게로 들어가게 되는 것은 아니다. 신화적 망설임 때문에 우리가 우리를 연장하는 것으로 여기지 않는다면 보다 더 긴 근원의 길이를 가져야 할 영원이 창조라는 갈망에 그 어떤 배타성을 부여한들 그것이 무슨 소용이 있겠는가? 표현 불가능에 대한 원망은 윤리학의 몸통에 달린 몇 개의 다리가 폐허를 거닐며 앓아온 피곤이다. 신화적, 심리적, 경제적 지식의 결핍이 글쓰기의 미래를 제시할 수 없게 되리라는 현대적이며 절망적인 믿음은 병상病床에 울부짖는 자신의 머리를 놓았을 뿐 아니라 지나치게 자연의 응축을 탐함으로써 지나치게 문예적이지 못한 것이 되었다. 비어 있는 문헌을 끊임없이 전달하고, 전달자를 지배하고, 정확한 전달을 선택하라고 강요하는 욕망인 한에서만 신은 문필에 의해, 문예 안에, 자신을 채워넣기를 갈망한다. 그러므로 문학가 개인은 자신에게 전달될 종이가 어떻게 찢어지고 있는가를 듣는 귀의 일부이다. 가장 정성스럽게 장식된 기후에 기대어 달은 밤에게 시인의 음료가 섞인 신의 오물을 건넨다. 오늘날 문예적으로 사유한다는 것은 서로 다른 두 대지에서 노역하는 일꾼이 하나의 심장을 공유하며 숨을 들이쉬고 내뱉는 것과 같다.

신의 말이 쌓여 국어國語가 되었다고 너는 말한다. 목록이 자기 자신뿐인 아주 단순한 말이 자신을 제외한 모든 것의 목록을 거느리게 될 말로 바뀌는 동안 전자는 우울을, 후자는 기쁨을 종이 위에 써나갔다. 재현은 관념의 목적인 동시에 관념의 기준점이다. 화멸火滅될 운명의 부싯돌로부터 튀는 불꽃처럼 시는 우리에게 한 번 죽을 것이 아니라 영원히 죽을 것을 바란다. 그것이 전자는 우울, 후자는 기쁨인 이유이며, 그렇게 때문에 불꽃을 감싸고 지키는 인간의 밤이 반드시 인간의 말이 감싸고 지키는 것과 같은 동정을 가져야 할 이유는 없다.

6

나는 은밀이다. 나는 친분과 어울리지 않는다. 행복하게 길어져 가는 지평선도 밤을 준비하는 시간이면 하늘과 대지 양쪽 모두에서 똑같이 두 번 죽게 된다. 나는 음소로부터 온 것이 아니므로 음절이 아니며 발화된 것도 아니다. 달력이 밤의 귓가에 흐른다. 나는 어둠을 앞에 둔 인간이 자신의 몸에 기름불을 붙여 앞으로 나아가는 단어다. 나는 나 자신에게 적을 향해 던지는 투기를 위임한 인간 – 맹인 – 짐승이다.

음악의 남쪽, 인간의 북쪽
— 니체의 마흔넷

선생께서 "음악에서의 나의 남쪽"이라 부른 것은 태양이 지닌 따스함이 온전히 이르지 못한 지점, 인간의 북쪽을 가리키는 것과 교활히 대비됩니다. 영혼의 부역자임을 자처하며 스스로 추운 북방의 기질에 유폐시킨 것으로도 자신에 대한 증오가 부족했기 때문에 인간은 생물로서는 전혀 진화하지 않은 채 오히려 기계로서, 한낱 성자들이 그 시대를 살았기 때문에 시대 또한 우리와 함께 우리의 죄를 업고 가야 한다고 말하는 방식으로 자신들의 기질에 동참하기를 타인에게 요구하고 있습니다. 최초의 야만이 그러한 선의에 힘입어 문명으로 도야해왔다는 사실이, 이들 인간에게는 함께 나눠야 할 인류 공통의 좋은 죄로 비춰진 것은, 인간이 유전적으로 뿐만 아니라 도덕적으로도 스스로 하나의 고유성이 되고자 했던 시기를 맞아서는, 즉 공통의 죄를 통해 단결할 수밖에 없었던 공동체적 한계를 맞아서는 특히 자연스러운 것이었습니다. 인간의 나약한 살을 감싼 두꺼운 외투가 정신 그 자체로 간주된 것은 인류가 특별히 자신에 부합되는 형식일 때만 또한 자연에 부합되는 생물임을 말해줍니다. 그런 생물이 자연과 반대되는 것은 지극히 당연한 일입니다. 선생께서 "음악에서의 나의 남쪽"이라 표현한 것은 자연의 방향인 음악에서조차 인간의 방향인 남과 북이 교차하고 횡단하는 서글픈 편력들에 대한 소회였을 것입니다. 말하자면 어느 시대의 인간이건 인간은 자기 시대의 재해災害입니다.

선생께서 글쓰기를 그만둘 수밖에 없었던 마흔넷의 시간을 올해의 저는 지나고 있습니다. "나의 마흔네번째 해를 오늘 내가 묻어버리는 것은 헛되지 않다. 나는 그것을 묻어버려도 된다—이 한 해 동안 생명을 받았던 것이 구원을 받았으며 영구적으로 되었으니까"(니체, 『이 사람을 보라』)라고 당신은 말합니다. 당신 자신에 대해 그렇듯, 저 역시 스스로에게서 영원을 볼 수 있다면 어찌 '아름다운 것이 어떤 것으로 있었다'라고 서슴없이, 혹은 시의 형식을 빌려 함부로 말할 수 있었을까요? 그것은 요청이 아니며 더욱이 그것이 어떤 성체에서 분리되어 나왔다고 믿기에는 너무도 혼란스럽기까지 한 것이니, 위대한 역사가 시작된다는 생각이 원래 '사소한 것이 생 전체에 의해 간과된 것과 다르지 않다'는 결론에 이르러 모든 사유는 정당히 멈춰야 하겠습니다.

당신 아버지의 배가 당신 어머니의 암초와 어떻게든 대치하리라는 위기감 속에, 조상들에 대한 전면적 포기를 선고한 가운데도 조상들로부터 건너온 기질만큼은 언제나 신의 냄비 안에 받아온 악마의 수프처럼 소중히 담겨 있었습니다. 기질에 의거하여 인간은 거의 틀림없이 자신의 기호적 삶을 시작할 것입니다. 그렇기 때문에 인간의 죽음이 신에 의해 창조될 때의 풍경과는 아무런 상관도 없이 죽음이라는 하나의 어휘가 문자적으로 전승될 것입니다. 산 사람이 가장 죽음에 대해 무지할 것입니다. 성찰이 가장 언어적으로 고도화된 경우인(그렇기 때문에 그 어떤 퇴보로도 그를 능가할 수 없는 그런 경우인) 어느 오래된 종교에 의하면 이것을 '너희가 살아 있는 하늘에 찍히며'라고 표현하고 있습니다. 그로부터 악의 이미지 저편은 간직했으면서도 자연의 저편은 간직하지 못한 그들 불순물들 간의 우정을 비난하기 위해 선의의 또다른 도전이 오늘날 이곳에서 신흥 종교처럼 번져가고 있습니다. 우리가 우리의 싹을 오만하게 자라게 한 자가 아니라면, 매서운 하늘에 대한 태도를 잊지 않도록 기록해둔 삭도削刀 위에, 누가 이 음악적 망각의 생을 거의 병신이 게까지 무지하도록 문자 위에 내버려둘 수 있었겠습니까?

여름 언덕바지의 싱그러움과 아름다움이 어린이들의 헐거운 주머니 밖으로 이리저리 함부로 쏟아져나오지만, 누구도 그 부주의함을 힐난하지 않는 이유는 그들을 지켜보는 자 중 어느 누구도 그토록 헐거운 주머니를 가진 어린 시절이 아니었던 자가 없기 때문입니다. 이렇듯 아름다움은 관용의 가장 오래된 기술 중 하나지만 전승으로서의 아름다움에서는 언제나 악진 좋지 못한 패진병의 뿔고동이 울리는 법입니다. 상처가 정신에 어떤 효험이 있다고 믿는 것, 거기에 악이 실려서 오는 경우를 제외한 모든 것, 시민들이 시대성의 뿌리를 천민보다 귀족에게서 찾는 것, 그런 음악이 이 전승의 순수성을 대표합니다.

그러나 순수한 강물은 누군가에게는 자신의 얼굴이 담기는 악몽이 될 수도 있습니다. 특히 모르는 것에 대해서만 공정한 것이 아니라 몰라야 하는 것에 대해서까지 공정하기를 바라는 현대성의 얼굴들이 그러합니다.

'인간의 구멍마다 피가 괴어 있다, 세계보다 큰 피가.' 이렇게 외치는 선생을 태운 조각배는 격랑의 포도주 위를 명랑하게 떠갑니다. 신의 가장 높은 곳이 흐느끼는 대지로 채워져 있다는 걸 알고 있으며, 영벌받은 여인이 신을 창조했다는 그런 세계가 완전히 문명을 잃고 있다는 것을 선생께서는 알고 있습니다. 그러나 그것이 어찌 반드시 선생 혼자만의 소실이겠습니까? 공인된 예술가들만 신을 기술할 수 있던 시기의 책조차 이렇게 말합니다: 도끼가 이미 나무뿌리에 놓여 있다(누가 3:9). 이제 변종의 시대는 저물고 오늘날 쇄소洒掃 일의 즐거움에 의해서만 허공을 떠도는 날짐승이 우리의 손안에 놓여 있다면 우리는 과연 그녀를 어느 하늘로 날려 보내야 그녀의 날개가 무엇에도 위배가 없음을 최종 국면으로 바라볼 수 있게 되겠습니까? 아니, 이제 위배의 의미는 선생의 의미대로 원래의 이미지로 되돌려져야 합니다. 즉 '위배를 세척하여 없애기 위한' 그런 시대를 위배해온 것이야말로 진정 순수의 시대라 불릴 수 있다면, 그 순수가 충분히 확인될 만큼 우리로부터 위배가 몹시 가까웠던 시대가 과연 어디에 있었는지를 말입니다. 선생께서는 근원적으로 시대가 사냥꾼 역할을 하도록 방임된 시대에, 쫓기는 것이 인간 이외에 다른 이름으로 불릴 수 없다는 것을 명확히 하고, 오히려 사냥터에서 시대를 좇는 자가 되는 길이 이 역설의 유일한 인간적 방향임을 강조했습니다. 그러나 정확히 음악에 대한 선생의 우려에 부합하여, 우리의 문학도 다수의 시민을 수많은 전주곡으로 거느리고 있습니다. 이 노래가 후렴에 도달하기까지의 길에는 언제나 시민적 가치의 경제적인, 정치적인 난제들이 준비되어 있습니다. 분명 이 사회에서 역사는 상류층의 증인에 불과합니다. 물론 그것이 가난한 자들이 자연을 무기질로 다룰 수 있는 이유이기도 합니다. 허나 적어도 이러한 장애들이 근원적 제한의 의미가 되기 위해서는 우리가 얼마나 회상의 방식으로 계급을 사용하고 있는지를 확인하는 것만으로 충분합니다. 위안과 극복이 아니라 음악에 의해 인간의 형식으로 돌아가야 한다는 것이 선생이 바라던 낙천적인 남방 기질이었겠지만, 음악에는 그곳에 터를 잡은 인간들이 바라는 기념 건조물, 개선문 따위가 세워질 수 있을망정, 그것이 반드시 연희로서의 현재를 가지는 것은 아닙니다. 실제로 이 미美 전반에는, 미를 숭배하는 계급이 자신의 계급을 뒤바꿀 새로운 경제와 시장을 적극적으로 거부하는 정치적 기능이 마치 음악처럼 그렇게 사람의 시야에 현혹되어 있을 뿐입니다. 이 우울의 시작은 모두가 모두를 향해 적극적으로 서로 다른 방향이 되어간다는 명제의 것입니다. 그중 당신과 저의 것을 적어봅니다. —자기 자신과 음악이라는 두 세계로부터 철학자는 멈춰 섬으로써 가장 멀리 나아갔고, 시인은 더 나아가고자 함으로써 두 세계 모두를 잃었다.

악기
—시

1

예술이라는 기후가 자연의 그것과 같이 보다 악화된 곳이라면 그것은 보다 강력하게 표현될 것이다. 늘 비약하지 않으면 안 되는 그런 곳에서 예술 현상은 기상氣象에 대한 산책자의 예측이 부질없다는 것을 가능한 한 불충분한 형태로 제한한다. 좋은 날씨라면 더 이상 소용없는 그런 관찰이 관측자에게 있는 한 고양된 예술의 풍경은 다만 우리가 자연이라 부르는 모든 동물적인 대가를 갚지 않으면 안 되는 부채와 같은 것이다. 제한되지 않는 것의 불명료에 반해 제한되는 것은 명료하다. 한 개인이 불충분한 형태로 소비되는 이것, 대체 가능한 어떤 것도 예술이라는 조건 내에서 찾아내어지지 않으면 안 되는 악천후의 논술 안에서, 예술은 무엇에 합류하고 고양되는가? 시의 어떤 도달이 그를 출발하게 하는가? 그의 수중에 우리로부터 독립되어 관찰될 수 있는 것은 우리의 무엇에 부합하는가? 이런 제한들이 먼 곳에서 울려퍼지는 우레에 괴로워하면서도 동시에 소리 없는 자신의 세계를 경멸하는 또다른 세계를 향한 호기심을 이기지 못하는 자의 부조화 속에 있다.

어두운 여름으로부터 저기압이 불어와 느티나무나 은행나무 같은 가로수를 흔들어댈 때쯤이면, 나는 나로부터도, 모두의 양심으로부터도 멀어진 하나의 참회를 떠올린다. 죄라는 이름으로 윤리와 종교가 나눠 가진 이 불의한 것 속에 고대의 과오를 현대가 어떤 형상으로 회고하는지의 정도에 관계없이 오로지 예술적 힘으로 창조된 감시자들이 있어, 그러한 경찰警察이 대립적인 것 앞에 서지 않으면 운명의 소유자로서도, 충분히 자연의 지위에 도달한 작품으로서도 이 기후가 여전히 불충분하다는 참회를. 부과된 죄악 최후의 이상은 모사와 그것의 서투름 사이에서 맴돈다. 아마도 문학과 자연의 관계 외에 역사와 종교가 그런 거리 감각에 놓일 수 있을 것이고, 역사가 종교가 될 때 역사가 안전하게 보이는 것과 종교가 역사가 될 때 종교가 안전해 보이는 것이 또한 이들의 위치를 말해줄 수 있을 것이다. 이들 두 가지 형상은 항상恒常과 전환에 대한 이미지들이다. 그러나 그로부터 파생된 영원과 변신의 관계는 적어도 그들 자신에 의한 표현만으로는 한때 그들이 도취되었던 신체에의 회고와 오비디우스 간의 관계를 더이상 우리에게 알려주지 못한다.

더 멀리 있는 바다는 그것을 더 자세히 연주할 수 있는 자의 악기로 감싸여 있다. 그러나 멀리 있다는 그 거리에 의한 보상에 따라 연주자에게 포만해 있는 것은 연주가 시작된 후부터의 음악적 불가능이다.

"차츰 신적인 것이 신적인 것과 더 많이 섞이게 되었을 때, 이들 각각은 서로 우연히 만나는 대로 함께 엉겨붙곤 했으며, 이것들 외에도 다른 많은 것들이 계속해서 생겨나오곤 했다."(엠페도클레스) 이 말에 따라 신은 그 본성에 있어 간접적인 것이고 본성이란 그 목적과의 관계에 있어 최대의 길이이며, 그러한 숭고를 차츰 더 숭고한 것으로 뒤덮을 때 인간의 한도가 얻어진다. 한도는 존재를 정지시키는 것이 아니라 신과의 동일이라는 특별히 더 정지된 상태로, 혹은 더 청결한 상태로 매어져 있다. 여기에는 돌이킬 수 없는 복귀의 테마가 있다: 누구나 신체로는 천국에 들어갈 수는 없으며 그렇게 때문에 신앙의 빛은 자연적이라는 전반의 이유에서 가장 직접적인 선善이라고 믿었던 중세의 사고가 다시 몸들의 혼합으로서의 신이라는 희랍의 태도로 돌아가게 되는 중대한 결실로서만 가능한 그런 사태가.

그리하여 처음에는 여인적인 대지의 염원이 태아를 경쟁자로 보게 되는 남성적 자신을 낳는다. 그럴 경우에 한해 어머니들은 세상 모든 성명姓名의 표지가 되어 우레의 흔적처럼 멀리서만 나타나고 멀리서만 사라지리라. 자기 성기의 신통력을 믿는, 그러나 자신의 기질에는 항거하는 온갖 무방비들이 시의 이름으로 탄생한다.

무엇의 어떠함을 찾는 것은 무엇을 어떠함으로 차용하거나 어떠한 것을 무엇으로 간주하는 것이 단념되는 사건이다. 대상이 자기 상태로 가능하게 되는 곳에서 이러한 단념은 역사 각각이 개별적 기억의 소멸을 통해 세계의 이미지를 공유하는 것처럼 (이율들의 배반이 아니라) 이율들의 화해에 도움을 청한다. 특히 구변성口辯性이 허무해진 시대, 더이상 고막에서 사물들이 소리의 춤을 추지 않는 시대 전체에 걸쳐 지속적으로 무시된 것은 자기 앞에 마주한 세계의 물질이 아니라 오히려 다양한 가상에 대해 행해지는 연속적이고도 광범한 수집 능력이다.

수집되면서 선해지는 시대에, 역사로서의 왕은 자기 세기의 기록을 적는다. 긴 수기 후 역사의 왕이 마지막 적은 문장은 '그 세계의 왕은 전前 시대의 자기를 위해 운다'는 것이었다. 모두는 그 직전에 있다. 예술이 예술의 정의였던 이래로, 왕들은, 주어들은 모든 시대의 술어가 떠났던 모험이 특별히 외람된 짐일 수 없다는 확신 아래 불충분한 것과 함께 다가온 불평등한 것을 그 어떤 형태로 변화시켜버려도 결국 자기 세계로 존중되고 자기 세계에 의해 존경되어버리고 마는 것을 알게 된다. 다만 이것이 정신의 궁지라면 이 희생은 희생물이 되지 않는 한 실實의 감각이며, 모두는 그 직전에 있다.

악천후는 산을 떠밀어 마을 쪽으로 더 내려오게 한다. 저녁이 오면 신들이 그날 먹을 짐승을 죽이고 그 피를 저지低地로, 우리의 허공으로 흘려보낸다. 그러면 노을 앞의 사람은 왠지 아득하고 슬프다, 인간의 아름다움이 신의 잔혹이라는 사실을 모른 채. 신들의 정원이 아니라 신들의 부엌에서 평화가 오는 것을 모른 채, 생살牲殺을 앞둔 가축 하나가 오늘과 또 헤어진다.

그러나 날씨를 어떻게 개선해야 할지를 아는 사람은 하늘이 아니라 들판을, 들판의 풀을 바라본다, 마치 여러 가지 풀의 움직임이 어떻게 스스로 만들어낸 변형담變形談을 하늘로 쏘아 올리는지를 알고 있다는 듯이. 그의 사람과 내 사람이 다를 때, 짙은 여름밤에, 하루살이 몇 마리를 죽이고 내 양심은 허영심을 느낀다. 밤에, 별들이 파묻힌 악천후의 창에, 비정상인 것은 대립 자체일 뿐, 말을 잃은 유령은 다만 예술의 병신이 될 수는 없을 거라는 망상에 초대받는다. 단지 말을 잃었다는 이유로, 세상의 주인이 했던 그런 일을 세상의 주인 형상을 한 자기에게 실망한 자가 반복해야 할 이유로, 이곳으로 죄가 쫓겨 온다. 이곳은 이곳으로 죄가 쫓겨난 곳이 아니라면 여전히 보관자가 자신의 수집 목록에 최적의 호의를 적어야 하는 그런 백지의 귀퉁이다. 씌어진 것을 방문하고자 하는 자에게 시간의 자국이 머문다. 나 이외의 것을 물리쳤던 영원은 아마도 죽은 하루살이들의 기술을 하루라는 이유로 차갑게 과소평가했을 것이다. 파곡播穀으로는 가능하지 않은 혈통이, 생명이 가진 활력 전체가 아니라 국소에서 즉 시민으로서, 다분히 인간이라는 만족된 개념으로서, 집과 대지를 돌개바람으로 찢어놓는 짧은 감명의 계절에 공격을 가한다. 좋은 날씨란 젊은 날이 그치고 감연歆

然의 날이 시작될 때의 기괴가 불어오는 시간이다.

쥐떼를 지붕 위로 보낼 때는 눈 코 입 귀를 가리고, 마루 밑으로 보낼 때는 떠오른 태양에게서 이름을 찾는다. 발설된 것은 발달한다. 더 많은 쥐를 잡으며 칭찬하는 주인에게로 몰려가고 있을 뿐인 이것, 시는 아픈 것이다. 그리고 짐승을 상처 입힌 채 그대로 두면 길들일 수 없다. 시가 관찰될 수 없는 이유를 이것에서 찾는다면 이러한 자긍은 숭고하리라.

2

조화된 꽃의 무리에 예정되지 않은 꽃이 섞인다면 정원의 주인은 정원사를 나무랄 것이다, 마치 하늘이 올바른 것을 보여주지 않는다는 이유로 하늘을 바라보는 자를 야단치는 것처럼. 마찬가지로 이오니아 자연 철학이 자신들의 계측기가 수행할 수 있는 척도를 무형에서 유형으로 옮겨놓은 이래 사람은 죄가 꿈꾸는 것을 죄를 꿈꾸는 것으로 믿어왔다. 느낌을 떠나버린 것, 복귀하지 않고 복귀하려고만 할 뿐인 것, 비롯된 대상이 무한히 가늘다는 이유로 죽음을 갖지 않는 것, 그런 것들이 세상에 주어진 이래 사람은 들판이 아니라 병동을, 식량이 아니라 약초를 요구하는 자가 되었다. 그리고 암매暗昧한 자가 찾아 헤맨 광명이 자연에서 충족되자 그는 자기가 돌아갈 최종의 방이 밤의 무익한 버릇으로 빛을 휘젓는다고 생각한다. 야외는 눈의 장소이고 동굴은 더듬어 기어갈 손의 장소이다. 눈과 손의 중간쯤에서 형상이라는 인간의 기형이 생겨난다. 만일 그것이 종국적으로도 형태적 지위일 수 있으려면, 개별 예술들의 공동체적 마주침 역시 그러한 눈부심과 굴신屈身에로의 복귀가 있었는지 우선 여부가 고려되어야 한다. 믿음의 쇠약이 계명의 법칙을 이끌어냈듯, 위험의 강화가 신체를 묘사한 이래, 어떠한 꽃들은 어떠하지 못한 꽃이었다는 그러한 위험한 고려가.

그러나 우리는 음각되어 있기 때문에 태양빛이 마련한 숙연한 침실에 기댄 일몰이 즐겁지 못하다.

결코 부서져서는 안 되는 것이 극히 부서진 것의 잔여라는 이미지는 이 풍속에서는 미신과 상상 이상의 부호 외에는 아무것도 전달하지 못한다. 적어도 그러한 불명예 상태인 한, 대상으로 있는 그 정도로 우호는 적대를 이해하게 된다. 그리고 최상을 최후에 돌려놓는 것, 말과 쓰는 것에 정통하게 되는 것 따위가 이러한 가정에 반박되어질 수 있다. 풍속의 방향은 언제나 동일하다. 즉, 동정과 연민은 동정과 연빈이 희생된 흔적을 따라 보다 세련되어진다. 나아가 연루될 수 있는 최대의 뒤섞임으로 동정의 피는 순혈에서 멀어진다. 약한 것을 위해 약해지기 위해 죄와는 다른 흉포성이 요구된다면, 이미 문학이었던 것이 문학임이 선언된 빈민에게 부여하는 자비에는 더이상 그럴 수 없는 자명自明이 모방의 형상으로 결코 자기에게서 출발하지 않았어야 할 깊이 고무된 심원한 책임이 있다.

목욕되어짐으로써 밤이 남게 된 신체의 일부분에, 태양과 동굴이 돌변하는 질병 속에, '태우는 것은 빚는 것에 앞선다'는 신의 문구가 떠돈다. 이것이 몸에 대한 형상의 구체적 의미이고, 귀에 대한 음성의 구체적 의미이고, 표현에 대한 문자의 구체적 의미이다. 그런데 뜻밖에도 목격자가 아닌 자가 이 이유에 의해서만 글이 쓰이리라는 증언을 한다. 어떤 자가? "신 안에서는 분열 불가능한 통일성이 인간 안에서는 분열 가능한 것이어야만 한다. 우리 각자는 모든 사람 앞에서 모든 사람에 대하여 유죄이며 내가 다른 이보다 더 그러하다. 나의 '다른 곳'은 그렇게 멀리 가지 않는다. 공허의 신〔谷神〕은 죽지 않는다"[1]라고 말하는 자가. 혹은 "나는 쓰기 행위를 통해 상처와 감염으로부터 환자뿐 아니라 자신 역시 보호하고자 하는 간호의 방어적 손길을 이해한다. 덧없는 단계로까지 발달시킨 육체가 육체의 축소를 발달시킨다. 오필리아의 검은 머릿결이 조용히 물 밑에 잠들어 있는 신체 조각을 나는 가지고 있다. 나는 나의 단축을 지키는 자다"라고 말하는 자가.

그러나 내가 그러하리라는 것을 타인이 그러하게 알 때, 라는 것은 추상의 원리로는 가능하나 감발感發의 단초로는 가능하지 않은 것이다. 그럴 만큼 인간이 자연이라는 의모義母의 감촉 아래 내

1) 셸링, 『인간 자유의 본질에 관한 철학적 탐구』; 도스토옙스키, 『카라마조프가의 형제들』; 바슐라르, 『물과 꿈』; 『천서天瑞』; 『열자列子』.

동댕이쳐진 것이 아니며 그럴 만큼 인간이 정신의 각질만으로 감싸인 것도 아니다. 사람은 유한에 의해 끊기는 무한의 실이다. 가늘게 선분화된 이 환상에서는 끊기는 실을 가진 자가 자기의 실을 거인으로 만들어 소인국에 남겨두는 유희가 지속된다. 커져감과 작아짐, 거인화와 소인화, 내가 그러하리라는 것과 타인이 그러하게 아는 것, 그러한 유희가 생사에 대한 어떤 감성도 허락되지 않는 자에게 주어진다. 당연하게도 사람이 사라지는 것은 자연에 준하는 것이다. 하지만 자연을 인간 없는 광장에 서게 한 것은 인간이 자신에게 준한 것, 즉 사라짐에 준한 것이다. 이와 같은 문학은 더러 있는 것이면서 더러 없는 것이다. 상징을 지혜의 수치로 여긴 사람(플라톤)과 지혜를 상징의 수치로 여긴 사람(시인)이 원칙적으로 싸웠던 불일치는, 비유가 비유된 것의 원인으로서밖에 자신의 결과를 종합하지 못하기 때문이 아니라 자신과 닮은 것에 대한 친연과 동조가 자신과 닮지 않은 것에게서도 소중하게 다루어지는 것을 세계의 글자가 지시하고 있었기 때문이다. 모사와 환출幻出이 노래하는 동안 맞잡았던 손아귀엔 역겨운 표정의 싹이 튼다.

영아가 흉내내는 것은 언제나 자신에겐 없는 성기다. 이것이 옳다면 이성에게도 자연이라는 흉내내야 할 성적 기관이 있다. 발기한 자연은 이미 현실에 참여한 자가 더 많은 현실이 필요하다고 외치는 과잉이다. 그러한 비현실적인 현실에 자기의 쾌를 기탁하는 자, 자신을 문예물이게 하는 자, 문학을 하는 자는 산 짐승의 내장으로 채워진 자연, 혹은 이해된 숭고의 도상圖上에서 그들 혈제血祭

의 일을 행하리라. 최초의 위급함과는 성질을 달리하는 이 완만한 시간들을, 왜 아무도 자기를 죽음의 개념에 이르게 하지 않고 모두들 그 죽음의 개념을 분해하여 자기에게서 죽을 기회를 영원히 빼앗는가를 영원히 의문하는 짐승을 제단에 올리는 것으로 이들 혈제는 자연의 성기에 충의를 다하리라.

그는 성장이 멈추자 세례명을 소재로 그림을 그렸다. 이처럼 활기 찬 왜소증이란 신체엔 잠시도 머물 수 없다는 것을 그는 알고 있다. 또한 이처럼 거대한 이름이란 이름 안에 담길 수 없는 것을 알고 있다. 그런 자는 허무한 종種에 다다른 작가라 할 수 있다. 그런데 그런 자가 이토록 인간을 잘 알았던 이유를 알고 있던 자 역시 그자 안의 심문관에 있었다. 그의 혀를 통해 다시 플라톤의 동굴의 이야기는 반복되어야 한다. 직접적으로 목적인 세계는 가능한가? 있다면 그것은 사람의 세계는 아니리라. 영혼이라는 오랜 결속을 끊는 섬망증譫妄症이, 정신 기관이 아니라 신체 기관으로만 박해를 가진 사람이, 조롱의 열매가 자라고 있는 자신의 조그만 농장에 환호하고 있는 동안만큼은 그를 결코 사람이라 부를 수 없으리라. 시인 모두는 사람이 아닌 점에서 동성애의 관계에 있고 그들이 남긴 빛나는 결과물 역시 동성의 창자에 머문다. 하지만 그렇기 때문에 세례명은 시인을 소재 삼고 왜소증을 묘사하여 인간의 꿈을 포기시킨다. 이러한 세계 인식으로는 세계가 간헐적이라는 것을 알 수 없는 것이나. 드물게 오는 것은 사용되기 위해 오는 것이 아니라 교환되기 위해서만 온다. 오직 이름만이, 오직 이름만이 자신의 목소리를 바꾼다.

3

자연의 사랑은 일상어만큼 길어진다. 시대를 보는 신성神性이, 복종하는 수난의 표현이 이 말 속에 담겨 있다. 인간의 혼을 사로잡는 빛은 참으로 이 세계가 포함한 것을 다시 한번 포함한다. 그럼으로써 무대는 재차 대지로 찬 허공, 허공에 찬 대지로 남겨진다. 퍼져나가면서 널리 퍼져 있음의 의미를 오로지 뒤에 펼쳐진 좁은 그림자로만 이해해야 하는 이것은 그 누구와의 친분인가? 배우의 모든 특성이 이것을 푸념한다. 세계를 요람으로 끌어들였던 인간의 반복, 정직성과 헌신이라는 두 종류 동물의 투박한 고삐 묶기, 그들이 모두 제압된 후 권위 속의 슬픈 것이 자연만은 아니리라. 또한 아름다운 손발의 반복, 가죽으로 겉을 싼 이 마차들의 반복이 허공을 단단하게 하는 아침. 이제 신들의 시대 한가운데가 저녁에 있다. 이후의 무대가 잠과 통각과 시를 통해 고양되는 곳, 자기 나라 말의 부기附記가 그렇듯, 이 대사집臺詞集을 외운 아이들은 비옥하게 베어져 누군가의 입을 채우게 되리라. '자신의 방향이 태양과 정면이 아니었다면 현자의 적은 우연과 무관하지 않았으리라'는 구절에 특별히 머문 아이들은 깨어날 때마다 잘 기른 정자를 뱉어 농부로서의 대가를 치르리라. 그러나 아침의 사랑은 저녁의 사랑의 반이 채 안 되고, 웅석받이가 잉태를 알린 일, 그것이 대낮에 맞선다. 잠들기까지의 먼 길이 길게 사람의 등을 두드린다. 태양의 불길이 지나간 오솔길에 남은 시인의 탄 열매를 향해, 이 그림자 역시 가장 꿰뚫린 열매를 따르기를 원하는지?

저곳에 거대한 것이 있으므로 이곳에 쇄말에 관한 정신이 있다. 떠오르는 태양과 그 도처에 투명의 반란이 있다. 사람을 소금 기둥으로 만든 분식扮飾의 표현처럼, 주인을 깨물어서 손을 썩게 했던 개처럼, 선재성先在性의 불꽃놀이가 수많은 소돔과 고모라인을 유혹하며 그들의 날들 뒤로 펼쳐진다. 어느덧 만들어지지 않았던 것처럼 어느덧 없어져가는 게 아닌 한, 차라리 위기는 자연의 심부에 존재하여야 한다. 그런데 이야기를 꿈과 이어놓으려는 이러한 노력에는 소돔에 사는 착한 사람 롯들 간의 차이가 깊다. 우리를 호명한 것에 의해 우리는 무너진다. 자연과 그 의지는 인간적인 경직을 배우는 것으로 문학적 자질을 갖춘다. 그러자 무응대의 예술은 자연의 목소리에 치욕을 느꼈다. 시는, 한 궁극적 인간을 내세워서 세계를 염탐하게 하고 그 궁극이 얼마나 참혹한지를 스스로 보여주는 극 형식에 의해서만 거기에 인류 전체라는 사건이 음부陰部로 녹아 있는 것을 알려준다. 이것이 성적 상태인 이유는 심상을 사칭하는 하늘 따위가 빛 이외의 다른 것으로는 생존할 수 없는 생존자에 한해 자기를 순교적이며 시혜적인 근친성에 남겨두기 때문이다. 그러한 이유로만 자연은 우리의 불안에서 소모되는 구원이다. 고독을 호흡하는 자의 폐에도 언젠가는 자신을 부숴 다시 흙과 비슷하게 보이도록 만드는 환원의 대기가 남겨져 있다. 이것이 무엇인지를 원환圓環적으로, 도상圖上적으로 고민하지는 말지. 너를 경악게 하는 것은 공포 앞에 선 내가 안전에 대해 품는 그러한 경악이 나와 마주했을 때 내가 품는 형상보다 더 희박하다는 착오에 앞서 있기 때문이다. 다시, 선재성의 불꽃놀이가 수많은 소돔과 고모라인을 유혹하며 그들 뒤로 펼쳐진다. 시의 자질이 소수의 좌절인 한, 인간의 역사가 소참사小慘事 이야기인 한, 사물은 만연체로 재편되어야 하리라, 듣지 말아야 하고 들리지 않아야 하는 일상어로, 인간에게 나팔 몇 개를 집어넣음으로써 울리게 되는 끝없는 대화로, 인간의 깊은 구멍을 다 메우고 태어난 대지가 범람으로써 축복을 받게 되는 난폭의 이야기로.

아침은, 의심된 것에 대해 무결을 시도하는 덕으로밖에 값을 치를 수 없는 종교 상인이다. 이 자기 확신의 대체물에 재능가와 예술가가 적절한 유방을 찾은 젖먹이처럼 기뻐하리라. 보다 밝은 세상의 개들도 그들 자신의 학문과 종교의 개 쌍둥이를 낳으리라. 둘의 참회는 하나의 참회보다 빠르리라. 호명이 들려오면 어느덧 유혹에 젖어 귀를 스스로의 적선가로 만들리라. 올바른 묘지기가 글쓰는 자의 의수義手를 지키고 있으니, 모조 공예가와 예술가가 파묻기에 적절한 시체를 찾은 매장자처럼 기뻐하리라. 시는 망자와 급소를 공유한다.

이제 예술이—항해하는 배가 다른 배에게 그 진로를 알리기 위해 오른쪽에는 산 자를, 왼쪽에 죽은 자를 매다는 그것이—아침이라는 세례명을 통해 이름을 찾아왔다는 사실을 환기해야겠다. 참으로 물체의 양감量感에 신의 농도를 채우는 족성族姓적 행위를 통해 자연은 그의 속박 안에서 자유를 강조해오지 않았는가? 모든 실물에겐 교환으로서의 그러한 강조와 갚음이 있다. 그가 지상 세계에 휘두른 아름다운 도구는 문학적 변덕에 대해 귀납적이지 못했다. 호명되는 인간의 경이가 있기 때문에 아침마다 의지가 부서진 자가 걸어나오는 것을 대신할 지상의 대체물은 쓰는 것으로밖에 마땅하지 않고 지우는 것으로밖에 부당하지 않다.

낮과 밤, 서로 한 쌍을 이루어야 가능해지는 현상에 대해 이의를 가질수록 관찰자는 그것에 대해 언제나 표현적으로 부족하다. 자아는 자신의 거처를 어떻게 '영원한 나'라는 도시의 보호 아래 두기를 시도하면서 다만 형식으로만 안전을 물려주기를 인간의 집에게 고대했는가? 누가 육체에 따라 사는 힘을 뜨거운 바람이 푸른 과실을 익히는 것에서 가져오는가? 재앙이란 참으로 속기 쉬운 자연의 양심인가? 오래 관찰된 것이기 때문에 현실에 보다 전언적인 자세를 갖는다는 이유로 현실이 전언인, 일찍이 없었던 그런 영혼의 평등은 어디에서 오는가? 이러한 모순이 있는 한 이러한 모순의 미래는 온다. 또한 발광하는 자의 장점粧點이 두터운 한 그의 얼굴은 평화롭다. 앉은뱅이가 대지를 문자 밖으로 비약하게 했던 그런 신화를 종교의 사제가 신도들에게서 맡는 그런 부여 행위와 무관한 일로 이해하는 것이야말로 세계를 통일된 내용과 형상의 다양한 변이라는 그런 종류의 굶주림에 휩싸이게 하는 주된 원인이 되었다. 그러나 다양해 보이는 앞선 물음들도 궁극에서는 '굶어 죽은 시체가 될 것인가, 굶어 죽지 못한 시체가 될 것인가?'라는 두 소박성 사이에서 발견된다. 가장 쓸모없는 환원 불가능의 한 부분이 몸에 매달려 있는 수치스러움들의 복잡성에 비하면 인간은 대체로 자명하다. 충분히 곰팡이가 끓어오른 우주 안에서 모두를 낳은 첫 여인의 부드러운 대지마다 불구들은 자명하다. 그녀의 여성은 순도가 높지만 자연의 혼합물이 더이상 그러한 형태로 있지 않기 때문이다.

낮은 밤의 자발이다. 흰건반이 검은건반을 바꾼다. 그러기 위해 음악은 이미 미래여야 한다. 그렇기에 우리가 음악이라 부르는 이것에겐 다양성의 반복에 사로잡힌 현실적 부자유의 체험이 있다. 즉 흰건반이 충족되고 이행되는 길은 그 자체의 관점에서 자신이 음악 전체보다 한 단계 높은 요소여야 한다는 공간적 전제가 요구된다. 이것은 환상이지만 그러나 이러한 환상이 없다면 어떠한 음악적 객관도 우리는 검은건반을 통해 파악할 수 없을 것이다. 마찬가지로 결과가 자체로 인한다는 가정 역시, 자연과 멀리 떨어진 채 표류하는 이념이 아니라 잎이 잎으로 존재하고 나무가 나무로 존재하고 인간이 인간으로 존재한다는 믿음이 척도적 가치를 얻어낸 이후의 자발임을 알아야 한다. 자체가 스스로를 매개하여 원인할 수 없을 때가 정상 상태로서의 원인인 한, 철학은 적어도 철회함이라는 유사 음가의 행동에 대한 책임을 회피할 수 없다. 철학함은 곧 철회함이다. 자기 자신의 유물을 찾기 위해 당장 삽을 뜰 준비가 되어 있는 도굴꾼으로, 기나긴 침실과 그것에 아로새겨진 발병기發病期로, 물질은 의지를 철회시켜왔다. 원시를 철회한 회상인

한, 아마도 그것을 숭고나 성스러움으로 부를 수도 있을 것이다. 그러나 보이지 않고 들리지 않는 것이 언어를 요구하는 것을 아는 것은 오직 그의 유령일 뿐인가? 낮과 밤이 둥지를 트는 것은 대지의 일이다. 그리고 대지는 현전現前처럼 쓰인다. 이곳에 파우播櫌하는 자의 부드러운 손길은 그의 유령 이외에 또 무엇을 싹트게 할 것인가? 대지는 숨쉬는 것이면서 숨쉬지 않는 것의 물음이다. 문예는 대지가 결실물이라는 저마다의 은닉물 속에 기량을 감춘 것과 동일한 방식으로 우리에게 먹히고 순환되는 양분으로서의 묘사를 아낄 줄 모른다. 그는 포식하는 구름처럼 자신의 형상을 요람 삼아 변신을 거듭하는 것으로, 겨우 시인이다. 자유로운 동안 먼저 고요히 자기를 죽여야 하는 이 동물에게 진정 고발되는 건, 타살적 질서를 채워나간 하늘과 고도화된 육식 문화의 풍성, 승전勝戰이 죽은 자에게는 반드시 내기를 거는 상념, 요람 속 취기, 가까운 시야에 염증을 느끼고 관찰자의 눈앞까지 직사直射해버리는 그런 대낮을 향한 유전적 약진이다. 이때 거인은 꿈을 자신의 거대한 몸을 뚫고 들어오는 유일한 무기로 여기게 된다. 인식의 대형화大型化는 그것으로 충분하다. 꿈에 병든 병체病體는 담담히 자신의 거대함을 기록했으며, 찬란한 것으로 다시 태어나기 위해 성별에 훼손을 가한다. 죽은 자의 욕구와 쾌락이 죽을 자와 일치하고 나서야 역사는 비로소 진행된다. 외상外傷으로만 신에게 다가갈 수 있는 인간은 진정 인간과 엇갈리고 있다. 한 인간의 낮을 그들 어머니의 밤으로 이어진 좁은 길로 생각해도 좋다면, 대지란 우리가 닿기 위해 요구되는 영원히 닿을 수 없는 길들이다.

4

하나의 뜻이 시에 비유될 때, 언어는 추상으로가 아니라 물성에 의해 또한 비유될 수 있다. 사냥되는 새와 사냥새가 야만적인 이유에서 원시성을 결여하는 것에 대한 비유를 준비하는 것은 이를 말하기에 적절하리라. 자신의 목적에 가닿는 길고긴 꽃을 세운 청중은 인격에 매료된 신처럼 인간임을 통해서만 자신의 충동이 야만한 것으로 보이지 않게 노력해왔으며 적의 비탄을 신전으로부터 내쫓는 행위로만 사람을 흙다운 것이며 도처에 도사린 것이게 했다. 약속된 책을 약속의 책으로만 파기하는 일이 끊임없이 방기됨으로써 시는 사냥되는 새와 사냥새 중 반드시 어느 하나를 결정해야 하리라. 그러나 사냥되는 새에게 가장 위험한 상대인 사냥새가 사실은 목가적 자살의 가장 위험한 타살이라는 이유로 스스로를 보증하지 않을 때 다가오는 순수한 언명을 사냥되는 새가 전해주고 있다는 사실 또한 사냥새는 가장 고유하게 위험한 것으로 여기지 않으면 안 된다. 감정의 정원에서 아름답게 우는 귀족들을 직접 앞질러온 이러한 시가 서로의 성인成因에 머문 도처의 꽃송이 따위를 발휘할 수 있을 것이다. 동경을 한 가지 색깔로 통일할 수 없었으며, 부끄러운 꽃을 안기고서야 정원이 개방된 곳, 시는, 자신에게 무엇이 위험한지를 말해주기 전까지의 참주가 되어 자기를 사냥한다. 흙 한 줌을 나무의 조건으로 돌려놓는 정원사는 온기를 가진 자보다 더 태양에 대해 말할 수 있는 자가 없다고 믿으며, 자기 밭의 고통과 무관한 농부는 소박한 풍농에 대한 기원의 솜씨보다 더 오랜 생육이 없다는 걸 수확을 통해 알고자 한다. 신체적 무능

아래, 자신의 신체를 사랑의 솜씨로 폭로하지 못했기 때문에 시인은 운명을 묵음默吟으로 고쳐 말하고 있는 것은 아닌가? 있음과 없음과 있는 것과 없는 것에 대한 일반적이며 무수한 노동은 상대방에 대한 분노를 대관식의 장황함으로 만드는 것으로밖에 자신의 경험 속에서 즐거운 자를 찾지 못한다. 남겨진 역사서에 필요한 것은 다만 건축을 위한 토목기사가 아니라 표류시키기 위한 오디세우스이며, 괴수의 이름에 아무 물질도 넣지 않음으로써 비로소 괴수의 행위를 진정 현전 자체로 만든 그 남자가 다만 이 역사에 귀향한다.

하늘의 불이 쉴 때 바다는 인간의 재가 되었다. 천후天候를 생각하는 사공은 자신의 회상이 어떤 싸움보다 더 깊이 신의 위험한 바다를 노 젓고 있다는 것을 안다. 그 항해는, 아직 이향異鄕에 있는 자가 회상하는 본향本鄕이 기억의 밖에서는 영원히 도달될 수 없다는 믿음이다. 고향을 떠난 그의 고행과 전향은 그에게는 여전히 지知 속의 거대한 국민이다. 그리움이 인간의 막연한 상태로부터 이끌린 대상인 채라면 이러한 국가에겐 국가의 경계 외에 제시할 그 어떤 도달된 가치도 없다. 재판이 특별히 공정하기 위해서는 재판이 유효한 것만으로 족한 것처럼, 현실적인 것의 비판이 아니라 현실의 무형적 가치에 대한 포기에 의해서만 심난甚難은 쾌청한 것에 한정되어야 한다. 우리가 가진 경이에 대한 호의와 역사적 호기심이 주변 세계조차 반드시 전체 세계로 돌려놓는 행위에 의해서만 그저 보고 싶은 것을 보고, 믿고 싶은 것을 믿는 것이 육체로 한정되어야 한다. 대지에 의해 추락함으로써 자신의 비소卑小를 이해하는 정신이 여기에 있다. 이들 폐택廢宅의 문패 앞에 귀향을 포기한 바다가 머문다. 자연은 자족적으로 있지만 그러나 그 자신의 힘으로는 불가사의하게 있다.

술과 물과 독을 구별하는 뱃사람이 말한다. "울타리 속에서 미쳐버린 사람, 자기 숲을 도감화하는 사람, 편찬되는 꽃과 새들이 얻은 당색搪塞, 어찌 이 업적을 여전히 물과 불로 막아설 수 있는 것인가? 소사燒死와 익사溺死를, 물과 불로 잃게 되는 그런 부귀한 병을 어떻게 물과 불로 막아설 수 있는 것인가?" 그는 도처의 의미를 계절적으로 아는 사람이다. 상대방에 대한 공격이 서로에 대한 공로임을 아는 한 쌍의 새만이, 열매의 가치를 가장 잘 드리운 겨울을 맞이하는 기후학적 시인만이, 시에 편재遍在한다.

이로부터 자연물은 자신의 유용성에 공급되는 목적인目的因의 각 감각 기관을 마주하고, 보는 일의 정당성, 듣는 일의 정당성, 만지는 일의 정당성을 자연으로부터 내려놓는 일을 시작한다. 인간의 행동이 자연의 판본에 공헌하는 바를 통해서만 자연은 그 자신의 힘으로는 불가사의하게 있다. 마치 감각으로부터 시작된 자연이 감각된 자연을 정제精製하고 구제하는 것처럼. 혹은 물 위에 누운 태양처럼 아무것도 하지 않는 하늘, 그저 존재하며 그 밖에는 아무것도 아닌 그러한 하늘이 향상과 무관하다는 결론처럼. 근사한 식사에 대해서조차 애국심이 넘쳤던 전우, 아내를 얻기 위해 말을 하지 못하게 된 괴물, 먼 옛날과 피가 섞이지 않은 나라, 윤작하는 그림자들의 농지, 그러한 향상의 가족들이 적어도 이곳에 있는 한, 자녀들은 자연이기를 멈춘다. 무성해진 손만이 늘어난 장소를 만질 수 있다. 악천후의 향상은, 질과 무관하게 양적으로만 기후학을 가진다.

결국 시를 무능력한 독자이지 못하게 만든 자들은 영구히 사람이 됨으로써 영구히 사람의 편이 아니게 된다. 희망적인 것이 여성적이라는 이름으로 거듭 태어나는 이곳에서 문자는 읽고 쓸 때의 약속을 행하는 자가 아니라 약속을 익히는 자로만 있다. 약속은 그 의미에서 나아가지 않고 다시 산모를 흉내내며 혹은 그러기 위해서만 사계절의 잉태를 약속한다. 그리고 지난 세기가 이 세기로부터 멀어지는 동안 성별에 가해진 일반적 행위는, 신의 얼굴을 인간의 양상으로 이해한 것이 자연의 얼굴로서 더이상 가능하지 않다는 선언에 의해, 철회될 수 없었다. 복합적 인식이라는 한계 내에서 자연을 대하기 때문에 자연이 대상에 부과하는 질적 편의에 대해 사람은 남녀로, 복수複數로, 거의 무방비하게 복잡해진다. 이것이야말로, 이것이 인간일지라도 시로 파악되어야 하는 근원적 이유다. 또한 이것이 여성일지라도 이것이 출산의 무능으로 파악되어야 할 근원적 이유다. 그러나 뜨겁게 흐르던 대지가 멈추고 밤의 공기가 차갑게 열기를 식힌 후 검은 대지는, 신이 신의 성기에서 나왔다는 사실이 자신에게도 탄생의 이념으로 적용되기를 원했지만 그렇지 못했다. 단지 자기 생의 침닉이, 신과 인간의 머리를 두 개나 목 위에 달아버린 아이가, 성기를 성과 속의 서로 다른 것으로 두 개나 달아버린 아이가, 결점을 경야經夜로 뒤덮어씌우는 미신의 환각제가, 연약한 신체의 성별이 아름답다는 비굴한 이유만으로 아직 성별이 없는 인체에게로 바로 들이마셔졌던 것이다. 말할 수 있는 것을 말할 수 없는 것으로 치환하는 것과 말할 수 없는 것을 말로 치환하는 이 두 작업 사이의 오솔길로, 오로지 사라짐의 묘기에 익숙한 사람의 무지와도 같이 시가 빛난다. (그리고 그 무지로 인해 사라지는 눈〔芽〕인 자기를 얻는다.)

이 시기의 사람은 고대인들이 직접 느낄 수 없었던 종류의 자연이 되었다. 여러 비천한 신의 구애는 자신을 하나의 제안이게 하여 성기를 해방한다. 사람의 크기가 여전히 육체노동의 물질을 구하려 하지 않는 독립적인 귀족의 명예라는 제안을. 혹은 내용인 새와 내용이게 하는 새의 싸움이라는 피할 수 없는 제안을. 서로 다른 두 새와 일치한 엽교자獵較者는 유희 속에서 찬란히 대지의 형상으로 위장된 가래와 볏을 들고 자기를 원호援護한다. 태양은 평탄해지려는 물과도 같이 사람의 압괴壓壞를 넣은 깊고 뜨거운 돌을 자신의 얼굴에 담는다. 지옥이 자연에서 깨어난 사상이며, 임종이 인간을 토하는 신의 위장胃臟이라는 종교적 교범을 잊지 말자. 자연은 자신의 표현이기 위해 신을 표현한다. 반면 대지에 감각과 정신의 피를 동시에 흘렸던 생물만이 세계다운 것을 물리친다. 진정 한갓 대지로 남아 있지 않은 것이 고대인들로서는 직접 느낄 수 없었던 종류의 자연이 되었다. 천사의 날갯짓을 신체의 고문으로 닫아

두고 있어도 여전히 영혼이 경험한 것과 같은 대지의 꿈을 알지 못하는 사람은 어째서일까, 그는 지옥의 문고리로 안내된 마음이 구멍처럼 가늘게 빛을 통과시키는 현명한 인간의 눈이라는 것을 문득 알게 된다. 원시의 모든 성질을 결여하도록 독려하면서 불행은 스스로가 종교적 상상을 했던 것이다. 야만을 보다 동정했던 까닭이 그에게 눈앞의 세상을 눈이 알고 있는 세상으로 동정하도록 도왔다.

사냥되는 새와 사냥새가 야만적인 이유에서 원시성을 결여하는 것에 대해서 사냥꾼은 무엇을 알고 있는가? 사냥되는 새는 사냥새가 충족된 회상이며 이 회상을 보존하기 위한 시인의 당처當處가 구송口誦된 직접적인 음성을 피해 도피하여 시의 음향에서 소멸되고 만다는 것. 하지만 그들의 리듬이 진정 그렇다는 말 한마디뿐이라면 수많은 감정을 무표정으로 만든 자연은 오히려 시에 눈이 문질러져 눈을 잃은 대신 유령이 헤매는 광활한 목소리를 얻는 것이다.

생각건대 그런 이유인 한, 옛 연주인이 현대 연주자의 연주를 듣는다면 믿을 수 없을 만큼 많은 연주를 하고 있다는 사실에 경악하게 될 것이다. 그리고 그 즉시 연주, 즉 인간의 의지로 만들어지는 기나긴 비틀림의 끈이 음악에 대해 윤리성을 물을 것이다.—인간에 대한 더 적은 소묘를 바라는 기후학적 시인만이 편재한다. 나를 둘러싼 숲과 그곳의 야생 열매에게 찾아온 겨울 앞에서라면, 반드시 자연의 표현을 나에게 위임할 필요는 없다. 마찬가지로 문장을 끌어당기는 힘에 의존해서 문장을 끌어당기는 힘에 대한 것이 나온다고 해서 작품이 시인 모두로 바뀌어야 할 이유는 없다.—광명을 난치의 기술로 받아들이는 기후학적 시인만이 편재한다. 구멍이 숨겨지지 않는 유일한 시간, 중천中天에 서서 사람은 시간보다 오래된 기후를 생각한다. 성당 자체, 그것을 세운 자의 나약함이 또한 그것을 허무는 자의 지식이 되어간다는 믿음이 신의 시간을 앞지른다. 개인의 사건이 그 역사와 무관하게 향수되어져서는 안 되고, 전통이 피에 쉽게 녹아간다는 까닭으로 인해 개인의 사건밖을 흘렀던 혈용성血溶性의 이 새로운 음악이 음울을 버리고 욕설을 능가한다고 생각해서도 안 된다.—대지를 신체의 도처로 만든 기후학적 시인만이 편재한다.

5

옛날에 어떤 사람이 그의 어머니가 죽은 뒤에도 장사 지내지 않았다. 이웃 사람이 찾아와 그 까닭을 물으니 "내가 있는 것은 내 어머니 덕인데 지금 어머니가 없으니 이제 내가 있는 것은 없는 것과 같은 것이오"라고 말했다. 이웃 사람이 "무엇을 원하시오?"라고 물으니, 그 사람이 "나는 지금 없으니 다시 태어나 있는 것이 되고 싶소"라고 말했다. 그리고 장사 지내지 않은 시신 한 구에 날마다 남편이 되어 찾아갔다. 다시 이웃 사람이 "무엇을 하시오?"라고 물으니, "내가 태어날 씨를 만드는 것이오"라고 말했다.

바라보는 동안, 본 것은 사라지지 않는다. 그러나 바라보는 행위에 의해 바라보는 동안의 의미는 바뀐다. 즉 눈은 대상이 주어지자마자 대상을 떠나 자신을 향해 운동한다. 이 운동은 이성이 기약한 것을 젖이 기약한 것과 비교하고 가능한 모든 행위의 목적을, 눈을 뜨기도 전에 어미의 유방을 찾아가는, 본능이라는 초기적 목적과 결부된다. 이런 이유로 나는 과거가 감각에 위배된 것이며, 시간적 의미에서 자신의 소멸이 운동하는 눈에 숨겨져 있다고 말하고 싶다. 그러나 작품으로 대화하기를 원한다면 그러한 시도의 대부분은 운동에 대해 적막으로 답한다. 보이지 않는 것에 대한 무례를 감행하기 위해 보이는 것은 자신을 선택의 문제에서 빼내어 과정의 문제로 바꿔놓는다. 그리고 침묵의 이러한 대강이란 작품이 몸에 감행하는 사건임을 우리는 알고 있다. 그럼에도 불구하고 왜 기억과 경험을 소환하지 않고는 작품에 도달할 수 없는 것일까?라는 물음에 대해 우리는 거의 모르고 있다. 시간을 쾌거의 대상으로 하는 독자로서의, 집필자로서의 절박성은 언어의 형상이라는 자기의 최종과 마주한다. 하지만 인간은 이 쇄손을 감당하기에 충분치 않은 내용물이다. 어쩌면 몸 자체는 독자로서의 지위를 전혀 가지고 있지 않은 상태로만 작품의 경험에 초대받는 것이다.

피조물을 영원히 지켜보도록 원초적 호기심의 채색을 했던 붓질에 의해, 귀함歸艦을 명령하는 영웅 무리에 의해, 백지상태로 비로소 증착蒸着하며 기름졌던 바다에 의해, 지상의 책은 보다 낮아지는 반음半音의 목소리로 '허니의 편에 점재點在하라!'고 외친다. 이러한 프리즘적 역상逆像 상태, 태양이 단순히 불로 인화引火되는 장면은, 두더지나 지렁이를 환조丸彫 작품에 집어넣고 자신의 용기야말로 태양과 일치하기에 좋은 불침번임을 주장하는 집록자集錄者만큼이나 유래가 없는 것이다. 익히 알고 있는 모양을 형태가 아닌 것에 대입하는 것으로 아름다움에 위안받으려 노력한다 하여도, 자신의 주변은 물론 신에게조차 시간을, 과거를, 경험을 성립시키려는 과대한 불손이 거기에 깃들어 있음을 부인하긴 어렵다. 서로 다른 온도가 물방울을 응결하듯 체내는 체외에 운집雲集한다. 풍경과 풍경의 모든 운동에 묻어 있는 사건의 액체는 역사가 아니라 살을 채운다.

때로는 거세당한 예술가를 위해 실제의 해돋이가 엷게 번져 이 불우한 감응의 채색을 응원한다. 그러나 그것도 잠시, 친구와 만든 눈사람을, 매미가 우는 한여름의 계곡을 떠올리는 것만으로 작품은 자신의 황혼을 거부한다, 이미지들의 열전列傳에 지나지 않았던 것들을, 미화의 양식사적 의의 외에 더이상의 것이 없는 황혼을. 비래를 과거로 걸어간 사람에게 해후는 영원할 것이다. 그러나 이 해후가 결별과 동일한 위험에 직면했다고 믿는 사람 역시 영원할 것이다. 이 때문에 기나긴 가족력의 영속이 모든 자식들에게 옮겨져 병으로서의 특이성이 사라진 때가 시에서는 특히 소홀히 다뤄져왔다. 분명 미장未將과 미래未來는 같은 것이다. 이미 있는 것과 오지 않은 것은 같은 것이다. 분명 이성적 인간보다 무한한 인간이 더 낫다. 하지만 무한수를 설명하기 위해 필요한 것은 최고의 우발성뿐이므로, 또한 영혼은 상대적으로밖에 접히지 않는 네 첩의 계절로 된 사지四肢 자체의 소묘이므로, 예술가의 시간은 체외의 조응이 얻는 기나긴 목록이 아니라 그가 손에 가둘 수 있는 만큼의 체외의 양이다. 학예적 발달이 여전히 시야 망실이라는 영혼의 무리를 거슬러 반복하는 환자로서의 섬망의 주기를 갖는 한은 여전히 그러하다. 특히 눈의 감각에 의존하는 한, 학문적일 수밖에 없는 그 수많은 빛이 그러하다. 종국에는 빛도 스스로의 언어 속에서는 입술을 떠나는 공기와 같은 것임에도 불구하고.

시간에 관한 한, 데카르트적 자연 앞에서만 추상은 자연에서 빠져나올 수 없게 된다. 왜냐하면 자신의 초상에 대해 자화상이라는 이름을 붙일 수 없도록, 감성의 관람자가 등장할 수 없도록 모두의 얼굴을 너무나 자세하게 화폭 위에 설명했기 때문이다. 이 범주의 화가들은 자신에게 청구된 타인의 애정을 잘 이해했을까? 정확히는 문법을 교정하는 관계로 발전하게 될 매끄러운 윤곽들이 서로 호감을 갖는 것 따위가 이 이상하고 오래 지속되는 특별한 연인들에게 교유를 허락한다. 그러나 연인들이 서로에게 건넨 선물은 화환의 꽃무리가 아니라 내부를 특징적으로만 묘사하는 인간의 흉부 사진이며, 또한 우리 안에 잠겨 있는 밤을 액자 안쪽으로 기억하는 회화이며, 그러므로 망각의 늘어난 활동량이다. 예보豫報로서의 밤에게는 계절감에 대한 확신이 깃들어 있지 않다. 그것은 우려이고 편리이고 관철의 정신이다. 한편 이것은 자연의 법칙에 적합한 희망이다. 마치 불이라는 한도 내에서는 기체와 고체와 액체가 서로 위배되지 않는 특성처럼, 불가침의 불과 가성화된 불 사이에서 신의 노예와 독립적 인간과 직접적 동물과 프로메테우스는 서로 위배되지 않는 것은 아닐까? 그것은 현재의 성질이 거대한 과거의 덩어리라는 요소에 위배되지 않기 때문은 아닐까? 물론 경험은 몸에 결부된 하나의 이념으로 이해되어야 하며, 경험의 무책임을 경험의 정당화를 위해 사용해선 안 된다. 그렇기에 인간은 관찰자가 아닌 관계자로서 자신의 사생寫生으로 돌아와야 한다. 이 모든 것은 사실상 초혼初婚이기 때문에 세계는 세계로 온전히 전달될 가능성이 전혀 없다. 아니, 오히려 그들의 신부가 상대의 체온으로 유지되는 한도 내에서 그것은 온전히 전달될 수 있다. 신을 벗어난 인간은 새로운 관점으로 공기를 대면한다. 다시 그것은 온전히 전달될 수 있다. 들이쉴 수 없는, 내뱉을 수 없는, 자신이 먹이인 신에게 먹힐 수 있는, 자신의 표현인 신에 대해 문자적일 수 있는, 더욱이 문학이지 않았다면 가능하지 않았을, 사색의 신이 갈망의 신이 되는 탐욕적 구절들을 통해서.

이것이 자연 자체에서 와야 하는 것이고, 우선은 감성으로 다음은 감식으로 마지막엔 성감性感으로 뒤바뀌는 한, 이 동물은 어느 정도 합의된 실체이며, 또 어느 정도 자기에 의한 발견이다. 시는 어머니로서의 모성을 기다리는 것이 아니라 태胎에 자기를 집어넣을 주머니로서의 모성을 기다린다.

옛날에 책이 되기를 원하는 생물이 있었다. 이때는 신이 시간의 방향을 아직 정하지 않은 때였다. 그러므로 모든 건 어디에나 있었다. 훗날 어디에나 있는 그 생물이 인간을 보고 "아뇨, 그건 환상의 동물이오. 영원한 것보다 어리석을 수는 있지만 어리석은 것보다 영원할 순 없소"라고 말했다. 그 생물은 책과도 같았지만 또한 약을 싼 봉지 같기도 했다. 이학자異學者 몇이 와서 "잘 들어라. 너는 겉과 속이 하나로 된 자연으로 돌아가라"고 말하고 구겨버렸다. 가고 옴의 강바닥이 어찌 헤아려질 수 있는가. 그래서 나와 같은 것이 저들과 같은 것이라는 것을 나는 아는 것이다.

6

물질을 꿈의 간만干滿으로 채우면 영혼은 물질의 바다로 밀려와 도외와 도래가 하나로 섞인 모래알이 된다. 나는 헛되이 물었다, 왜 꿈은 우리라는 과실나무에서 우주를 뽑아낸 형상인가? 측정에 의존되는 한, 자연엔 절대성을 하나의 질문이게 하는 죄의식이 서려 있다. 잠의 부스러기를 모으기 위해 더듬은 인간의 침대 밑은, 같은 처방의 병들 간에 치유의 공통점이 없음을 아는 정신 환자 전체의 역사에 준한다. 미래의 얼굴을 한 역사 안에서 사건은 전혀 새로운 낱말이 전혀 새로운 의미와 성사되는 것이 아니라 이미 그럴 수 없는 것에 상기되는 것이리라. 생의 모든 달을 적포도주의 빛깔로 바꾸는 것이 태양 저편으로 밀어올리는 백포도주의 취기임을 우리로서는 영혼의 들이켬으로밖에 실감할 수 없다. 비행하듯 베개 곁에서 중얼거리다보면 잠은 잠든 이를 달변의 여신에게 드리우는 법도 알게 된다. 인간은 자기보다 고귀한 신부를 얻기 위해 검은 깃털을 감춘 도둑 새에 불과하다.

수의사의 집에 남게 된 마지막 생물의 총명은 글쓰기로부터 비롯된 인간의 말놀이마저 즐긴다. 말이 끊기면 누군가는 그 말을 이어야 하고, 최후의 한 사람도 그 말을 잇지 못하면 의사는 치료자로 개입된다는 진료의 법칙이 동물 전체에 드리운다. 먼 뇌우로부터 밤의 쾌청이라는 뒷말이, 깊은 명상 후로부터 정액이 오줌으로 나온다는 뒷말이, 먼 데의 공전空電으로부터 근산筋疝의 증상이라는 뒷말이, 조각으로 이어붙인 피부의 기쁨을 책임지기 위한 정신의 초로 가물거리며 소진된다.

순환의 의미가 그러하다면, 자연은 싱그러움을 시체에게 덧씌울 뿐 아니라 생의 황금비율 또한 거기에 숨긴다고도 말할 수 있다. 투영이라는 황금비율, 복제라는 숭고는 언제나 그들이 동산에서 쫓겨나 알게 된 수치를 가리는 나뭇잎 한 장에 맺혀 있다. 문학이라는 잎사귀 뒤에 숨겨진 황금비는 동정童貞의 전장戰場에서 꽃피어 빈약한 자연에 이른다. 이것은 닮은 것이 닮고자 하는 의지에 남기는 유일한 자연적 부끄러움이다. 전달 가능한 사태 이후에 대체 가능한 긍정에 도달하는 이 장르의 충만과 달리 대지와 하늘은 간헐적으로만 자신을 천재이게 한다. 그리고 사물과 인간 간의 거리는 실재의 조건이 아니라 실재적 조건의 항상恒常에 대한 더 많은 지속으로 채워진다. 이 관계의 미래를 유일하게 확정하는 것은 미래가 과거를 자신의 형식적 조건으로 단정할 때뿐이다. 즉 인류는 사망하는 자연으로서만 자신의 대칭을 가진다. 실제로는 간질

환자나 염병 환자처럼 보였던 하염없는 보석의 이야기가, 할 수 있다면 신이라는 녹말이 풀린 하늘에 혀를 담그고 수치스러움, 죄스러움, 죄책감이 이뤄놓은 놀라운 미각을 그 숭고함 속에서가 아니라 자연과의 대칭 속에서 찾아내기 위해 혀는 근육과 안면을 뒤튼다. 비틀린 보석 이야기는 우편 행랑을 등에 지고 언제나 그리고 어디든 이들을 찾아가리라. 지금은 단지 그렇게 세계에 대한 우리의 난투를 이해하는 것만으로 족하다. 그렇게라도 문학이 세련된 도덕으로 자신의 구원을 마무리지을 수 있다면 그 또한 멋진 일이리라. 하지만 자기를 말 못하는 짐승처럼 쳐서 궁지에 내모는 사람의 숭고만큼은 아니다. 동정의 우월성에 의해 자기를 앞서가게 될 인간인 채로는 여전히 그렇게 될 수 없기 때문에, 신들을 향해서만 신들이 살아 있다는 인식, 넓게 펴서 얇아진 그것을 향해서만 세계는 본성을 지속한다. 들려오고 되돌아오지만 자신의 목소리인 것을 잊는 메아리로서만 시는 편류偏流한다. 이 편류기의 지도는 모방애로 얼룩지기에는 너무도 편력적이어서 공간으로 가둘 방법이 없다. 비록 육체의 아름다운 세계는 살아 있는 여인과 죽어 있는 여인으로 나뉘지만 그녀들을 위한 연인은 검고 축축한 옷을 입고 목소리의 방에서 자기를 회청回聽할 뿐, 이름이 영속인 것이 운명에 호소할 방법이 영구히 제지된다. 이곳에서는 이름이 신성인 것이 신을 회피하고, 구원은 관중으로서만 의미이다. 지친 자조자를 잠자리로 편히 불러 쉬게 하는 것도 관중으로서의 잠시 동안의 열중에 지나지 않는다. 지혜에 이끌린 대기는 지혜도 난넘될 뿐 우리를 언어의 평탄으로도 험조險阻로도 이끌지 않는다.

저녁 무렵의 아이는 입김을 잃어버린 램프처럼 묽어져서 돌아왔다. 입엔 곤충의 다리 같은 걸 물고, 비행하려는 꿈에 감개무량해 있었다. 그러나 대지가 운명에 감추어져 있다고 생각하는 사람에게 그것은 한낱 바람이 종잇조각을 들어올리는 힘에 지나지 않는다. 신들은 인간의 장난감에서나 볼 수 있는 모습을 하고, 장난감들만 할 수 있는 무작위의 춤이 장난감 자체에 비해 실로 앞서 있었던 것을 매일 밤 퇴보의 지점까지 되돌려 바로잡는다. 안전 아래 가장 위험하게, 눈에 그것이 충분한 춤으로 보일 때까지 계속 비등점이 옮어진다.

그렇게 바람에도 불구하고 시가 그 자신이 될 수 없는 것은, 이야기하는 인간이 자신의 운명에 속하지 않을뿐더러 그 기술된 것에 있어서도 진술에 의해 언제나 성립되어 있어야 하는 것과 마찬가지이다. 밤의 이야기를 앞에 두고는 애달픈 인물이 지체될 뿐이다. 어떤 인물이? 결과를 모를 경우에만 원인이 이유가 되는 모순을 인간의 신이 신의 인간을 사색하는 것으로 묘사한 인물이. 형식적 유사성을 가진 이야기가 아름다움에 대해서도 열성劣性에 대해서도 무수한 이야기를 통해서만 동일함에 이르게 되는 이유는 어떠한가? 예술미가 자연미의 방식을 넘어가는 동안 더 다수인, 더 많은 것으로 세계와 화해하는 이 가상이 신성 모독이라면 법정에 선 피고인의 변호는 자기 변호적이지 않은 인간 이외에 그 누가 맡을 수 있을 것인가? 풀이될 수 있는 점술에서 인류 공동의 신비로까지 점진적으로 넓혀지는 이야기가 새로 태어나는 역사의 조각을 이름으로 가진 것이 아니라면 법정은 어떻게 자기 외의 것을 자기 앞에 세울 수 있을 것인가? 악은 대가를 치를 수 없기 때문에 악이다. 그는 그 자신의 모습으로는 심판의 대상이 아니거니와 그 자신을 심판하지도 못한다. 악은 자신을 음악이 아닌 것으로 바꾸지 못한다. 그 음악은 귀를 대상으로 하지 않는 음악이다. 음악은 입이 봉해졌을 때 비로소 울려퍼진다. 잔여물만이 직진하는 세계에서 사람은 자신의 분신을 향해 손짓하지만 형상은 그림자로부터 더는 발전하지 못했다. 자연미라는 창녀와 예술미라는 청년이 만났고 누군가의 눈에는 불길했지만 대개는 육체적 진술과 석연한 문답이 오갔다. 모든 재료를 오로지 미학적 이유로 쓰기로 결심한 지휘자가 만들어낸 음악처럼, 유래 없는 악기는 누구의 귀에도 가닿지 않았기 때문에 줄곧 범속했다. 현재라는 생가生家는 탄생의 저편으로 사라져갈 뿐이다. 이것이 범속의 물건에 대한 고향들의 진일보다.

육지가 바다였던 곳의 산꼭대기는 종종 조개화석을 품는다. 인간이었던 곳 역시 종종 귀신을 품는다. "지금은 푸른 발아래 산곡의 걸음이 이어지지만, 이곳은 한때 산호초로 일렁이고 해조류가 자신의 춤에 도취된 잔잔한 바다였으며 침묵 또한 한때 높이 흐르던 수많은 푸른 허공 중 하나였으리라. 허공은 아무도 자신을 불러주는 이 없이 홀로 수천만 년의 시간을 같은 자리에 가라앉아 자기의 혀가 산정山頂에 치는 벼락처럼 어리 줄기도 찢어지기를 기다리고 또 기다렸구나." 시는 이렇게 말하고 반대자가 되었다. "다만 바라기는, 유령이 나를 위한 교양을 갖고 있기를." 또 이렇게 말하고 단념되어 그것뿐인 채로 전체는 아름답다. 우리가 무엇을 순수하다고 말한다면 그것은 의미 자체가 마치 개념처럼 의역되어서이기 때문일 것이다. 언어는 의미가 경험과 무관한 순수함으로 의역된 존재다. 그렇지 않다면 바깥은 스스로 온 것이 아니기 때문에 스스로 개량할 수 있다는 매우 이상한 결과와 마주하게 된다. 물질에 있어서는 다수인 그것이 이미지에 있어서는 단수인 한, 세계는 여전히 형식으로 개량된다. 전치와 압축이 없는 하나의 거대한 꿈으로서, 은유와 환유가 대상을 어떤 차이로도 갈라놓을 수 없었던 거대한 문장으로서, 뒤바뀐 대지를 몽상하는 그는 (기원된 것으로부터) 존속적이며 아픈 사람이지 고아이며 약자가 아니다.

7

정신이 내부적인 것 외에 다른 것이 아닐 때 자연은 스스로를 확산시키는 방법으로 인간의 정신에 역사 전체를 옮겨놓기를 주저하지 않았다. 그 결과로 어떤 작가는 낭대로부터의 밀실 속에서 수혈에 대한 낙관 없이 피로 낭비되는 글을 써나갈 수 있었지만 마찬가지 결과로 어떤 작가는 광장 전체를 자기로 확장하는 비대증으로만 글을 쓸 수 있었다. 오늘날 자신의 경험과 동일한 경우의 글쓰기가 봄을 맞은 들판의 꽃, 증발한 바다의 소금만큼이나 흔하다면 그것은 수천 년의 역사가 인간 개인의 역사에 대해 그다지 괴롭지 않은 방식으로 자신을 확신시키기 때문에 그렇다. 작가의 이러한 제우스적 태생은 개가 주인을 깨물기 전에 먼저 개를 깨문 주인의 삶으로 점철되어온 신극神劇과도 유사하다. 감수성을 반성의 기반으로 삼는 평온에서는 사실 신극에 등장하는 인간의 숙명에 대한 잔인한 요구들이 부단히 흘러나오고 있다. 순수에서 벗어나 혼탁과 일치되기 위해 관계를 최소로 이해했던 사람의 원숙기엔 과거에 대한 일반적 망설임뿐 아니라 예술의 질주 안에서만 하나의 육체로서 진실의 재능이 꺾이리라 여긴 완력 또한 있다. 덧붙여 이것은 아침을 순수한 내면 현상으로 묘사한 자가 그 순수함이 드리우는 음악성의 무게에 눌려 아침의 음악을 파괴해버린 음악가라 말해야 옳다. 음악가들에게 음악이 휘두른 피할 수 없는 치명적 반격은, '음악은 인간이 의미 결합의 방식 어딘가에서 흘리는 눈물이다'라는 주장이다. 그러나 역사에게만큼은 눈물이 무용했다. 현대의 의미 결합은 신화가 청중에게 해왔던 그러한 치유의 중첩을 피할 수 없다. 서로가 서로에 대해 참조되지 않는 경우가, 서로가 품은 필연성에 불용되는 것이 아님에도 불구하고, 실증은 발생학적 기원을 거의 언제나 추측에 의해 포기하도록 강요해왔다. 비춰진 대지가 하나의 제의로 역할 지워졌던 시기에, 모체의 것에서 나온 두 눈이 모체에 의해 뿌리 뽑혀졌던 것에 의해, 예술적 실천은 존재로부터 뿌리 뽑혀진 것이다. 문학가는 지금 후자의 운명이 전자를 압축하는 위기 위에, 인류를 앗아갈 것을 아는 경계심을 가진 영웅이 자기 운명에 도달한 어떤 명령에서도 영토적 질서를 찾을 수 없다는 실망과 그것의 반복이 신적 낙관을 부여한다는 달콤함에 젖은, 덫 앞의 쥐와 같다.

오랜 기간 동안 역사는 상상 속에서만 대립이 추구되었다. 정작 역사적 대립이 실제적일 때 상상은 대상으로 삼아야 할 것들이 우선 언어에 집중되고 있다고 여겼다. 조용히 세상을 암흑에서 구분해내는 것만으로도 역사는 그것을 이해하지 못했던 사람에게조차 언어의 비유로 들려왔다. 그럼으로써 사람들은 생에서 뜻밖의 것을 빼앗겼다, 목숨이 아니라 말하지 못하게 된 것을. 무엇보다 언어 속에서 사실이 모든 것을 예술의 뒤쪽으로 돌려세웠다. 실제는 이와 반대였다. 마른 땅은 그들이 번져갈 선량을 내리고, 진흙은 계약처럼 팔다리에 악관樂官의 우두머리를 두었다. 북적이는 제신諸神 위로, 그을린 여름의 수족 위로, 모체로부터 모체에로, 배胚는 부적응자의 태양으로부터 순수한 훼손을 잉태했으며, 깊은 경이감으로 갓 낳은 알을 찌르고자 했다. 과거 전체를 잃기 위해 구원보다 더 적합한 것은 없다. 젊음의 창이 닫히지 않았기에 아직 만년晩年은 사실의 뒤쪽으로 미뤄지고, 울고 있는 어린 자가 노년 뒤편으로 펼쳐지는 기나긴 자락에 대해 오직 야만으로만 싸울 수 있었다. 아직 그 어떤 착시도 스스로 성장하는 것을 경험치 못한 우리에게는 응시가 확인이어야 할 이유가 무한히 없다. 진화한 생물이기 이전에 우리는 죽은 생물의 씨앗이고, '도달하다'라는 의미를 생의 어디에 사용해야 하는지를 아직 알지 못하는 무지의 생물이다. 언어가 우리를 말하게 한다 하여도 역사라는, 생을 가진 이 부유물은 '왜 상상은 답을 얻기 위해 세계보다 작아져야 하는가?'라는 물음을 통해서만 부피에 대한 상념을 지울 수 있었던 것이다. 현재는 표층들의 교번交番을 통해 무한히 늘어날 것이다. 그리고 상상하는 것은 진실보다 덜 우글거릴 것이다. 바다이기 때문에 가능했던 항적航跡이 광대廣大이기 때문에 압축할 수 있었던 대지에 내려앉는다. 판단이 아직 상태와 결부되지 않을 때, 실과實果가 시라는 고요히 저주받은 시간을 지날 때, 시인은 사실의 전 과정보다 더 멀리 유아등誘蛾燈을 켜고 타 죽는 나방을 목도함으로써 나아갈 길을 얻는다. 이것은 역사적으로 가장 늦게 실현된 생물의 소망이다. 역사는 이데올로기이지 사실들의 무덤이 될 수 없기에 예정을 유보한다. 작은 밀것에 담긴 노인을 끄는 유아의 손아귀 힘, 척박한 유민流民으로부터 동냥받는 다른 유민 무리, 이들이 시의 갈증에 참여한 유일한 반려자다.

비극은 있고자 한 대로의 지정학과 주어진 대로의 지경학 중간에 세워진다. 그렇게 함으로써 비극은 단독자였다. 잉크와 잉크 사이, 문자 얼룩에 미쳐가는 종잇장처럼 잔여물은 메워지기 위해 무마된다. 신과 인간이 예술로 일치하는 한 이데올로기는 메시아의 예정을 영원히 유보한다. 미 자체가 아니라 어떤 미에든 존재하게 되는 공통의 형식일 때 미적인 것은 예정으로 드러난다. 개별화는 내용이 그 몫이지만 총화는 형식의 유일하며 가능한 모든 것이다. 여기에 내용은 도래하는 인간상으로 출현한다. 감각은 실재를 여과하고 감각이 경험한 것은 현재를 순수하게 이념이게 한다. 그 완고함의 굳기에 따라 경질硬質은 운문이 되고 연질軟質은 산문이 된다. 역사는 그것이 지속되고 경계될 때 우리가 가지 없나는 것을 알게 한다. 권능은 상승하는 무능이며 무능은 권능에 대한 무아경이다.

의미에서 의미로의 건너감은 이 현상의 거듭되는 이미지이다. 그러므로 예술적 서술에 있어 진솔하라고 요구하는 것만큼 진솔하지 못한 요구는 없으리라. 왜냐하면 '절연'이라는 거의 유일한 의미가 담긴 임의체인 언어에게 그 자신을 복구하면서 자체의 경험에게 연결되기를 요구하는 이 말, 즉 진솔성에는 경험의 거처가 유일하게 시원始原만을 가진다는 점을 망각하는 일이 깃들어 있으며 또한 '진솔해지기 위해 먼저 진솔하라'라는 환원적 요구가 깃들어 있기 때문이다. 더욱이 이것은 결과가 원인을 앞서기를 바라는 헛된 희망이 꿈꾸는 인과다. 죽음에 이르러 껍데기 밖으로 빠져나온 조개의 혀가 그러하듯 언어는 자기의 무덤에 안전하게 숨겨진 채 무결해진다. 무한이 유한히 표현되는 때를 미美라 불렀던 사람들은 실재에 대한 집단적 체념이라는 점에서 도리어 사회적 책무가 순수하게 생만을 도덕에서 끄집어내는 것을 결코 인정할 수 없었다. 그리하여 시의 세속은 목적의 자살이라는 순교를 택해야 했다.

모국어가 언어의 형태를 문화와의 유사성 안에서 재정의하는 일이라고 할 때, 개념의 정신적 조정은 언어가 개념의 표시인 바로서 개념이라는 메시지의 궤적을 따라 유지된다. 그러나 높은 수준의 개념과 하위 목표의 도구를 같이 쓰는 언어는 표현으로서는 주어진 것보다 더 약한 척도를 나타낼 때까지만 사실이 아니다. 현상이 일부만을 설명하는 지식이기 위해서는 의미가 불충분한 것만으로는 부족하고, 이와 더불어 도구들의 불찰도 이해되어야 한다. 도구는 충분히 고려해도 여전히 충분한 것이 아니다. 특히 그것이 기술공의 기술 자체보다 더 복잡하며 더 앞서가는 것이라면 더욱. 언어가 언어 예술과 연관될 경우의 문제는 이런 것이다. 조건의 외부만 가진 것이 어떻게 조건 내에서 판단될 수 있을까? 어떻게 조건의 밖을 조건의 표현이게 할 수 있을까? 취지로서의 문장은 적어도 문장 내에 존재하지 않는데도, 추상적 가치는 언제나 자기 충족이라는 목적 속에서 규칙처럼 제한되어왔다. 그런 경우 이해는 한편으론 그 자체로 곧 정서이기도 하다. 도형이 수數의 정신으로 표현되는 만큼의 시적 정도程度의 정서라고 말해도 좋을 것이다. 이들은 판매와 소비로, 첫 주인과 두번째 주인으로, 그렇게 결부되는 것이 아니라 무엇이든 물물교환되는 시장 사이를 떠도는 상품의 배회처럼 결부된다. 도구의 당사자인 한, 만들어야 할 물건의 가짓수만큼 도구의 수는 불안정하다. 그렇기 때문에 도구는 늘 세상의 심연보다 깊지 않으면 안 된다. 왜냐하면 세상을 빌리지 않고는, 다시 말해 세상이 도구가 되지 않고는 세상이 스스로 깊어질 도리는 없기 때문이다. 도구가 표현한다. 우리가 자신을 할거할 수 있는 유일한 이 길에는, 신성神性을 지우고 물갈퀴를 얻는 하늘의 도섭자渡涉者도 있고, 자신의 탄생 신화를 알려주는 이가 아무도 없어 쓸쓸히 퇴장하여 개구리로 남는 문학적 천재성도 있다.

8

시인은 하나의 목소리로 모든 창의 안쪽을 자신에게로 불러 세우는 것을 선택했으며 우선 이것은 시적 제안을 매우 간편하게 만들었다. 크게, 작게, 빛과 미물, 선택과 배제 정도를 사람의 눈에 부여하면 그뿐이었으니 말이다. 그러나 눈이 세상의 얼굴과 직접적으로 접촉한다면 가면무도회의 익명은 전혀 흥미롭지 못했을 것이다. 눈은 여전히 얼굴에 대해 소음騷音으로 남아 있다: 드러냄도 숨김도 없고 자신이게도 자신이 아니게도 할 수 없는 소란 속에서 오직 자신과 사건만이 무화無化까지 후퇴했던 것일까? 우리는 왜 현대를 견디지 못하면서도 여전히 고대적이지조차 못한 것일까? 이전에 볼 수 없었던 인간은 새로운 인간인가, 아니면 해부되어 내장으로 고백하는 인간인가? 왜 우리는 고대인들의 그릇된 주석에 지나지 않으면서도 자기 자신과 경쟁하는 동시에 고대인들과도 경쟁해야 하는가? 신비를 오직 과학에서만 배운 사람들이 왜 자연과 대결하지 않고는 자신을 성립시킬 수 없었던 걸까? 아직은 문학과 관련된 많은 일이 이들 계획에 방임되어 있다. 실實과 미는 서로 적의 입장에서 인과를 이해한다. 문학은 이 경우 새롭지 못하기 때문에 안전한 것으로 보인다. 언어는 사건 자체로 순화되는 이데올로기 역량의 여부에 지나지 않는다. '교화하지 않으면 그 사건은 무한 미제다'라는 처벌의 도덕적 신념처럼, 대상을 온전한 전체로 인정한다는 것, 그것은 차라리 악몽이다. 서로 바라보기가 포기된 얼굴을 필요로 한다는 형식 속에 시는 한정될 수 있다. 수취인의 정서를 손아귀에서 빼앗아 발신인의 정서에 도달하게 하는 비극이 만약 시를 위해 흘려야 했던 눈물이라면 나는 그 눈물을 다시 시와 시 아닌 것으로 나누겠다. 시와 내가 만난 최초의 지점에서 내가 적어도 그의 눈물은 아니었던 것과 마찬가지로 그들과는 슬픔이 아니라 슬플 수 있음을 두고 경쟁하겠다.

꿈을 기만할뿐더러 나아가 꿈을 거짓되게 하려는 자에 이르기까지 죽음의 휴식과 같은 긴 예술이 명령된다. 오, 백치처럼 벌어진 꽃에게 위대한 사회의 소문 속에서나 등장하게 될 시민병원 의료실의 신생아에게 빛나는 메스를 안겨주며, 말더듬이의 말이 신생아의 말과 일치하고 나서야 이들 밀정의 노동은 신비롭게 절개切開된 입술로 남게 되도다. 그리하여 명칭이 명칭 아래 멈추고, 자연이 장애의 의미를 자신의 무결성에서 가져오며(그러나 자기연민에 대한 시혜의 의미는 가져오지 않으며), 죄 사함이 벌과 동일한 방식으로 언어에 소견적 판단을 부여하는 창조가 자연 전체에 의지된다. 인간의 벌을 통해 정당히 재가裁可된 자연만이 합창단 선창자로 남는다 해도, 시를 죽인 고대의 학예적 업적만큼의 충분한 사려는 아니리라. (이 쾌청치 못한 여운이 아직도 오르페우스의 얼굴에는 남겨져 있다. 오르페우스는 초를 채워 밤을 비추는 약한 빛이 앙갚음 삼아 귀를 틀어막은 국가 건설자로 계승되는 것을 지켜봄으로써 영원히 플라톤의 시인으로 남아 있다.) 공중 부벽에 죽은 자의 줄기를 달아맨 모욕적인 풍요가 인류의 껍질에 주름진다. 그리고 흡충성吸蟲性의 아름다운 벽체로 채색된 축가가 목소리의 영광과 거의 동일시된다. 이들 찬가에는 역사적 이유가 있다. 전성기의 영광이란 곧 '물상物象이 해명된 의지로 절망에 깃들어 있다'고 주장하는 동시대가 첫 이유이고, 납골의 밤에, 부서진 뼈를 고백이게 만드는 압점壓點 저편, 재활을 무병증명無病證明을 요구하는 지난 시내가 그 두번째 이유이다. 멸균용 냄비 속에서 가열되는 자연 이상으로 자신은 무균질로 유정有情하고 있으며 그 이유에 의해서만 비로소 병원病源을 찾으며, 신과 인간에게 동등하게 발병할 균종은 이것 하나뿐이라는 의지, 그러한 의지들 사이의 간격인 언외言外에 담긴 촉지 불가능의 가능을 찾는 것, 이것으로 찬가는 발증자發症者이기엔 부족함이 없게 된다. 유산, 조산, 사산의 이 돌연들은 태양과 천사의 지성을 격리시키기에 얼마나 허약하며 얼마나 자기 이름만큼의 산발적인 싸움이 되어가는가? 자기와의 단독적 결혼은 하객의 지위로라면 낙조를 달래주기에 충분하다. 양성兩性 한몸의 이자는 조용히 인간의 색깔을 물들일 도금 기술 편람을 펼친다. 혹은 손끝이 괴물을 부끄러워하게 할 촉각 그림책을 펼친다. 그러나 생피生皮 위에 따뜻하게 앉아 '돌아간 곳이 돌아갈 곳으로 저물고 있다'고 말한들 과연 그가 파종 중독자, 종자 중독자에 맞서 모든 무덤과의 육적 교접을 실현할 수 있을 것인가? 명상이여, 부디 자연의 망상인 예술혼을 도우소서. 창瘡 앓는 등에 매달려 남녀추니의 성물聖物은 이름 없는 괴물들과 이별한다.

서곡黍穀의 버러지로, 가을의 결실을 인내하지 못하는 조급자로, 시의 최종 형상은 우리 눈에 그렇게 비친 바에 대한 탄식이되 선서의 가치를 가진 탄식이다. 비유하는 것 또한 만권의 낙질에 비유될 수 있는 세계에서, 인간은 파우播耰의 원상일 경우에만 모상이다. 이에 수반되는 노동은 인간의 높이를 그의 탄식에 한정하여 호명한다. 언제나 다수라는 말이 대지에 비유됨으로써 그는 뿌린 씨 위에 씨를, 덮은 흙 위에 흙을, 자란 것을 바탕으로 더 자라는 다층의 지도를 꿈꾼다. 그렇게 인간에겐 목록과 다수라는 약점이 남는다. 모상은 태어난 자를 대신해 죽어가는 회유라는 축소의 형상이다. 공격적 사물을 방어적 사물로 받아들인 것, 소인이 일차성으로 받아들인 거인의 이차성이라 할 수 있는 이것을, 한 사람의 단죄에 들어 있는 원천으로 연주하기 위해서만 모상은 원상의 자연물이다. 자연과의 필연적 멀어짐에 따라 죽음은 이제 육체 이외의 대가를 치러야 한다. 육체의 겨울에 고드름이 자라나 은색의 금속성 화음이 공중을 휘젓고, 재생의 액처럼 투신자는 떨어지고, '등진다'는 경칭敬稱이 떠오른다. 동시에, 정신으로 굶주림의 크기를 만든 너무도 소모적인 인간의 향기 따위가 솟는다. 발 한쪽을 여인에게 집어넣어 생명을 낳도록 했던 신의 형상대로, 잠이 자신의 절름발이 여정을 택하고 나면 무엇이 발밑의 흩어짐에 연관되는지를 알지 못하는 난맥에서만 대지는 그렇게 나 자신이다.

순수하게 방패에 의지하여 순수하게 창을 적의 가슴에 찌를 수 있는 용기를 가지고도, 도약자는 육체의 성벽 넘기를 반복하며 동시에 박약자로서 자연의 장식물로 남기를 원한다. 누가 누구에게서 무엇이 훔쳐졌는가를 도약은 묻는다. 그때 악은 역사가 그러했던 것처럼 판단 뒤에 숨는 것과는 정반대로 대중의 풍속에 등장한다. 재갈이 풀리고 있는 수많은 동물을 향해 팔을 벌리며, 갈구를 해결할 모두 도구를 내려놓기를 사람의 머리에 돌을 내리치듯 하며, 육체적 빈곤은 그렇게 카인과 아벨 이래의 무삼삭한 적의敵意 밖으로 자유롭게 나아갈 수 있었다. '너는 너의 왜소에 있게 되리

라. 대지의 열매 저편에 신을 펼치고, 그와 대등한 힘을 지닌 자가 오직 고독하리라.' 지식과 싸워도 여전히 옳지 못한 자가 재현의 질서 중에 검증이 가장 긴 것으로 다시 태어난다. 무신론적 심경 속에서조차 겸허히 천사들과 사랑을 나눠야 했던 가해자가, 신은 호흡할 수는 없다는 이유로 모두가 거부한 이 공기를 오랜 종이 공작 작업으로 되살려놓는다. 지혜를 하나의 조건으로 중지시킨 시인의 색조가 이와 같으리라. 문학의 물음에 물음과 같은 형태가 있다고 생각하지는 않는다. 그러나 그 문이 회상 형태의 미래가 되리라는 것은 안다. 경험과는 한없이 먼 회상으로, 그 세계의 만방萬方은 재현의 여행이 가까스로 돌아오는 좁은 틈이다. 이음새가 생긴 문장만이 숭고의 꽃 가까이 진디처럼 달라붙으리라.

어떠한 평가에든 타오르는 대상과 불을 옮기는 대상을 혼동하기 때문에 불들 사이를 꾸준히 가로지르는 매우 풍부하게 존재하는 질료의 동질성이 있다. 현재라는 시간은 타고 없어진 신화가 아니며 타오르고 있는 신화의 한복판은 더욱 아니다. 자신을 다룬 이야기에 흥분하는 불쏘시개로서의 우리에게 그 뜨거운 것의 쓰임새는 오로지 스스로의 크기에 관한 것이었다. 반면 신화는 자신의 범위로 작아져본 적이 없다. 계조階調 하나하나가 모두 인간의 말을 알아듣기 때문에 옛 송시送詩는 신의 옷감을 짜서 인간의 허물을 채움으로써 모두에게로 문진問診해올 수 있었다. 지혜라는 새로운 살의를 믿기 때문에 이들 명상적 천치들은 야만으로부터의 수호를 또한 야만에게 부탁했었다. 봉염烽炎에 떨어지던 소금과 이들 문예에 일조했던 농간꾼이 꼭짓점을 이룬다. 정중하게 침을 바르고 망해가는 신들의 아내에게도 족병학足病學의 발장단 따위가 있었다. 그리고 낮과 밤 그 외 문학이라는 인공 색소로 물들인 생사生死들이 천사의 날개를 타고 강림한다. 신화의 심장으로 가는 나 자신을 통한 사잇길, 우리로부터 가까운 곳엔 유충이, 우리로부터 먼 곳엔 성충이 우리를 보살피고 있을 뿐 신들의 노을이 죽지가 늘어진 곳마다 착륙을 허락했다는 생각은 할 수 없다. 화창한 날로 머리를 감싸고, 이 세계를 너무 구해버린 전능의 방탕을 이해하는 것으로 천박한 사티리콘들이 점잖아지기 시작한다. 신과 뼈를 주고받음으로써, 특히 아래턱뼈를 잘 주고받음으로써 얻은 것은, 귀를 짓고 말을 짓고 피조물에게 갖춘 예禮의 하나뿐 아니라 표현이 너무 엉터리여서 태어나자마자 아이들조차 이를 갈던 숭고의 방향도 포함되어 있었다. 오래된 것이 구원할 수 있는 것은 순수히 인간을 잘 먹인 동물적 사건이리라. 지켜진 현장은 뱃속의 아이에게 책의 가름끈을 끼워두는 것으로 젖먹이 장례를 마칠 수도 있으리라. 있는 것 자체는 무無를 삼키는 것이 아니라 자신의 이름에 불과한 무명을 삼킨다. 익명은 항무恒霧에 파묻힌 실명의 비로 내린다. 가금사육장을 빛으로 개척한 대족장의 손에도 빛을 한 마리 짐승처럼 대하는 채찍이 들려 있다. 또 신화의 강건한 대리석 조각이 발하는 탄식을 통해 한없이 운명의 공포에 도취되려던 정확한 술이 시인의 목구멍에 있다. 만취한 자는 이 쓴 액체를 연옥의 제단에 토할 것인가, 아니면 천상의 밑바닥에 토할 것인가?

악기
— 시인

1

자연은 스스로에 대한 설명을 포함하는가? 경험 밖의 세계는 경험으로 환원될 수 없는가? 만약 그것이 환원된다면 인간은 신이라고 불려야 한다. 그런데 미래는 우리의 경험을 벗어나 있다. 따라서 미래라는 시간 단위를 신이라 불러도 무방할 것이다. 하지만 그것은 무엇으로 존재하는가? 인위적인 것이 아니라는 의미에서 그것은 자연에 가까운 것이다. 인과적 요소를 가지고 있음에도 불구하고 인과성을 설명할 수 없다는 점에서 동시에 그것은 허상이다. 다가올 경험에 대해 우리가 설명할 수 없다면 그것은 우리 이외의 모든 것이며, 스스로에 대한 설명을 포함하지 않은 것이라고 간주할 수밖에 없다. 인간의 삶 자체를 눈으로 볼 수 있다면 그것은 매우 추상적 형태를 하고 있을 것이다. 거기엔 무엇보다 한없이 물리적으로 인간에게 가까웠던 범죄와 패악과 슬픔이 완벽하게 일치되는 한 가지 대답을 할 수 있었기에 진실이 일의적 속성인 것으로 여겨졌을 뿐인 형태적 단편성이 있으리라. 인간이 가진 신에 대한 태도는 촛불 앞에서의 인류 전체를 필요로 하지 않지만, 가장 희미한 것이라도 사물을 비추는 용도일 때의 초의 빛은, 신의 물질인 빛과 어둠, 인간의 역사인 낮과 밤 전체를 필요로 한다. 빛은 밤마다 한 사람의 책상 위에서 흔들려 인류 전체로 퍼져간다.

2

대답이 드러내는 방식보다 질문이 드러내는 방식으로 더 많이 자기를 드러내야 했던, 인간적이라는, 어떤 의미에서 신에 대한 가장 불확실한 응답은, 신이 잊힌 것처럼 우리의 입이 발설될 때 가장 견고하게 존재한다. 그것은 복기된 것처럼 서기書記된다. 그것은 이룩되는 것이 아니라 비롯되는 것이다. 신의 전역에서 인간이 다가온다. 인간의 조상弔像인 자연은 이토록 아름답게 죽은 자라는 바로 당신 자신의 성질이다. 가늘고 긴 이 이름이 원래 이름 크기가 될 때까지 밤과 공혈자供血者가 되어 시인의 초는 밤마다 더 어둡게 빛에 감긴다. 이것이 자연이 우리에게 주는 복록 중 가장 유복한 것이다. 동물적 통일성은 언제라도 우리가 우리와 대립하면서, 우리가 우리 자신을 시체로 바라볼 수 있는 유일한 시체라는 것을 망각할 수 없게 한다.

3

천사의 몸 밖이기 때문에 인간의 흉한兇悍이 자라는 거라고 믿을 때의 네 이웃은, 그럴 수 있다면 정말 좋을 것인 '선한 이웃'에 대한 탐욕을 갖고 있다: 내부에 대한 환호와 그와 동시에 주어지는 외부에 대한 경멸이, 언어 아닌 것에 대한 그리움과 그와 동시에 주어지는 고대古代로서의 우리 몸에 대한 그리움이, 서사시에 대한 액상液狀적 느낌과 그와 동시에 주어지는 서정에 대한 고형적 느낌이, 애매성에 대한 만연체적 축소와 아이가 장남감에서 벗어나 긴 시간 뒤에 자신의 손때가 묻은 옛 장난감들을 보며 느끼는 간결체적 확장이, 자신을 드러내는 것을 어떤 방식으로 바라볼 수 있게 될까를 염두에 두는 순혈純血적 무모함이, 마치 문학에게도 선한 이웃만이 남겨지기를 바라는 탐욕처럼. 때론 언어이기 때문에 나타나는 위기감을 거의 언어에 의하여 무마하며, 혹은 불확실성의 이유가 바로 유한성 안에서 해소되어야 한다고 말하거나, 유한성의 지평선, 즉 원인과 맞닿은 곳을 자기 이성의 한계와 일치시키려는 노력이 선악의 판결에 준비되어 있다 하여도 예술에서만큼 그 노력이 순혈의 가벼운 측은惻隱인 경우는 드물다.

4

문학 안에서의 그 흔한 죽음의 방식도 자신의 작아질 수 있는 능력에 대한 평온함의 방식일 뿐이다. 시의 죽음은 문학적 시간에 대해 한시적 경향이며 그 자신의 역사에 대해 항구적 경향이다. 이러한 경향의 충돌은 삶에의 충동을 만들어내는 동시에 죽음에 대한 충동 역시 만들어내면서 인간의 사건이 하나의 문학적 통합성을 갖도록 돕는다. 문학 내의 죽음은 자신이 언급한 것이 무엇인지를 밝히지 않는 한도 내에서의 친밀한 대화다. 흉한 이는 길한 이를 충동하며, 악한 이는 선한 이를 충동하며, 우리가 우리에 의해 나태의 짐을 질지라도 우리를 목적에 의해 자연 상태로 되돌릴 수 없게 한다. 생은 죽음을 이렇게 바꾼다: 출구로서 아무런 우위도 점하고 있지 않은 미로, 능동으로서 아무런 우위도 점하고 있지 않은 자주성으로. 죽음의 실재성과 천연성은 이미 만연해 있다. 그 자신의 소명에 의해 자연 앞에서 사실은 암시처럼 행동하지 않아야 하며, 중요한 사상들처럼 가장 멀리에서야 그 꼭대기의 일부를 보여주는 드문 발견이 준비되지 않아야 하며, 과거의 과거, 즉 대과거大過去의 모습으로만 건강을 회복할 수 있다. 인간의 저녁으로 휘어가는 지상地上은 그 자신의 방향 때문에라도 최대선最大善이 포기될 수 있는 곳이 아니다. 인간을 중심에 둔 그러한 동식물의 기나긴 우회에게 문학가인 그가 말한다. "개에 대한 공포, 피에 담긴 의미와의 마주침에서 오는 공포, 그것이 인간을 별난 방식으로 인간이게 하고 있으니 오히려 그렇다면 좋은 것이 아닌가? 공포야말로 가장 선한 회고이니 말일세. 또한 송곳니에 물려 거리 바닥을 쓸려다닐 자들이 '청명한 계절의 맑은 대기 속에서라면 죽음도 과거처럼 부서지리라!' 외친 바로 그 긍정이니 말일세." 그는 자진해서 문학을 떠난 적이 없다. 하지만 그가 자진하지 않았기 때문에 문학이 그를 떠날 수 있었다. 적어도 그에게 문학은 문학 스스로가 담즙을 뱉는 곳이어야지 인간이 버려질 수 있는 곳은 아니었다. 살아 있음은 죽었음의 박층薄層이다

5

“자상刺傷과 화상을 비교한다면 더 잘 이해될 것이다. 그것은 둘 다 반사운동을 일으킨다. 그런데 왜 자통刺痛은 불처럼 존중과 외경의 대상이 되지 않는 것일까? 그것은 바로 자통에 관계되는 사회의 여러 가지 금지가 불과 관계되는 여러 가지 금지보다 훨씬 약하기 때문이다.”(바슐라르, 『불의 정신분석』)

“손이 죄를 짓게 하거든 그 손을 찍어버려라. 두 손을 가지고 꺼지지 않는 지옥의 불 속에 들어가는 것보다는 불구의 몸으로 영원한 생명을 얻는 편이 낫다. 지옥의 벌레는 죽지 않으며, 불은 결코 꺼지지 않는다.”(「마가복음」 9장)

두 개의 불 사이, 차이점은 이러한 것이다: 박무 속의 태양이 오래도록 주장해 비로소 우리의 눈에 사물에 대한 적응이라는 익숙한 빛을 건넬 때의 불과, 명백한 윤곽을 향할 때의 우리의 눈이 가진 명징이 달의 건너편에 의해 명징의 의미를 전달받을 때의 불이 단지 사실의 행위 속에서도 그 행위의 중심이 자신 안에 갇혀 있다는 생각을 거부하는 회상자의 의지에 의해 분별된다는 것. 가령 눈부신 플라타너스 잎이 더 잃을 것 없는 자에게서조차 마음이라는 하나의 동경憧憬을 빼앗듯이, 자기 자신과 친해질 수 없는 자가 세상에 대해 한 권의 책을 쓸 만반의 준비를 마치고 결국 행하게 될 파국적이며 음울한 저술 행위가 자신도 인식하지 못한 사이에 자신에 의해 이미 저술된 것이었음을 깨닫듯이, 혹은 잘 정리된 목록의 도서를 다 읽고 '뭘 더 읽어야 되는지요?'라고 묻는 아이의 집요와도 같이, 악이 선을 반영한다는 믿음으로부터 기나긴 작고作故가 발생한다.

6

혼신을 다해 인간이고자 할 때의 나의 신들은 현자의 불운한 정신을 따를 경우에만 오로지 신앙을 벗어난다. 지옥에 대한 승리가 인간의 전망대 아래 외쳐지고 있는 것이야말로 이 전쟁에서의 산 사람과 죽은 사람 모두가 함께 공유할 수 있는 획득의 상서로움일 것이다. 비록 공포로, 자기기만에서 자기 확신으로, 모든 싸움의 흔적을 자신의 화원으로 되돌린 선善의 방도가 그러한 것처럼, 악은 좀더 간결한 방식의 선이리라.

7

누군가는 편의를 위해, 또 누군가는 자신의 반조返照에 더이상 벌을 내리지 않는 침소를 위해 이 작은 재앙을 꿈의 형상에 묻어둔다. 언젠가 그토록 극렬히 거부했으나 서서히 잊혀 이후 긍정으로밖에 다른 것으로는 시인되지 못하는 그것을. 자신이 신의 한 방편이며 동시에 그 신의 대가代價이기도 한 대지로부터, 모든 것보 다 월등하여 한 닢의 보상물도 인간에게 요구하지 않는 하늘에게까지, 인간에게 내려온 금언金言은 사실의 천사를 긍정의 악마에게로 보내는 전투에서 매번 패배하고 있다. 우리는 그런 낮에, 오로지 드물고 오로지 빛의 숨결인 그런 영혼을 통해서만 밤보다 검을 수 있다. 이빨을 검게 칠한 짐승이 동절冬節의 무늬에 젖어 비로소 밤의 난숙기爛熟期에 족적을 찍을 수 있게 될 무렵이면, 하루의 정점을 향해 맑아져가는 모든 것은 우리의 말과 달리 사람의 목이 아니라 신의 목구멍에서 나와 직접적으로 책과 그 안의 문자들에게는 뇌성雷聲과 다름없는 것이 되었다. '나는 부끄러움이 되느니 신의 음부를 가린 잎이 될 것입니다.' 이 악천후는 인간이 바란 가장 극명한 대비의 보람과 재앙을 원한다. 악필惡筆을 거둔 나뭇가지 사이로 책은 잉태되었다. 그리하여 다행히 내가 내 어머니의 지위로서 나를 간병하는 자라 하여도 창으로 신을 찌른 고대의 영웅이 가진 슬픔보다는 아직 멀리 있다.

8

전번제全燔祭의 날에 연인과 마녀들은 짐승의 얼굴을 닮은 산에 올라 논쟁을 한다. "우리가 도달할 수 없었던 땅에 우리가 살았던 땅이 있다." "시간은 다시 오지 않으며 그러나 다시 오지 않는 시간으로부터 시간은 온다. 그리고 시간은 모든 것이라는 이름으로 함께 있으며 명칭으로 함께 있지 않다. 무한은 반복되는 긍정이 자신을 반대하는 과정에 지나지 않는다. 우주를 탈간脫簡한 온역자瘟疫者로부터 옮아붙은 불길을 끄고 사람의 영혼이 영혼의 합리이기를 바란다. 그러나 두 손에 혹자或者를 묻고 나서야 채도彩度는 검조檢潮를 바다에 떨어뜨릴 수 있다. 적구일지謫咎日誌에 적혀 아주 오래 굳어진 불변의 문자로, 시간은 비로소 사실의 고요한 수면을 윤리로 맞이한다." "인간적이라는 것은 전과 같지 않으리라는 것이다." "타살로는 안심할 수 없었던 밤이 자진해서 물레에 찔린다. 옷감은 피와 비명을 머금고 자란다."

9

파우스트나 돈키호테의 예처럼 악과의 첫 만남이 서재에서 시작되는 것은 그다지 생경한 일이 아니다. 악이 우리에게 주어질 수 있는 기회는 전적으로 자료와 같은 구실로만 가능하다. 그 비슷한 예가 무덤에도 있다. 무덤은 인체가 가진 성실함의 한 전형을 보여준다. 이때 성실함은 기억술과 같다. 즉 무덤은 인체가 기억하고 있는 바를 현실의 방식으로 현상한 것에 다름아니다. 어떤 책도 첫 글자를 읽는 것으로는 만족할 만큼의 책이 아니다. 책은 읽는 자가 첫 의미를 구성했을 때 비로소 책이다. 그러나 들려오는 것은 언제나 독자 자신의 말일 뿐, 고독과 관련된 어떤 것도 침묵하지 못하게 하는 이 성실성은, 내면이 적게 표현되거나 글이 적게 쓰이는 것과는 다른 것이다. 다시 말해 우리는 성실이라는 이름으로 가장 불성실한 일을 하고 있다. 그런 의미로, 누군가의 시 쓰기가 계속되는 한 누군가의 복수가 계속된다. 고요히 밝아오는 아침놀에 내 목이 잘려 장대 위에 걸리는 상상이 가능하려면 의혹은 질문이 믿음 편에 설 때 그 대답으로서 생기는 것이라는 생각에서 먼저 나의 타살을 발견해야 하리라. 시인의 두뇌는 만유萬有와 몽유夢遊를, 인간에 의해 내려진 판결과 인간에 의해 번복되는 형벌 사이를 떠돈다. 그 어떤 자연의 재능도 악의 재능이 멈췄을 때만큼 활동적인 것은 아니다. 순혈의 악은 우리가 한때 정념을 부여하며 내보냈던 목소리가 우리의 감각에서는 사라졌지만 어딘가 남아 떠돌다 다시 우리 귀에 들려오는 낯선 메아리처럼 현재를 부인하고 타인의 것이 된 자기 소유품을 박탈의 감정이자 후회의 감정으로 경험하게 한다. 그것이 지금 나에 의한 나의 살해다. 그리하여 열광적이었던 정념은 지금의 열광에 의해 충분히 헛된 온도로 식어간다. 구체적이지 않은 것은 의미를 갖지 않고 그것을 위한 방법을 강구하지 않으므로 의미가 적재되고 확산된다는 것은 어떤 의미로든 사람을 분노로 만들 뿐 아니라 미래를 현재의 악행에서 되쓰게 한다.

10

시인의 시간은 언제나 자정이다.

11

정화淨化 상자 속의 문제들은 이해될 수 있었다. 그러나 이해되는 것이 해결을 위해 전달되는 것은 아니었다. 한편으로 그것은 거세되어 위로 올라가는 밤의 밀도이기도 했다. 주머니에 넣은 손이 깊어질 때마다 신과 가까이 있는 느낌이었고 손끝이 노래를 만지면 악마의 악기가 가만히 그쳤다. 그렇게 한 주머니에 두 개의 손을 넣고 다녔던 사람이 있었다.

언어는 무의지체인 음악이 의지에 의해 음악 외부로 나아가려는 방향이다. 한 사람이 타인을 사랑한다는 것은 신을 향한 인격적 퇴행과 인간을 향한 초월적 고매 너머, 감싸안던 사람이 또한 버려지는 사람이 된다는 것을 깨닫는 행위다. 포도주를 마시고 서로 뒤섞여 춤추는 염소 하체 분장의 봄 축제에, 땅을 구르며 대지의 여신이 깨어나기를 기다리는 때에, 술에서 깬 광대 무리는 자기의 하체에 달린 거대 남근을 수치스러워하며 '발굽이 달린 것은 신의 수확기를 걷지 못한다'는, 자조 어린 디티람보스 송가를 부른다. 염소 발굽이 두드려 깨웠던 흙 한 줌의 문드러진 사람이 내게도 있었다.

12

고유명사로서의 밤은 모든 것에의 귀속을 의미하는 하나의 부단한 명사에서 출발한다. 바깥을 타나토스로, 안쪽을 에로스로 처벌하려던 냉혹한 사람이 있었다. 그는 일인칭 이전의 사람, 그는 본능 이후의 동물, 그는 자기를 처벌할 수 있는 최초의 덕을 가진 자, 이곳의 그가 타인에 이르고자 하는 이유 때문에 모든 곳이 모든 곳에서 죽는다. 그가 즐겨 비유하여 말하길 '첫번째 시간이 마지막 순간으로 바뀌는 실타래'라 부른 것은 모든 선조들이 보여준 개척 정신의 무모, 무도함이었다. 죽은 씨앗을 가르면 밤의 시계視界가 쏟아지고, 총체總體에 이르는 자신의 조각에 기뻐하는 또다른 파편으로 빼는 자랄 것이다. 이 숭고한 집의 최후는 모든 밤이 밤을 향해 달아나는 광의의 공포를 저장한 창고가 되리라.

공포의 창고: 뼈와 살을 담그면 그 보상으로 젊은 얼굴을 비춰주는 신비한 수면에서 누파인 그 처녀는 짙게 피었던 임금의 장미를 찾아 자신의 얼굴에게로 뛰어든다. 또한 짐승의 어두운 냉소

와 더불어 마술사의 손발은 어둡게 사라져가며 '나는 나에 대한 의견이며, 의견인 한 실현이다!'라고 외친다. 그러기 위해 등에 지고 온 성인의 피와 아동의 육肉을 풀어놓고 물건을 팔도록 명령받은 피노키오의 코들이 있었다. 장미의 가시가 영원히 가닿고자 한 세계의 공주, 신의 심장을 찌른 소실점에서 피가 흐르면 오, 사랑이여, 다만 이것이 긍휼의 말처럼 들린다면 초점은 아직 강도強度에 실패하지 않은 것이다. 얼굴 한복판엔 거짓말에 자라던 성기가 있었다. 오, 사랑이여, 나는 이제 소년상像을 한 목각 인형을 깎는다: 신은 무가치에서 짜낸 사건의 유청乳淸이다. 나는 싹에 쓰인 위전僞典이다. 사람은 밤의 음소와 구분되기 위한 발성 기관이다.

13

사랑의 모습을 하고 온 세계는 정죄의 세계로 이해될 수 있으며 행복들 간의 차이는 그것의 불행한 쓰임에 있다. 이 세계의 자복自福은 만과晩課 음악처럼 하나의 한 배가 되는 수, 열의 열 배가 되는 수, 백의 백 배가 되는 수…… 그런 무한으로는 실현되지 않는다. 오히려 허물이 무한히 자유로워지는 것을 막고자 고안된 가장 단순한 형구刑具에서 실행될 죽음이 자신의 세련된 기교를 형구가 아니라 세계로부터 상속받는다는 사실을 우리에게 일깨워준다. 고대의 점괘는 그것을 '세응世應'이라 불렀다. 사랑은 넓고 깊게 몸에 기억을 파묻는 새로운 철학을 그 어휘에 맞춰 준비했다. 그리고 이러한 심화는 또한 결정結晶이 많은 거울을 모든 광물의 스승이게 했다.

14

인간은 신에게서 불을 훔쳐왔지만 그 불은 신의 것처럼 인간의 몸을 덥히는 데 쓰이지 않고 인간의 정신을 밝히는 데 사용되어왔다. 한낱 솥이나 방을 덥히는 데 사용되는 것처럼 자신의 정신을 데우기 위해. 그것이 인간과 만난 불의 최초의 불행이었다. 대지에게서 말을 얻어온 인간이 대지에 고하기를 "자궁 속의 햇빛을 지나 난 이제 뱃속으로 나아가련다. 자궁 속 햇빛을 걸을 뿐, 네 안에서 태어나 갇힌 채 다시는 태양 아래 서고 싶지 않다" 하였다.

하루 분량의 석양이 그것을 마주한 인간에게 주는 휴식의 안락처럼 정신도 물질의 방식으로 구체적 표상에게로 응집하며 휴식한다. 육체와 정신의 분기分岐에 대한 이러한 만연한 저주가 충분히 옳은 것이며 유기체적 한계 내에서의 조건을 잘 설명하고 있다고 하여도, 현상이 본질에 의해 나뉘지 않는 세계는 오히려 파열과 분열의 어떤 긴장 상태도 인정하지 않는 정적靜寂의 세계다. 해마다 여름날이면 화로를 닦아두는 이야기를 이야기꾼들은 되풀이한다, 소년상의 목각 인형을 불태울 뛰어난 정화淨化 상자 이야기를. 발자국을 찾아 신발은 벽장으로 돌아가고, 반월半月의 계절을 잃는 이야기 속, 빼어난 것과 교묘한 것으로 꿈은 자신의 분노를 가려 나눈다. 아이들은 성性적 빈민들처럼 보이고, '달콤하기 위해선 얼마나 눈이 어두워야 하나?' 그러나 불행히도 그 애들이 질문에 언 속을 가셔다줄 수 있는 자가 여기엔 없다.

바다는 무연고無緣故 묘처럼 자랐다. 직공織工은 정화 상자마다 물방울을 넣고 수심水深을 밤의 내륙으로 보낼 준비를 끝낸다.

15

목소리를 잃고 누워 죽음을 기다리며 그는 자신이 보게 될 삼위일체의 구체적 형상을 장녀에게 구술했다. 그것이 세속의 사랑이라는 것은 영원히 전달되지도 기록되지도 않았다. 악한 자는 자기를 신비롭게 했던 시인의 비극이 종국에 이르러 진짜 염원했던 비정상적 힘을 얻게 되었다는 것으로 부랑의 빛깔을 기억한다. "너는 나의 과거로부터 왔기 때문에 몽매할 수 있었던 것이 아니다. 자신의 원천을 스스로 낳았기 때문에 몽매한 것이다." 그렇기에 그는 자신에게 방황을 선물했다. 삼위일체의 부조물 위에 자기 자신이라는 하급 노동자로 가장 어지러운 국가를 세웠다. "노여움은 상처를 반성하지 않는 국가의 적이며 바로 그렇기 때문에 상처를 반영하지 않는 국가 최후의 시민이다"라는 명문銘文이 새겨진 손을 그가 내 손에 포개주었다. 아, 이것은 행복이구나. 사랑에 빠진 사람은 그러나 애도에 더 많은 시간을 빼앗기고, 미성년 가까이, 신의 두문자頭文字를 따서 인간의 목을 쳤다.

16

무릎 꿇은 채 신의 긴 발바닥에 머리를 대고 잠든다. 신의 용서는 저녁의 혈穴만큼 붉다. 검게 되는 한, 밤은 죽음이 품위 있는 마무리가 되기를 바라는 가장 밝은 임종이다. 찬미할 대상을 고민하는 사람이 내 안에 많아질수록 빛은 우리가 아는 길로만 자신의 고통을 견습한다. 개별은 별개를 주석한다. 무릎 꿇은 내가 발명한 새로운 천사는 두 눈이 소실된 기형이었다. 그것이 거울이었다면 나는 생사生死를 잃은 노래가 얼굴을 되비쳤다고 생각했을 것이다. 잘 오려진 겨울 언덕은 가는 손목을 흔들며 창문이 깨진 나무에 동조해주었다. 초라한 소년의 도취는 번제물燔祭物에서 나와 다시 새끼 주머니가 달린 밤에게 손가락을 보탠다. 개별은 별개를 주석한다. 이것은 저주이되 무관심한 자가 갖출 수 있었던 영원의 유한성이다.

얼음이 녹자 남쪽의 냄새가 바람개비를 몰고 온다. 잠든 그에게 내 바다의 마지막 음정音程을 낳고 털었다. 이 물갈퀴의 구실이야말로 또한 인간의 사랑에 가해지는, 정신으로는 도래하지 않을 앞선 시대의 첫 응대였다. 둘로 나눈 것 가운데 없어진 것은 거듭하고 허망은 번성했다. 개별은 별개를 주석한다.

17

기연起緣의 형상이 자족적이라는 사실에 현혹된 자가 있다면 그는 전체를 중단함으로써 처음을 긍정되게 한다고 말할 수 있을까? 그런 현혹이 현혹으로 주어지지 않고 물질을 가지기 이전에 물질의 본질이라 할 수 있는 부분을 먼저 얻을 수 있을지도 모른다는 확신으로 주어진다면 원인인 자는 자기 기원이 자신으로만 채워지는 세계의 불우를 견딜 수 있을까? 현재라는 침묵을 필요로 하는 사람이 자기가 없던 곳을 향하는 한에서만 정상正常은 역사로서 선하다. 시는 젖값을 예술이게 했고 선행의 몫을 묵등墨等이게 했다. 구원을 빌 때의 그는 진정한 연옥의 지속이다. 사람은 자기 상태에 대한 확신으로밖에는 의문을 죄악시할 다른 경험을 갖지 못했기 때문이다. 인간이 인간을 축적으로 하는 지도인 한, 더 높은 것을 보여주고, 또한 궁극적인 자유를 드러내는 높은 산의 청명한 공기라 할지라도, 낮게 대지에 머무는 그의 건강에는 더없이 나쁜 영향을 미치는 얼음 같은 고요들일 수밖에 없다.

보편적 사실은 (사물이 아니라 정신의) 간결한 사실이며 (정신이 아니라 사물의) 자기 연민이다. 여기엔 내용이 형식에 갖는 정화로서의 벌받기가 있으며, 그에 따라 처벌의 학學, 즉 상처가 난 인체의 회복이 정신으로 이행될 수 있다는 윤리적 학제學制가 주어진다. 지식이 공동체적인 동시에 초월적일 수 있다는 것은 이 의미에 한하여만 그러하다. 지식과 이성의 결과물은 허무가 첫번째 이데올로기였던 시대가 허무의 형식을 앞서는 경우를 결코 앞서지 못하는 방식으로 망각한다는 생각을 망각한다. 그럼으로써 얻어진 기억은 이제 세계가 말 그대로의 의미인 인간의 지경[世界]을 지시하는 그런 시대에 남겨졌다. 비록 그것이 너무도 불완전한 탓에 마치 시의 상징을 입고 나타난 세상의 괴로운 문장이라 할지라도.

자연은 자체로 망각이다. 한편 역사는 추상에 등돌려온 물리적 해결 방식의 그 야생의 물음 덕에 스스로조차 자연을 망각한다. 세계의 발견은 자연인 망각이다. 보상 방식은 다시 죄의 모습을 하고 되돌아온다. 그렇기 때문에 원환상圓環像의 그 눈은 날아가면서 앞의 물체를 보는 동시에 지나쳐온 뒤쪽의 물체도 살필 수 있다. 그 능력은 사냥이 끝날 때까지 그것이 사냥임을 지속적으로 유지할 수 있는 세계의 능력이기도 했다. 이것이 역사라 불리는 것의 한 가치다.

18

번제燔祭의 희생물처럼 기어서 밤은 아침에게로 오고, 이 평저선은 자궁 출산이라는 찌그러진 불을 간직하고 서로 잡아먹게 함으로써 인간을 서로 깊게 연관되게 한다. 얼마나 멀리까지 과거를 볼 수 있는가에 대한 얘기가 현재에 대한 계측 문제를 요구하기 때문에 경험칙은 미래를 위해서만 유용한 것이다. 여름을(이들은 보통명사다) '그녀'로 표현한 경우도 있었다. 그러나 최악의 경우가 남아 있다. 없는 것 자체가 정의되기까지 인류가 들인 노력이, 있는 것을 해체하고 있는 것을 겨우 의문하는 방식이었던 데 비해, 없는 것 자체는 있다는 인식의 반대 개념으로 설정되기에는 보다 전폭적이고도 광범위하게 없었던 것이다.—이때 천국이 귀납을 선택한 것에 가까웠다.

진공을 최초로 '호흡한' 생명 기관이라는 박물관의 설명 판넬 옆엔 생명 최초로 지구 밖으로 나간 개의—이름이 라이카다—방부 처리된 코가 놓여 있었다. 지구를 감싸고 있는 불결한 것을 생각하게 된 사람이 아무도 가닿지 못하는 견고한 세계인 진공을 최초로 대할 때, 존재하면서 대상이지 않은 것을, 그 세계의 문장을 어떻게 쓰기의 방식으로 이해할 수 있었는가? 어떻게 물질 이전이 물질을 자신의 원본으로 읽을 수 있었을까? 코는 말한다.―이때 천국이 행복에 대한 가책에 가까웠다.

피학적인 광대가 화장을 지우고 지구를 감싼다. 자녀들, 그것의 일생은 잘 썩는 과일의 크기와 비슷했다. 일생을 마치고 죽은 바람은 바다 밑에 가라앉는다. 광대가 말하길, "나는 자명한 것이 아니라 미래라 불리는 것이다. 잊기 위한 필사적 상기 때문에 망각이 더 두터워진 자다. 나는 고독의 변색變色에 의해 십자가를 질 수 있다. 영혼은 절차적인 것이 아니라 약속에 담겨온 것, 즉 이해된 것이 아니라 무섭게 된 것이다. 나는 반대된 것이 아니라 무섭게 된 것이다. 허무를 완결하고자 한다면 반드시, 고통은 은유에게 나를 준다." 신은 하늘로 쏘아 올리기 위한 발사대에서 폭발하고 말았다.―이때 천국이 생을 그 자신의 문제로 반영할 수 있었던 것에 가까웠다.

19

문자로 쓰인 모든 것은 내부적 원인으로 죽는다. 이전은 이후에 대해 언어적이고, 이후는 이전에 대해 실어적이기 때문에 그렇다. 차오르는 우주와 수축하는 두 우주 사이에 화병火餠을 넣으면, 대지엔 영벌永罰받은 돌이 태어났다.

20

시인은 부정된 자연이다. 그에 따라 자연은 자연물에 대한 본래적 원천이 아니라 사물을 가능하게 하는 조건으로서 원인으로 돌아가 대상에게 대상과 같은 말을 되돌려준다. 즉 예술은 아직 행해지지 않은 자연이지만 행해지지 않는 상태로만 예술과 연관된다고.

가난한 이의 머리카락 속에 손가락을 담고 다만 빗살무늬가 더 많은 자가 되어본다. 참수형의 죄인은 "내 죄에 너그러운 것은 어느 쪽의 형틀인가?"라고 물었고 간수는 "네가 풀려나기를 바라지 않는 쪽의 형틀"이라고 답했다. 흙으로 물거품을 만들고, 사탕이 지우개처럼 닳을 때면, 추락을 아마도 연옥이 실현된 것으로 믿을 수도 있으리라. 낡은 장판의 뜯어낸 첫 장처럼 밤은 낮에 온다.

죽는다는 것의 좋지 않음을 알면서도 이를 육체가 수행한다는 의미에서의 악의적 행위란 생소한 것이었다. 사람은 노동을 일이 아니라 언제나 오해된 기도로 행할 수 있으며, 말이 자기 변호에 이르는 순환일 뿐 아니라 스스로를 견뎌낼 수 없는 방식으로 영혼을 경멸하는 데까지 기도를 사용할 수 있다. 그중 표현된 적 없는 가장 중요하고 의미 있는 대표적 견해는 '어떤 방법으로든 밤을 배우지만 어떤 방법으로도 밤은 가르칠 수 없다'는 것이다.

21

밤은 낮에 온다. 조촉弔燭을 빨아 하얗게 소독한다. 지혜를 빌려 온 후 잠은 우리를 죽일 수도 있을 만큼 현명해졌다. 생명이 아름답지 않을 시기의 지상을 내려다보는 이야기에는 상공이 없다. 지상을 체험한 어떤 천체가 또 음치 소년으로 비약하는가를 뚜렷이 생각한다. 밤은 낮에 온다.

악의 방식이 선의 방식을 도용하여 자신의 목적을 타인의 목적과 일치시키는 한 악은 행해지지 않은 가능한 모든 선이다. 이들의 생각마다 인격들이 떠오른다: 민중으로서의 선한 사람과, 민중으로서의 선한 사람과 힘겨운 싸움을 이어가는 위험에 처한 선한 사람이. 자연의 도덕이 죽음에게 습성을 부여한 것처럼 인간의 도덕이 자연에게 습성을 부여한다. 그리고 죽음이야말로 모방된 모든 것이라는 지위를 얻었다. 이들은 약한 등불의 기질을 꿰뚫어 보고 자신을 물리치기 위해서만 거기에 비친 한 박애자의 탄식을 발견한다. 나는 그러한 상실이 인간의 의욕 외에 인간의 시체에게서도 방해받고 있다는 것을 안다. 지켜내지 못한 것만이 아물 수 있다. 시인은 실현되지 못한 성性으로만 세계의 성기가 될 수 있다.

22

망대에서 살았던 가족들은 추수철이면 무녀를 흉내낸다. 좋은 신을 부르기 위해 천막을 부수고 나쁜 신을 쫓기 위해 양의 뿔을 밟아 으깼다. 그들의 가족인 나는 불이 붙은 나무 사이를 걷는 것을 좋아했다. 잠깐이라도 바람이 그치면 그 나무들은 잘 재배되고 있는 듯 보였다. 신의 방적 중 가장 오래된 기술은 짜넣은 인간의 하늘에서 검불을 훑어내는 것이었다. 불이 이런 처벌을 하는 것은 수치로 생각되지 않았다. 그래서 하늘에서 불이 내리면 새로운 대지에 놓인 까꿔처럼 말없이 인간은 틈을 벌린다.

빛은 허공을 밀어 떨어뜨려 저편을 깨끗하게 했다. 보이는 것에 의해 보고자 하는 것이 지워질 뿐 아니라 보이고 있는 것이 보이는 것의 원인일 수 없다는 말이 이처럼 순수해지지 않을 수 없었다; "역신은 사람으로 변함으로써 각자의 영혼으로 모두에게 회람되고 모두에게 표식되도다."

깨끗하지 못한 직업을 가진 자에게 '얼굴을 내밀어보라'고 말했으나 그의 모습은 영혼 속에 깊이 감추어져 보이지 않았다. 올해의 실을 꿰는 구멍엔 벌레가 공깃돌처럼 던져지는 즐거움이 있었다. 신이 인간을 단산斷産했으나 그들이 만지는 물건이 예전과 같은 의미로 불구가 되지는 못했다.

움직이는 물체를 통해서만 자신의 운동을 감각할 수 있다면, 운동할 수 있기 위해서는, 달리 말해 연장되기 위해서는 대상의 연장이 자신의 연장을 방향적으로 결정하고 있어야 한다는 전제가 필요하다. 그 '향함'을 우리는 속도로 느낀다. 그것은 서로 스쳐가며 자신을 자각하기 때문에 감각적으로는 향함이지만 시간적으로는 대상이 나로부터 운동하는 것, 즉 속도다. 향함이나 행위, 의욕과 같은 것은 우리의 감각에서는 느리거나 빠른 것이다. 그러나 그 속도는 주체의 운동을 설명하지 않으며, 오히려 주체를 의욕한다. 즉 우리는 우리의 바깥쪽에 위치하는 한에서만 안쪽일 수 있으며 그런 상태의 응시가 반드시 올라가고 있거나 굴러떨어지고 있음을, 경사됨을 의미한다. 물론 기호적 관심이라는 언덕으로부터. 그렇기 때문에 찬란한 말은 그 자신을 가장 늦게 경험한 말이다. 마천꾼인 그 자신을 가장 늦게 경험한 자에게 충분한 천대가 가해질 때 그는 방향을 부정하리라. 그는 모방되어서는 안 될 것들을 규정하고, '행위는 반복의 속도다…… 고기는 늘 신성하게 삶아져야 한다'고 혼잣말을 반복했다.

'그들을 벌할 신이 없기 때문에 이방인은 누구도 죄를 지어서는 아니 된다.' 이 명제가 하나의 벌이 된 시기에, 죄는 죄를 받을 사람을 한정함으로써 축복이 되었다. 고통의 효용은 그 형상이 아니라 그 명백함에 있다. 자신을 증오하기 때문에 마법이 말한 어휘들을 어기고 눈에서 나와 눈이 있는 곳으로 되돌아감으로써, 즉 비춰진 형상으로 돌아감으로써 인간은 고통을 일그러뜨려 만들어낸 증오마저 희망에 도달하게 한다. 그런 자의 터전이며 신념인 죽음은 내세에 감금당하지 않기 위한 어떤 문도 닫아둬서는 안 된다. 그런 자는 밤에게 페스트와 같은 만연한 미완未完을 원한다.

인간은 인식의 성질에 있어 동시적이며 종합적이기 때문에 판단은 사태를 앞서지 않는다. 판단은 항상 느려진다. 만약 선차적

인식이나 일면적 인식이라면 우리는 판단을 종합할 수 없을뿐더러 그것을 계열화할 방법도 없다. 판단은 느려진다. 물체는 시각 주체에 무책임하며 인간 인식에 단면적, 좌표적 정보 밖의 다른 것을 전달하지 않는다. 이것이 기예의 무책임성이며 동시에 기예가 기호로서 가능한 여행이다.

우리를 지나칠 때의 밤의 속도는 최소한 탐식가의 배고픔을 처벌 가능한 가장 보편적인 법의 길목으로 이해하는 자여야 하리라. 그러나 단순히 바라봄과 지나침의 작품들일 뿐인 이것이 묘사의 속도와 관계되는 것은 뜻밖의 일이다. 묘사를 부정할 때만 이 응시는 응시로서 연장되기 때문에 응시는 묘사에 의해 퇴색된다. 문학적 행위에 있어 어떤 종류의 사악함도 사상의 보호 아래 편히 예상될 수 있다는 믿음이 바탕이 될 때, 시선의 망라에 대한 거의 전반적인 포기가 가능해진 뒤의 시인은 상처가 자기를 올바르게 인도하고 있는가를 물음으로써 재현 전체를 책임지게 된다. 그는 직면하기 위해 표식된다. 그 직면이 고통이려면 삶이 무지한 것이어야 한다. 그 표식이 서정시이려면 시가 무지한 것이어야 한다. 상실감이 일종의 기화氣化라는 것을 염두에 두고서, 시에 세계가 표식됨으로써, 천민보다 훨씬 더 무지한 정신의 삶이 무서운 사상으로 지져진 살을 물려받는다.

죽음은 육체를 경감한다. 고통과 죽음의 관계는 흔히 생각할 수 있는 것처럼 연계적인 것도 아니고, 특별히 생각되는 것처럼 "에

로티즘을 통해 죽음으로 파고드는"(바타유) 것도 아니다. 이러한 판단들은 모두 중심 주체가 결백하다는 인식에서 출발한 것이다. 고통은 그 어떤 박약과도 연관된 것이 아니다. 아니, 고통은 인간 이하의 것이며, 이하以下의 인간에 대한 형식이다. 그것이 자연의 형태와 명백히 동어반복적이기 때문에 승리자로서 죽음이 행위할 때 그것의 동반자로서 자연 또한 행위한다. 그것에 의해 인간은 더 이상 인간과 싸우는 존재가 아니며 단지 정의 내리고, 내려진 정의에 대해 최대한 무력하며, 무력함의 목적에 기여할 뿐인 존재다. 그 귀결로 인간은 실재로 가득찬다. 그리고 그것은 고통의 강도와는 상관없이 고통을 성기고 엉성하게 하는 방식으로 최소한 서술된다.

그러나 끊긴 것과 끊긴 것이 아닌 것, 현상과 현상 아닌 것의 차이가 과연 어느 위치에서 강조될 수 있을까? 더 정확히는 이 질문이 과연 그들을 그들의 주제로부터 분리시키는 것일까? 루크레티우스는 말한다. "그러므로 영혼의 모든 본성도 분해되는 것이 당연하다. 마치 연기가 공기의 높은 바람 속으로 그러하듯이. 그것들이 함께 태어나고 함께 자라며, 내가 가르쳤듯이, 나이와 함께 지쳐서 틈이 벌어지는 것을 우리가 보는 한, 그러하다." 구분이 없으면 종합도 불가능하다. 그런데 구분에서 찾아야 할 것을 종합적으로 찾는다든지, 종합에서 찾아야 할 것을 구분하는 일의 가혹을 넘어 시인은 구분을 종합함으로써 환상을 별개이게 한다. 여기에는 절대적인 것에게도 절대적이지 않은 판단에 따른 현상과 같은 질량의 현상이 필요하다는 규준이 주어진다. 다만 이것은 숭고와 세속을, 큰 것과 미세한 것의 차이를 연관 짓는 것에 불과하다. 시는 유비가 되기 전에 분리된다. 그리고 사후적인 것들이 사태 그 자체를 향하는 그 수많은 속력들을 흔히 문학에서는 거울이라 불러왔다. 끊긴 것이 끊기지 않은 것과 결합될 때 그 접합부는 반드시 끊긴 채로 이어 붙여진 형태일 수밖에 없다. 비틀린 자신의 비참함에 대해 이 뫼비우스 띠는 말한다: 변화는 되비쳐진 마주침일 뿐이다. 나는 대상을 만나기 위해 원천이 된다.

망대에서 살았던 가족들은 보리알 크기의 여신이 평화롭게 흩어질 수 있기 위한 더 넓은 들판을 흉내낸다. "만약 죽지 않는다면, 사람의 한쪽 눈은 계속 비추어 태양선을 횡단하고 다른 눈은 꺼진 별의 어둠을 통과할 수 있습니다. 만약 죽는다면, 나의 한쪽 눈이 계속 비추어 태양선을 횡단하고 꺼진 별의 어둠을 통과할 수 있는 돛을 내 몸에 처박을 것입니다. 만약 살지도 죽지도 않는다면, 나의 한쪽 눈은 계속 비추어 태양선을 횡단하고 꺼진 별의 어둠을 통과할 수 있다는 말 이전으로 돌아가 조용히 말을 닥치겠습니다." 해마다 추수철이면 가족의 아이들은 죽은 영혼이 자신이 원하는 곳으로 항해해 갈 수 있다고 속삭이던 조랑말좌座의 타락과 맞서려 했다.

고대의 기록인 『이집트 사자의 서』 189장에 이르길, "나의 영혼도 배설물을 싫어해서 나의 육체로 돌아오려 하지 않습니다"라 하였다. 그러나 신은 인간적인 그 어떤 것도 설명해주지 않는다. 다만 '유래由來는 물과 같고 물은 바람과 같고 바람은 네가 두 번 죽은 것이다'라고만 되뇔 뿐이다.

경험이 표식에게 더 많은 가치의 종합을 원하면 그것은 그런대로 철학의 의도지만, 경험이 표식보다 더 많은 가치의 종합을 함축하고 있다면 그것은 자연의 의도일 것이다. 가장 늦게 경험되는 것, 언어보다 더 사후事後적인 것에까지 유보된 자는 언어의 의도를 엿보는 자다. 살아 있는 것과 죽은 것의 거리를 재기 위해 영혼의 총량이 필요하다면 시에서는 그 거리를 재기 위해 형상적이고 예식적이고 암송적인 시대를 쌓기만 하면 되는 것이다. 왜냐하면 자기가 죽었다는 것을 가장 늦게, 어떠한 모욕으로도 이미 살아날 수 없고, 적들로부터 자신이 보호받고자 하는 그런 시체가 지속적으로 자연을 추월해가기 때문이다.

우리의 밤낮은 영원히 둘로 나뉘고 있다. 충분한 육안을 얻고 낮에 출현하는 것으로 지상은 신이 저장된 오수 정화조로 노를 저어 갔다. 저녁노을은 매우 영리했던 이들이 우연히 뱀에게서 모든 병을 고칠 수 있는 지식을 얻게 된 바로 그 빛깔이었다. 뱀의 주인은 영원히 둘로 나뉘고 있다, 가장 늦은 그 자신에 의해 표식의 속도보다 뒤처질 수 있었던 자와 벙어리가 되기 위해 자연 전체를 꿈꾼 자로 영원히.

23

어린 나는 책장에 꽂힌 낡은 책인 『병자들의 무언』을 좋아했다. 그 책과 함께 종종 괴물 탈을 쓰고 거리에 나가 어른들의 비아냥으로부터 나 자신이 고통을 받는 것을 즐기곤 했다. 그럴 때 나는 병석의 순교자들이 넋을 잃고 바라보던 괴물의 피곤을 이해하곤 했다. 그러나 내가 한 것은 책에서 읽은 것처럼 단지 괴물 가면 뒤에 숨어 성자가 흐느껴 우는 소리를 흉내내었을 뿐이었다. 내 귀에 들려온 것은 핏방울, 신성의 얼굴 전체를 뒤덮는, 신의 축복이 끝난 뒤의 액체였다.

24

정신의 해안에 밀물로 차오는 인간의 응답이 심연이 아니라 적위赤緯인 까닭은 그가 피에 기회를 주는 것과 피에 엄존한 정신으로서의 현기증을 주는 것 간의 뿌리 깊은 편차에서 온다. 물이 대지 깊이 차오르면 사람의 수위水位는 율법적 결정을 통해 예술의 문제를 선량의 문제로 한정시키기로 결정한다. 하늘이 행위하지 않는 자들의 무덤이라는 그런 이행이 미래를, 전체 외에 다른 것일 수 없는 부분을, 아침의 뭍에 도달하게 한다. 사물은 실현이 없는 곳에 자기가 있다는 것을 안다. 이 감정 전체가 동물 사지四肢로 뻗어나와 자란다.

무엇에 대해 말하고자 할 때 짐승의 단계에서 인간의 단계를 거치지 않고도 곧바로 가축의 단계로 건너뛰는 특권을 이용해 대상을 적으로 돌린 기분을 시인은 전원적으로 이해해왔다. 비유된 것은 비유된 것으로 말할 수 있다. 혹은 더 말해야 하는 것의 상징 형식인 한 여백은 여백으로만 치환될 수 있다. 아날로지는 쇠하는 동안 물질의 고통이 존재의 정서이기 위해 허공에 대해 신뢰하지 말아야 할 것을 특히 인간으로 지목하는 경우에 한해 정당하다. 본성이 그 자신의 원천을 위해 거의 쓸모가 없다면 그것은 자신을 망각해야 할 조건이 자신의 기억보다 더욱 불충분하다는 데 그 이유가 있다. 임상의 한도 내에서 자아가 인체에 대한 반격이라면, 처벌의 한도 내에서 악마는 정신의 격려다.

기록에 대한 불만은 인간이 인간을 보편이게 하는 계기에 한해 구술과 같은 가치를 갖는다. 자아와 대상이 매혹과 자조의 대상임은 경험 최초의 이해 가운데 하나였다. 자기 반영적이기 때문에 늘상 경험은 서술하는 것이고, 기억에 기록하는 것이고, 그러므로 문자적이다. 그를 둘러싼 희박하고 가쁜 계절이 천체와 물리의 넓이를 인식의 길이로 전환한다. 이 문서의 대기大氣에는 자유 개념이 없으며, 제한되지 않은 것을 상징하지도 않는다. 기술하고자 하는 자에게 하늘이 일면적이지도 다면적이지도 못한 것은 고통받는 자가 바라는 보편이 죽음의 순수성으로 한정되어 있기 때문이다.

25

인간의 포도주가 담긴 곳, 혹은 탯줄이 잘리는 곳, 자기가 파헤쳐 꺼내진 자궁과의 불일치를 맛보는 곳, 가능한 과거 전체와 미래 전체 두 방향 모두 세계라 부르는 방식으로 언표될 수 있는 존재 양식을 가지지 않는 곳, 괴물의 밤하늘에 뚜렷이 존재했던 악의가 별이 사그라지는 것에서 느낄 수 있는 운명적 불길함을 지니고 밤의 양초와 함께 깊게 녹아내릴 때 느끼는 피로감인 곳, 그곳에서 실패는 방법으로서 양식적 도전을 받는다.

이 경험을 역사라 일컫는 방식으로, 다른 한편 사물이 말하고자 하는 범위보다 비좁은 개념을 판단이라 일컫는 방식으로, 경험은 감관의 기능을 훌륭히 상실해왔다. 경험은 기억을 수용하는 개체가 수행하는 특정 양식이 아니라, 재현에 대한 집착이 보여준 촘촘한 착란들 사이에 문학가라는 간격을 부여하는 허구 양식이다. 난해든 순해든 꾸준히 목적어를 사용하여 동사를 잃어온 사람들은 시인이며 동시에 물상物象인 무엇이다. 어떤 감정이든 자기로부터 유래한 것임을 알게 될 때의 문학가와도 같이 기억은 세계의 가독성을 익힌 것이다.

26

인간의 계절은 포도주로 피부색을 거둬간다. 밤이면 들려오다가 멈추곤 하던 소리 속에서 위생병의 손끝이 봉합에 대한 감각으로 꿈틀댄다. 그러한 검열이 상징을 요구한다. 기억의 문제는 어떠한 경우에도 경험에 의해 종결되지 않는다. 초가 얼마 남지 않았다. 자신의 개수를 망각하지 않는 이유로 우리 자신은 너무도 여러 개다. 전락 자체의 이미지이며 하나의 피도스인 괴물 사신은 그런 이유로 그 무엇으로든 전락할 수 없다.

그런 자가 더 작은 고향, 더 식물적인 것, 더 여성적인 것을 선택하기 시작했다. 그러나 신을 설립함으로써 비약하도록 허락한 우리가 과연? 인간이 정관적이며 정량적인 분석에 적응되기 쉬울 정도로 그 각도가 기울었다는 증거로써, 신의 화훼로 제대로 자라지 못하고 이변異變의 크기로 줄어들고 만 꽃송이인 인간이 과연? 자신들의 불구에 대한 이유를 얻어내기 위해 증거를 숭배했던 우리가 과연? 자연과 같은 종이면서도 대상과 달라지기 위해 사물을 멈춰 세웠던 우리가 과연? 서로에게서 진실을 듣기엔 나이가 너무 많았던 인간은 이러한 연쇄를 의문한다: 살아남아야 하는 작은 물벼룩 하나의 겨울, 야생으로 남아 원시와 견주는 손길, 그런 형상으로 성性 조숙이 일어나는 계절, 이들 시간이 우리의 유생 상태가 다 자라기 전에 죽음을 시작하는 위대한 번식일지도 모른다는 것을.

인간이 자신의 그림자로 죄를 씻을 때에만 그 죄도 비로소 고대의 체액설로 이해될 수 있는 권리를 부여받듯, 희생을 가진 자가 자기 희생으로도 팔려가지 못해서 기쁘지 못했던 이 감정은, 질문의 모든 것에 답했기 때문인 타인에 의해 불쾌가 깊어진다. 훌륭한 병을 가진 자들 속에서 들끓고 있는 것이 증오를 상해하기 위해 무기를 쥐는 부스러기 톱밥 같은 사람들이라는 것을 알고 있는 우리가 과연? 이단의 밀물에 뛰어들 준비가 된 문학적 망령은 신이 잠들기 전엔 고귀한 신부였고 인간이 잠 깨고 난 후엔 고귀한 과부였다.

27

밤을 걷는 자의 고통 속에 별은 희석되어간다. 초의 불꽃이 얼마 남지 않았다. 이러한 잡초가 번지고 있는 정원사의 낙담을 상상해보라. 현재로 이전을 죽이기 이전, 번역 외에 다른 무엇도 될 수 없는 오비디우스의 염탐자로서, 나는 무성한 백치의 기쁨을 느낀다.

악기
— 작품 1

문학은 자신의 사후를 결정하지 않기 때문에 누군가에게 그걸 맡기는 것이다. 그러나 그걸 맡는 역할은 사후의 공포와 대면한다. 그 공포는 대상에서 오는 것이 아니라 대상을 자신의 작업과 동일시하는 것에서 온다. 기억하고자 하는 것이 공포에 대한 미약한 저항일 수밖에 없는 이유가 그러하다. 그렇기 때문에 모든 분류는 죽음과 대비되어 결정된다. 그러나 여기서는 죽음에 대해 다루는 것이 아니라 죽을지도 모르는, 혹은 죽을 수도 있는 영속에 대해 다루어진다. 달리 말해 문학에 대한 결정은 잊힐 것에 대한 공구恐懼의 첨언 형식을 띤다. 그러나 죽음은 대비되는 것이 아니라 포함된다. 구조는 작용하는 시간의 반대편이다. 구조의 일방적인 견제 속에 자유로워지는 것은 형식이 아니라 형식의 유포이며 내용이 아니라 내용의 유포이다. 형식과 내용은 무엇을 유포하는가? 그것은 문학에 대해 얘기할 수 있는 것이 감성의 도구로 얘기될 수 없다는 것, 그리고 이것은 인간적 기준으로는 충족될 수 없는 시야로 세계를 측량한다는 것을 포함한다. 거기에 상황이라 말할 만큼 충분한 사실이 포함되어 있지는 않다. 의미와 무의미의 동시성과 방향과 지향의 비동시성은 다분히 문학의 거울이라는 조건에서 충족될 뿐이다. 거울은 자기가 실현되기 위한 최적의 모방을 가지고 있으며 올바른 모방이란 모방하는 과정으로밖에 설명될 수 없다. 감성이 신뢰되지 않는다는 의미에서 이 관계는 비초월적이다. 탈레스가 본 새벽의 어둠과 플라톤이 본 저녁의 어둠은 어두움에 있어 동등하지만 다른 시간의 어둠이었다. 그럼에도 불구하고 정신 이외의 것에 도전하지 않는 정신은 그 둘 모두에게 비연속적인 것이다. 비인칭은 죽지 않는 것으로서 신체의 명칭이다. 그러기 위해 가설이 주어진다. 가설은 하나의 환각이되 구조의 시야에 맺힌 시신경을 죽이기 위한 환각이다. 자신을 오로지 이미지 속에서 찾아야만 했던 행위는 문학이 세계의 언어이며 언어의 언어라는 것을 여실히 보여준다. 이어지는 용례들은 오히려 차후적이지 않다. 거울을 통해 자신을 바라보는 행위가 자신을 용례화하는 것이기 때문에 용례들은 거울이라는 부분을 매개로 전체에 이를 뿐이다. 거울은 성립된 화자다. 불완전은 반드시 되비쳐진 자기의 모습에서만 가능하다. 거울은 이미지의 미로가 없는 간명한 가능성이다.

무지가 무지인 채로 답변이 가능한 상태가 되었음을 대명사의 세계는 고통의 개입으로 알린다. 영혼의 안락은 방금 독서한 책 한 권에서 얻는 생생한 현실의 질감과 같은 것이 될 수 없다. 무엇을 지시하느냐가 아니라 무엇을 지시하고 있지 않느냐의 문제인 한, 그에겐 이전을 이후로 읽는 것 외에 다른 물질적 선택이 없다. 이것을 유물론의 마지막 횡단면이라 불러도 좋으리라. 옛 사람들은 지나간 것의 실현이라는 개념을 물질과의 사랑으로 바꾸지 않고도 충분히 단일한 대상만으로 인간들 사이를 채울 수 있었다. 즉 '큰 실과는 먹지 않고 남겨둔다(碩果不食)'는 그들의 비유가 곧 경험의 최소로 이루어진 최대의 이성이 아니라면 무엇이겠는가? 선율이 감성에 근거해 있음을 아는 것보다 화성학이 질서와 비율의 형식임을 아는 것이 더 중요한 것은 판단이 누대累代로서의 우위를 전제하는 지점일 것이다. 더불어 신체의 상습성에 대항해 싸운 경험저편의 관념에게조차 신체는 독자의 영지화를 꾀하는 밀교적 행동에 준하는 것이었다. 하지만 밀교적 행위는 어째서 신체의 거울이 그러한 것처럼, 자신의 지성에 대한 비밀을 우아하게 반대편에 가두는 거울의 과도기적 행동에 비밀의 전부가 봉사하고 있다고 믿어왔는가? 각회角回를 형상에 가두고 인간으로부터 인간적이라는 무례한 취급을 받아야 했던 더이상 놀랍지 않은 문맹 속에서 자신이라는 반대편이 떠오른다. 인간은 자기에게 묶인 대상이며 추론 방식으로밖에 자신의 감옥을 알지 못한다. 이 수인의 밑바닥에서 찾을 수 있는 매혹은, 상상임을 완전히 잊는 순간 또한 상상된다는 재귀가 유일하다. 작품 안의 우리는 관다발을 뻗는 나무의 이미지들이다. 여기서 경험은 상상의 실현으로서의 이성적 조건일 뿐이다. 하지만 태초로부터 전해지는 주장들은 이것과 다르다. 결핍은 내부의 방식이며 외부는 항상 자연에 대한 평가가 자신과 결부되는 그런 불평등이 있었다. 경험은 몰락을 우열의 방식으로 만든 전능한 신의 경배에게로 나아간다. 그러나 신의 잔에 묻었을지도 모를 독을 의심하는 자도 주어진 축배의 액체를 마셔야 한다. 그가 의문 속에 마셔야 하는 액체의 정체는 평가 거부이며 그것이 얼마나 심대한 불경인지를 예상치 못한 자의 광기에 의해 문학적 비유로—그러나 진화론적이고자 하는 의도는 조금도 반영된 바 없는 창조론으로—완성된 거대한 비문학이다.

주연酒宴의 마지막 날엔, 중요한 것은 확인이 아니라 제시이며, 홀로 존재함이 곧 공동체적이라는 믿음이 우애의 형태로 존속된다고 말하는 문화가들(자신들이 이러한 담론하에서 원하는 스스로의 지위처럼 결코 시인이 아니라)이 등장한다. 나의 관심을 끄는 것은 그 움직임이 피사체 간의 이음새에 집중하는 대신 물질적 교환에 대한 관심을 정신의 영역에서 해석하려는 시도인 점이다. 서로 다른 허공을 향해 식물이 이화 수분 하듯 개별로서의 집단이 꿈꾸는 데에 개별의 가치가 있다고 믿는 이 식물은 자신의 미래를 전역全域인 것으로 이해한다. 이것은 소위 개별성과 전체성 사이의 성좌인가? 추상적인 문제를 추상적으로 해석하는 방법은 현실적 단계만을 요구한다. 그럴 때에 현실은 인정하든 인정치 않든 추상의 덩어리이다. 문화가들은 옛 예술 작품, 고미술, 고고학적 유물의 관점으로 문학을 바라본다. 예술은 비역사성이고 문화는 역사성이며 예술과 역사를 분리하지 않는 능력이야말로 역사적으로 사망된 보는 문학의 현재적 시점에서 폐기되어야 한다…… 이러한 승리를 확인하기 위해 그들이 참아낸 것이 단지 '방식의 과거'에 반대되는 것일까? 오히려 역사는 그들에게 있으며 문학과 가장 밀접하게 감응하는 방식으로 존재하는 역사가 그들 자신의 가장 강력한 반대에 부딪히고 있다는 것을 그들은 염려하고 있을까? 오늘날의 우리는 우리를 향한 불천적不踐迹이다. 즉 만인을 향해 분배된 자체로서 평등하다고 외친다. 그러나 자연에 대한 오해만큼이나 다분한 인위에 대한 오해는, 인위보다 자연의 행위가 보다 더 적은 본성들을 거친다는 것이다. 과연 분배로서의 평등은 우연을 얼마만큼 사랑하는 것으로 문학을 지킬 것인가? 빛이 아니라 광선을 간섭하는 선명한 간섭무늬에 대해서도 그들은 빛과 같은 지위를 안길 것인가? 각자의 신은 결코 절대적이지 않은 방식으로 개인 안에 숨어 있다. 문학은 그간 각자의 신을 유지해왔다. 이때 미래는 과거를 이해하는 자의 의지로 탐구되는 것이다. 진지함이 힘을 잃을 때 그것을 파시즘이라 부른다던 벤야민의 말은 지나간 시대에만 적절한 것이 아니다. 문화는 역사만큼의 폭력성을 역사가 포기될 때 얻는다. 문화의 자기주장은 사실 물질적이며 시간적이고 집적적이며 이산적인 역사의 모든 성질과 가장 동일하게 발맞춰 지속될 때, 곧 역사와의 거리감과 시차가 0이 될 때, 비로소 어떤 자기주장도 역사의 소유물로서 그렇게 할 수 없게 된다. 고통이 고통을 규정하는 방식으로만 형태적인 것만큼이나 독립된 요구의 집합적 관철 역시 형태적 조정에 관련된다. 형식이 규정되면 의미는 곧 반대를 만든다. 물질의 행위를 곧 현실감으로 믿는 것은 단지 세계를 형태의 상보성으로만 파악하는 것이다. 밤이 가면 낮이 오고 지배엔 피지배가, 학대에는 피학이 꽤 정량적임은 틀림없다. 그러나 그것의 인상과 그것의 실재가 반드시 같다는 믿음은 사실적인 것이 아니다. 개념적 고통은 이웃의 환상이다. 우리는 세계 외에, 우리 자신으로부터도 언제나 경쟁적 대상이다. 우리는 생명이 무엇을 할 수 없다는 사실을 무생물이 가진 생물과의 구조적 유사성에서 발견할 뿐이다. 인상은 실재를 해명하는 방식이지 친구의 방식이 아니다. 의미의 친분은 우정을 떠난 자리에서만 중립적이다.

악기
— 작품 2

감성이 아니라 전신을 다하는 지평이 시작되어야 한다. 그러나 이 말이 '몸이 곧 직관'인 세계를 지칭하는 것은 전혀 아니다. 칸트의 이해처럼 직관이 감성에서 나온다면, 직관이 이성에 의해 관여될 수 없는 것처럼 감성 역시 능력이라 부를 수 있는 것이 아니다. 이에 따라 감성적 개인은 경험적으로 얼마나 세계를 잃었느냐로 가늠될 수 있다. 통합되기만이 고려된 작용이라는 점에서 감성은 자연에 의해 재현되고 또 제한되는 것이다. 그러므로 감성은 법칙이며 우리의 밖이며 자연이 하고 있는 것을 전체라는 결여로 보여주는 표현의 한 형태일 뿐이다. 그리고 이것은 문학과 더불어 목적의 불완전성을 최대로 요약한다. 문학은 원칙을 표현할 뿐 원칙으로 이해되지 않으며 언어적 형태의 참여와 참여적 형태의 언어가 이 논의에서는 혼동될 수 없다. 전통적인 것(이전적인 것)이 고수되어야 하는 이유는 그것이 집단이 된 자신의 현재적 형식에 거의 매

순간 역사적으로 불일치하기 때문이다. 현대가 홀로 기도할 수 없는 시대임이 바로 그러한 이유이고, 또 집단적인 것이 문학만의 문제가 아닌 이유 또한 이러한 성격에 의존한다. 미래를 알 수 없는 것은 미래가 불투명해서가 아니라 미래가 현재보다 더 위상학적으로 뚜렷하기 때문이다. 달리 말해 우리는 우리가 어디에 있을 것임을 알지 못하기 때문에 우리가 어딘가에 위치했을 때의 경우를 모르는 것이다. 과거의 방식으로 이해되는 것은 정작 미래의 방식이며 미래의 방식으로 이해되는 것은 정작 과거의 방식이다. 그러나 과거는 위상적이 아니라 서술적이기 때문에 우리의 과거조차도 우리와 한 권의 책 이외의 지위로는 계약되기를 거부한다. 과거와 미래의 경우처럼, 방식은 그 자신과만 접촉할 뿐 현상과 접촉하지 않는다. 현상은 방식의 결과지만 방식에게는 무용한 결과다. 정서적으로만 연결되어 있을 뿐 서로에 반대된다는 점에서 이 둘은 원한의 관계에 가깝다. 이때 시간의 경험자와 시간은 그 자체로 의식과 무의식의 관계가 된다. 단지 욕망의 주체가 지금보다 더 멀고 더 비확립적이라는 차이로 그렇다. 역사는 꿈 작업의 편린들이고 욕망의 고유한 문법적 수정을 거친 담화들이며 우리 자신을 말하는 우리와 일치시킨다. 말하자면 이것은 철자 규칙과 같은 것이며 지나온 모든 것에 대한 기술은 표식의 미래가 된다. 역사는 인간을 탐욕스러울 정도로 식食에 대한 지식을 지니고 독의 발효를 통해 만들어진 기적의 식품 앞에 선 괴로운 평가자이게 한다. 그는 완성과 평가를 위해 맛을 봐야 하지만 그 맛은 죽음의 빚이나. '쓰기'라는 역사가 '망각을 가져올 수 없음'의 능력을 현실에 등치할 때 예술은 정신적 획득물로서 중대한 논의로 남게 될 것이다. 그러나 대부분의 정신 분석이 정신을 사물의 과정으로 이해하여 주체를 문법적 판단, 통사적 판단, 역사적 판단으로 만들어왔다는 사실을 떠올리면, 정신의 역사가 중 누가 자신이 구술한 역사를 올바른 문장이지 않게 하는 작업에 몰두할 수 있었으랴. 추적할 수 없는 방향은 표현의 안개가 아니라 표현의 용해라는 사실이 여기서는 다만 강조되어야 한다. 시는 그 자신이기 때문에 드러날 수 없다. 드러난 것은 자신에 의해 지배된 것이기 때문에 부정될 수 없다. 부정될 수 없는 것은 선하기 때문에 반드시 드러날 수밖에 없다. 그럼에도 불구하고 그 자신으로서는 아니다. 의미는 기원으로도 종말로도 보완될 수 없는 현존의 표지에 의해 분명해진다. 순수 이성에서 이율배반에 대한 이성의 능력이 필연적으로 인식의 좌절에 의한 것이라면, 시에 있어서 배반들은 자신이 그 스스로가 되지 못하는 완결의 욕구에 의한 좌절이다. 여기에 독자적인 운동들이 전체 운동의 크기와 변별되지 않기 위해 상상이 동원되고 사물의 시작과 사물의 끝이 종種의 내면적 구토로 수미일관해진다. 이에 박물지, 괴물지의 탄생을 시적 옹호의 음향적 구현이라고 부르지 못할 이유가 없다. 우리 내에서 찾을 수 있는 자연은 진술하는 자연이며 말하지 않게 된 자연은 우리가 갈 수 없게 된 명부冥府다. 하지만 창 가까이, 아직 자기의 머리를 몸에서 빼앗기지 않은 메두사인 그녀들이 자신을 금속 공예로 만들어놓을 연금술사가 도적 시늉을 하며 칼을 세우고 찾아오고 있음을 알고 오늘밤을 기꺼이 봉사할 준비를 마친다. 그녀들의 빛나는 아침은 목 위로부터 솟구치며 시작되리라. 창窓은 칼과 동반되리라. 그녀들은 뒹구는 자신의 몸으로 누구도 완성하지 못했던 거대한 시구를 적은 거장의 운율을 읽으리라. 그녀들은 자신이 담길 그릇을 향하는 깨어짐이다.

악기
—문체

과학에서 신뢰와 믿음이 거의 독인 것처럼 예술에서 응시와 응시의 구조화 또한 그러하다. 어느 시대든 정연한 구역은 실현 가능성의 역할을 해왔다. 그러한 얼개는 요약의 미덕에 부합했다. 시각적인 것을 정신화하는 것, 그리고 정신적인 것을 시각화하는 것, 그 둘이 동시에 가능한 그러한 형태를 사람들은 숭고하게 여겨왔다. 비례나 비율, 질서라는 이름은 그러므로 필연적으로 간단하거나 짧은 것이다. 왜냐하면 지속적 변화는 한순간도 우연적 일치가 없다면 필연일 수 없기 때문에, 필연적 일치, 즉 매우 같은 것의 변함없는 반복이 가능해져야만' 하고, 그것은 분명 '간단하고 짧은 것'이다.

역사적으로, 문장에 있어 그것은 보다 선명하게 진리와 비진리의 영역이 나뉘었다. 말함이 분명한 것과 말하고자 하는 바가 분명한 것이 분명 다름에도 불구하고 내용의 역할을 실천이 전적으로 도맡음으로 해서, 혹은 내용을 실천으로 위장함으로써, 문장은 단순하고 짧아져야만 그 요체에 이를 수 있다는 '분량分量의 파토스'가 어느덧 글쓰기를 언어의 구조물이 아니라 무게에 따라 이리저리 얹어두는 물품 창고로 만들어버렸다. 반면 그렇기 때문에 모순적이게도 만연체는 그 자신의 무게와는 상관없이 진리라는 이름 안에서는 가장 짧게 명멸하는 운명으로 태어난다. 그 자신이 이미 내용의 실천임에도 불구하고 내용과 실천의 외재성만을 인정하는 권역의 규칙을 따르는 만연체는 곧 만연한 것이라는, 즉 사전적으로 '길고 멀고 막연한' 것이라는 의미로만 말할 권리가 주어진다.

작가의 잠은 어떤 꿈을 적기를 바라는 대서인代書人을 자기 공증인으로 세우는가? 이 질문의 한 가지 확실한 답은, 그가 자신의 펜을 만들지 않았다면 그는 자신의 일부만큼도 꿈꾸고 있지 않다는 것이다.

글쓰기에서의 만성적인 선명함이야말로 빛을 동반하지 않는 낮과 같이, 혹은 니체가 묘사한 바처럼 대낮에 등불을 치켜들어야만 하는 자의 답답함과 같이 어두운 시야와 함께 있기를 선명히 바란다. 그런 의미로 글쓰기는 언제나 자멸적이다. 그러나 자멸적 선명함에 대한 갈망조차 없다면 자신을 고유성에서 빼내어 이외의 표현으로 만드는 다른 길은 없으리라. 놀랍게도 거기에는 이미 상실너머 인간이 기술의 측도測度, 도구의 실효성이 된다는 미래 과학의 선구적 의미가 깃들어 있다. 삶은 우리에게로 떠밀려와 우리를 감싸지만 정작 그 베풂에 응답해야 할 우리에게 분명하게 남아 있는 것은 삶의 무상성뿐이라는 사실이 이 미래 과학의 주요 공구工具다. 이 분야는 어둠을 자기 시대의 대표성으로 붙잡아두는 예술의 시간에 비해 충분히 후대적이다. 확실히 이곳은 끔찍함에서 기계의 역사를 길어올리고 있다. 반면 기계의 반대편에서 예술의 시간은 자신의 무규칙적 우연의 놀라움에 젖어 종종 노예를 벗어나 주인에게 나아갔다고 낙관한다. 그러나 예술의 시간은 기계의 시간과 달리 어둡게 된 것이 아니라 본래적으로 어둡기 때문에 유일성으로 보일 뿐, 실상 동굴을 벗어난 것도, 빛과 가까워진 것도 아닙니다.

구조는 새로운 것을 찾는 눈이 그것을 포기하게 하는 눈에 의해 막힐 때 비로소 광명을 맞이한다. 이것은 세계가 자신의 구조적 명백함에 의해 인간 감성의 수수께끼가 된다는 것을 알림으로써 스스로의 구조를 알게 하는 조건이 되는 것과 유사하다. 가장 현명한 자도 인간에 대한 물음에 대해서는 어릿광대의 수준을 넘지 못한다는 인간에 대한 보편적 평가가 여기에 적용된다. 신학에서 믿음과 종교의 관계가 미학에서 예술과 철학의 관계와 같은 것처럼, 혹시 이것은 무능이 무한의 능력을 창조했다는 것을 보여주는 한 예는 아닐까? 물질이 물질의 질서에 속하고 정신이 정신의 질서에 속한다는 그러한 인과율에 따르지 않고는 인간이 세상에서 성공적인 짐승으로 살아갈 방법은 없다. 왜냐하면 영혼은 자신이 아는 것보다 더 많은 부분에서 물질적 제한 안에 있다는 사실을 망각하며, 인체 역시 인간적임을 점차 자연적인 부분을 비워내는 것에서 획득하기 때문이다. 그러나 존재는 연역됨이 아니다. '그것'과 '그것에 대한 분석'은 다른 것이다. 그것과 그것의 분석을 그것의 본질로 연결하려는 인간적 습성마저도 그것을 정당화하지는 못한다.

예술은 전체가 아니라 각 조각에서 더 유한하고 더 나빠질 수 있는, 비자연적 분류 아래 놓인 순수한 불구들이다.

당대의 편린과 마주한 자가 흔히 욕구하는 총체에 대한 이해와 개념적 구성욕에도 불구하고, 넓게는 한 시대, 좁게는 한 시기의 시적 경향을 협소한 모형의 틀 안에서 해석하거나 단정 짓고 싶은 마음은 내게 없다. 그러나 가능성이 증명됨에 따라 실재성도 증명된다는 자연 철학의 사변 방식에 좀더 기댄다면, 도래할 미래가 아니라 주어진 현재가 오히려 실재를 주도할 가능성이라는 인식하에, 주어진 한 줌의 시적 편린에 대한 보다 낙관적인 종합을 시도해보는 일이 오로지 허물은 아니리라.—예술은 대상이 자연인 경우에도 자신을 그 자신을 이루는 상위의 목적으로부터 구별한다. 이것이 말하는 것은 규정에는 반성이, 반성에는 규정이, 예술에 있어 그 실천적 힘을 얻는 것에 부합한다는 의미이다. 그 실천은 우연적이지도 조건적이지도 않는 한, 언어 예술의 부분이며 실천된 세계는 곧 의미처럼 표현된다. 이것이 언어 예술이 세계와 마주하는 방식이자 예술의 독백적 이미지다. 그렇기에 독백은 당연히도 생활, 세속에서 이미 출발된 언어이며, 자신의 원천이자 천연을 사원, 성소聖所, 기도 따위로 구별한다. 종교의 가장 경건한 의미는 인간 스스로가 자신의 원천을 공간화하는 축조의 의미에 다름없다. 그러므로 종교 안에서라면, 반성은 심리적 상태라거나 메타적 관찰 등으로 우회되는 것이 아니라 자체가 곧 세계인 공간이며 그 공간의 이념에 대한 직접적 실천이다.

우리의 눈에 우주 전체가 담길 수 없는 이상, 우리의 눈이 이성의 한계 내에서의 관찰 도구인 한, 아마도 우리로부터 영원히 숨겨진 대상이야말로 시라는 무용하고 필연적이지 못한 장르를 시인으로 하여금 지속게 하는 힘을 부여하는 중요한 원천인 것인지도 모른다. 이 밖에 문학은 세계와 같은 형식으로 자기를 표현하는 것이 아니라 자기와 같은 형식으로 세계를 표현하기 때문에 그 특수한 형식을 채우는 내용에 대해서도 또한 특수하게 이해되어야 할 필요성이 있다. 적어도 예술은 그 춤이 시작되었기 때문에 아름다운 현상은 아닐 것이다. 예술은 예술적 실현에 이르기까지의 거듭된 자기주장이어야 한다는 것이 이 장르의 책임 의식이자 위생 관념의 대강이다. 그러나 도대체 예술적 실현이라는 말이 무엇이겠는가? 적어도 그것은 예술이 자신을 지탱하는 거의 유일한 힘, 즉 예술이 예술이기 위한 최소 조건인 한에서만 일어나는 사건이어야 한다는 단 하나의 규정에 의존하는 것이리라. 그런 이유로 언어 예술의 관점에서만큼 관습이나 정언 명령이 표현적인 것으로 이해되어야 할 이유가 없는 곳도 드물 것이다. 아마도 그것을 시의 성실이라고 부를 수 있을 것이다. 그뒤로 실현이 세계를 선택한다는 말이 견주어질 수 있을 것이다.

이것이 시의 세계라면, 여전히 주변에는 미세하고, 작게 놓여 있기 원하고, 너무 예민하기 때문에 신경질적으로 보이곤 하는 시풍들이 역설적으로 너무 넓고 너무 크고 너무 무신경하게 자리잡고 있다. 그러나 실재는 언제나 가능성의 증명과 같은 것이다. 자신의 실재가 타인에 비해 간결하거나 미소微少하지 못하더라도 또 그것이 장점을 뒤덮는 단점이라 하더라도 가능성 이후의 의미를 시적 이념의 문제, 즉 자신의 시적 가치의 문제 지점까지 끌어와서는 안 된다. 왜냐하면 실재를 위한 가능성은 실재를 인가하지 않을 때 사후적으로 얻어지는 것이지 오히려 실재가 전제된 가능성이란 한갓 실재적으로는 가능하지 않기 때문이다. 실재임을 증명하기 위해 도출된 가능성, 이것이야말로 흔히 시에게 시인이 무책임하게 요구해온 언어적 불결함이 아니면 무엇이겠는가? 그런 점에서 시는 실천적이되 비실재적이어야 하고, 도래에 대해 순결이되 마땅함에 대해 불결이어야 한다.

시는 '시라는 형식인가? 아니면 메시지로서의 시인가?'라는 질문에 대해 적어도 역사적으로는 성실하게 답했다고 생각한다. 그러나 미래를 향한 발상이 목적으로 합리여서는 안 된다. 어디까지나 현재를 이탈해가는 자신을 침을 수 있어야 하는 규율만이 이 세계의 자유를 자연에 속하게 한다. 아마도 그런 단계의 외양은 분명 정형적 시각에는 고통스럽고도 비참한 것으로 비칠 것이다. 그러나 가능성이 증명되지 않으면 실재성도 증명되지 않는다. 오로지 시인이 진지하지 않을 때를 세계는 진지하게 노린다. 아마도 그것을 시의 성실이라고 부를 수 있을 것이다. 그뒤로 실현이 세계를 선택한다는 말이 견주어질 수 있을 것이다.

시는 시인됨이라는 용기를 버리는 장소이고 시인은 시인됨이라는 용기를 버림으로써 시라는 용기를 얻는 장소이다. 어떤 용기를? 이미 지나간 시의 자취가 이제 다가올 시의 자취와 어떤 의미로든 합산적으로 연관되지 않는다는 시 장르의 오랜 믿음을 투영시키는 그런 용기를.

시인이 할 수 있는 게 아무것도 없는 시대에(그러나 그가 원래 아무것도 할 수 없었다는 점은 철저히 망각된 채로인 시대에), 그러므로 시인으로서의 입장이 오늘날과 같이 부끄러운 적이 없는 시대에, 그럼에도 불구하고 최초의 시인으로부터 지금까지 향해온 것이 바로 그 아무것도 없음임을 알게 된 지금에 이르러, 시인이기 때문에 부끄러울 수 있는 바로 그 동일한 이유 때문에 비로소 나는 시인으로서의 자신에 대한 자각이 자랑스럽다.

하지만 이 자긍은 내가 내 글의 작가인 것처럼 내 글을 읽는 것에 분노할 때의 조건적 자긍이다. 그 조건은 다음과 같다: 일반적 경우라면 더이상 내가 잘할 수 있는 대상을 화제로 타인과 대화 나누기가 불가능하다는 것을 알게 된 후, 어쩌면 그들이 나와 다른 방식으로 진지해지고 있을지도 모른다는 정신적 관용을 베풀게 된다. 그러나 같은 대상에 대해 서로 다르게 진지해진다는 것에, 전혀 같지 않게 된 한 기원을 공유한다는 것 외에 다른 의미가 없다면 나는 그들을 용서해서는 안 된다. 나아가 이러한 불관용이야말로 가장 관대한 행동일 수 있다. 다양성이란 개인이 도전해야 할 과제가 될 수 없는 것이고, 개인이기를 포기한 정신만이 전체로는 나뉠 수 없는 물질을 공동체로 분리하기 때문이다. 그러므로 나는 내가 내 글의 작가인 것처럼 내 글을 읽는 것에 반대하고 분노한다.

정신은 정신의 유년 앞에서 늙는다. 순수한 회고 행위로써의 영향받음이 존경과 배려가 아니라 갈취라는 점에서 세상의 모든 좋은 글들은 세상의 모든 나쁜 글들을 익히고 있는 것이다.

시인은 지금껏 마치 다른 세계의 일인 것처럼 여겨진 것을 직접 이 세계를 통해 기술해왔다. 그 세계를 이해하기 위해서는 부딪쳐 보는 것만한 게 없다는 의미뿐 아니라 그 세계를 다른 세계이게 하기 위해서도 부딪치는 것밖에 다른 방법은 없다. 여기에 여전히 문학이 사건적으로 유효하다면 아마도 그 유효성은 바로 문학 생산자의 소멸이라는 한계 내에 있을 것이다. 곧 자기가 자기 글의 주인인 것처럼 자기 글을 읽는 데 어리숙한 사람이고 그렇기 때문에 근원상 작품의 외부에서 출발해야 하며 작품이 아닌 곳까지 향해야 하는 여행자이고, 그렇기 때문에 작가는 비광학적인 눈, 비감각적인 욕망으로 짜여 있다. 예술적으로 바라본다는 것은 개별 존재뿐 아니라 인간 전체에 대한 거대한 소등消燈을 한낱 특정한 형식을 가진 시각視覺의 일부로 가져오는 자이다. 오늘날 예술이 현대의 문맹에 대한 새로운 직능일 뿐 아니라 현대의 시각 질환에 대한 새로운 직능으로도 적절히 사용되고 있는 주된 이유는, 시인이라는 항구적 창작 입문자가 시의 이름, 문학의 이름, 예술의 이름에 대해 관철되어야 할 모든 조건을 아마도 그 자신의 글에 대한 능력보다 분명 더 뛰어날 '자신의 글에 대한 견해'로부터 가져와 치료하는 위대한 안과 시술자로 거듭났기 때문일 것이다.

오르페우스여, 당신에게는 세계가 가상의 면포綿布로 지속됨으로써 영원한 잠이 되었지만, 요람의 영아가 흘리는 눈물은 세상에 눈떴던 환각의 액체로 저희에게 흘러 무한한 불면이 되었습니다.

이 끔찍한 자생성 속에, 이성은 시의 비속적 실현이지만 시 자체는 이성의 예찬가이지 않으면 용인될 수 없는 것을 쓰고자 할 때의 실현이다. 실재적 대상은 대상이기 위해 체화를 겪는 것인가, 아니면 체화를 얻기 위한 도구적 대상인가?라는 질문을 작가는 열심히 표현하고 있지만 대상은 체화의 품격에 대해 아무런 확언도 내려주지 않는 것으로 자신을 유효한 영역에 남긴다. 반면, 확신에 찬 병은 그렇지 못한 병보다 더 많은 약속이다. 이러한 약속이 사색에 의해 만들어질 수는 없다. 목가적 살인으로 가득한 하늘 아래엔 아마도 언어를 집어넣을 만큼의 약간 비어 있는 목신의 몸이 형상적으로 혹은 육화하여 준비되어 있을 것이다. 최대의 공리가 모방인 세계가 그렇게 탄생한다. 계절이 바뀌어 떨어질 것이 분명 예견된, 가지 끝에 겨우 매달린 계절의 지혜처럼, 문자적 유사성은 목가적 살인을 그 공통으로 한다.

마땅히 윤리적 의미 모두는 모범적 예술가들이었다. 그럼에도 불구하고 왜 잡은 닭에 신의 이름으로 칼을 박기를 거부하고, 왜 만찬을 위한 하프 타기를 시는 거절하는가? 이곳에서 신성을 잃은 것이 과연 형식과 문체에 관련된 것뿐이었을까?

종교는 그 상징과 상상의 구조와 이미지에 있어 문학과 유사한 것이 아니라 이미 문학 자체다. 종교적 신념이란 문학의 미적 특수성처럼 언제나 객관이지도 언제나 주관이지도 않다는 해석의 난관 속에서만 드물게 정상적이다. 인류의 꼬리를 신성의 날개로 발달시킨 이것이 인간이 자신을 직접 관찰한 최초의 사례이자 인류가 향유한 첫번째 문학적 고독이었다.

아름다움의 감정은 자연의 누락에 힘입은 공간의 물질이다. 물질은 정신의 자연이 결정화된, 아이들의 손아귀에 고여 있을 때만 본래의 의미로 펼쳐지는 바로 그러한 유리알이다. 각각의 유리알은 그들 자신의 깊이보다 더 깊은 것을 들여다본 얼굴로 쪼개져 있으므로, 시인은 시인을 아름답다고 말한 것이다. '신과 한없이 가까워지도록.' 혹은 '물질이 공간을 새로운 길로 휘게 하도록.' 시는 같은 의미의 인간을 말로써 약간만 다르게 옮겼을 뿐이다. 그래서 시인은 신의 창에 지속적으로 찔리지 않기 위해 쪼개진 방패에 의지해서라도 나아가는 그런 골칫거리 병사의 괴로운 전진이어도 아름답다고 자신을 말한 것이다.

그럼에도 불구하고 쓰는 자는 쓰인 구절에서 그 글이 포함된 세계 전체가 시작되는 것을 바라보고자 한다. 유사한 의미로 의미가 표현되는 방식을 표상 전체로 확대하려는 경우들이 있다. 현학취라는 말의 대부분의 경우는 특정한 의미가 표현되는 방식에 대해 그것을 표상 자체, 혹은 그 전체로 이해하지 못하기 때문에 표상 자체는 아닌 것으로 인식하는 능력이 그 표상 자체를 이르는 이름이다. 나는 어느 평론가의 글에서 바로 그러한 것을 보았는데, 그는 글에서 규정 능력과 주장을, 그리고 개별 문학이 표상하는 것과 문학 자체가 가진 표상 능력을 혼동하면서, 현학취, 정작 자신에게 써야 할 바로 그 단어를 다른 작품에게 사용하는 것을 목격한 적이 있다. 실은 정당화될 수 있는 독후감 같은 건 없는데도 거기에 정당성을 부여하기 위해 계보를 끌어들이고 이성 체계를 모방하는 일 전반은 넓은 의미에서 배움을 드러내는 행위다. 그러므로 이러한 종류의 배움의 행위는 미래에 드러날 배움에 의한 드러냄의 방법조차 내포되어 있는, 교수敎授 행위가 아니라 교수敎受 행위로서의 이중성이 깃들어 있다. 특히 평론을 주된 사유의 범주로 하는 사람에게 이러한 사실은 문학적 사건의 정당성, 문학 행위의 정당성이 아니라 문학인으로서의 정당성을 부여한다는 점에서 스스로에게 빈번히 유익하게 사용된다. 어떤 유용성이? 모든 쓰기에 앞서 읽기가 존재하며 읽기에 앞서 자신의 미적 관점이 존재하며 그 미적 관점이 다시 쓰기로 이어지는 매우 특별한 시간 순환의 파토스가. 그러나 허공은 말을 배우지 않은 자의 자랑이지 말을 배운 자의 수치일 수 없다.

신의 현현이 자연의 본성 중 폐사한 부분을(병자를 일으켜 세운다든지, 전쟁, 심판이나 재앙, 형벌과 저주의 예를 보라) 통해서만 주어지는 것에서 볼 수 있듯, 문학에 대해 전능해지려는 행위 역시 '최고 작품'이라는 기적들 간의 잔혹성이며, 살아남음의 복된 간증의 증거인 두진痘疹, 두드러기와 매우 큰 동질성을 가진다. 그럼으로써 인간의 아버지는 자식들을 사지死地에서 구원하기 위해 반드시 자식들이 사지에 있을 것을 요구한다.

형식으로의 비형식과 비형식으로의 형식이 있다면, 전자에게 필요한 것은 무수한 과거이고 후자에게 필요한 것은 무수한 미래이다. 상상을 언어로 압축하지 않기 때문에 풍경이 언어적 풍경 이외의 사실과만 시각적으로 관계한다는 불편함을 의미적인 것으로 전환하여 불러도 무방하다면 풍경은 풍경 제시자의 의도에 부합하지 않는다는 의미로 전환되어도 무방하다고 역시 말할 수 있다. 원상에 대해 모상은 창조로 무르익지 않은 세계를 방식으로서의 세계로 현상하는 것이며 그런 때 현상이 보여주는 것은 방식인에도 불구하고 그 방식에 있어 방식의 원인성이 존재하지 않는다는 이유로(스스로의 원인성에 의한 실천은 원인에서 벗어나 결과로 향하는 과정임에도 불구하고), 세계에 대해 자연으로 남아 있지는 못하는 그러한 실천이다.

문학이라는 주체 미화의 장르 내에서 자아에 대한 영역 확장은 영역에 대한 이해를 인식의 구성 도구로 사용하지 않음으로써 시작될 수 있을 따름이다. 특히 인물들은, 군상에 대한 접근이 아니라 그저 개별적일 때 표면적이 넓어진다. 개인이 군상일 때는 단일하지만 군상이 개인일 때는 무한하다. 여기서 '무리보다 더 위험한 개인'이라는 새로운 인종이 탄생한다. 실화實化된 것이 아니라 실화될 것이 세계를 구성한다는 믿음이 무리의 자연에 적대 의식을 품고 개인의 자연으로 드넓게 펼쳐진다. 이것이 문학적 풍경이 아니라면 오히려 세상은 보다 다행한 것이어야 한다. 그러나 이것은 문학적이며 언어 예술적이며 아이에서 어른으로 퇴행한 이 세계의 전역全域을 이루고 있다. 사실이 외부적으로 명확해지는 것은 무엇이든 대상 세계에 대한 내부적 불확실의 과잉 때문이다. 과잉하게 바라보는 자에게 세계가 다양하지 않은 이유는 시야의 모든 것이 자신의 느낌 한가운데로 무너져내리기 때문이다. 그러한 느낌에 전체와 대비되는 부분이라는 충분한 조각은 없다. 시에서 아직도 전통 구조에 대한 대결 구도가 유효한가를 물을 수 있다면 바로 그런 질량적 사고에 기반하여 그럴 수 있을 뿐이다. 진정 그들에게 요구되는 최종적인 것은 오로지 대지로부터 떠오르는 기술이다. 그리고 허공에 오래 머물기 위해 필요한 유일한 것은 낙하 법칙에 대한 과잉뿐이다.

오필리아가 슬픈 이유는 자기의 사체를 바라보는 자들이 만드는 경악의 힘이 가라앉지 못하도록 자기를 여전히 강물 위에 띄워놓기 때문이다. 그들 간의 질량 감각을 동정과 갈구 같은 일방성으로 이해해야 할 이유는 없다. 세상은 죽어가면서 자신을 죽이려는 자들의 존재(혹은 적어도 죽어가는 걸 바라보는 자들의 존재)를 이유로 여전히, 그리고 영원히 살아가게 될 것이니 말이다. 그들의 역학에서 적어도 예술과 문학이 절충적인 세계로서의 높은 가치임에는 분명하다. 예술적 대상에 대한 미적 인식의 평균적인 가벼움에 비하여 가상이라는 이름이 아직도 여전히 예술적 주목을 끄는 것을 생각하면 더욱 그렇다. 떠오르는 죽음과 그것을 떠받치는 '살아 있는' 죽음이 있다. 비유하려는 의지가 곧 압축이고 압축하려는 의지가 곧 비유인 이 세계에서 현상은 이루어지기 위한 것이지 보이기 위한 것이 아니다. 배려 있는 현상이란 즉, 현상의 근본적 성질에 반대되는 것이다. 그러나 문학 읽기를 통해 알 수 있듯이, 어떤 이가 가상을 읽고 그것을 실재로 받아들이고 관찰하려 한다면 곧 그럴 수 있다. 시와 독자의 관계 역시 그러하다. 시는 현상일 뿐이다. 그 현상에 의도를 부여하는 것을 시는 거부하지 않지만 절대를 부여하는 것은 반대한다. 누구에게든 자기 자신이 아닌 누구를 위한다는, 그런 이타적 시쓰기는 이미 시쓰기의 범주가 아니라 자기 공표의 범주다

시란 그 자체가 의미를 동반하지 못해서가 아니라 의미가 동반되지 않는 순간의 의미로 이루어지기 때문에 의미로서의 중심이 보이지 않는 것일 뿐이다. 통시적으로는 비어 있지만 공시적으로는 충만한 시간 안에 역사적인 시, 과거적인 시는 없으며, 순간의 시, 맺어진 형태로의 시가 있을 뿐이다.

하지만 불행한 오필리아는 영원히 가라앉지 못하리라. 그녀 자신의 불행과는 달리, 그녀의 시체가 들려주는 음향적 축복은 한편 무시될 수 없는 탓이다. 부분의 인식이 아니라 전체의 인식으로 자신을 대하게 될 모든 사변 너머, 오필리아적 죽음은 최초의 음악사가 되었고 음악의 역사 속을 쉴새없이 떠돌았다. 좋은 산문에는 시체의 분명한 경직이 정신으로 깃들어 있고, 좋은 운문에는 익사자를 끌어내리려는 바닥의 정신이 깃들어 있다.

다만 물성은 사건과 범주의 허공을 허무하게 가를 뿐이다. 객체의 강요를 주체로 환원하며, 상징은 조형의 자유 의지라고는 찾아볼 수 없는 숭고한 예술이 되어간다. 원상原象에서는 보이지 않는 것, 기원이 원천이지 않는 것, 불러오되 가져오는 것은 아닌 것, 즉 상징 역시 읽기와 쓰기로만 가능해야 한다는 그러한 강제의 견고함이 그것이다. 판단 앞에서 대상에 대해 목적일 수 없는 방식은, 둘러싼 체계가 양식적으로 양식에 대한 파괴이지 않고서는 가능하지 않으므로, 지성에 대해 세계가 그러하지 않다는 반성이 이들 미학의 수사적 측면에는 마치 관조처럼 최대한 무목적으로 놓여 있다. 이때 바라봄의 나는 바라보려는 나의 감성 전반에 있어 이질적인 부분이 된다. 비유하면 전문가는 비전문적 언설에 주목하고 비전문가는 전문적 언설에 주목한다. 그러한 이질성이 세계 전체에 대해 미적 양식으로 발달하는 동안, 언어 예술도 그에 상응하여 세상을 크게 신뢰하고자 했다. 이 세상에 인정된 전위라는 건 있을 수 없겠지만, 곧잘 언어 예술의 신념은 그런 방식으로 만들어지곤 한다. 육체 상실의 공포보다 외적이고 더 산물적인 공포가 미적인 육체를 구성한다는 그러한 언어 예술의 덧없는 신념에 의존하여.

한편 자족적 세계는 모든 요소가 요약 가능성을 결정하는 세계인 동시에, 부분과 전체의 관계에 있어 약한 도덕성을 얻는 세계이다. 우리들이 본성상 문장의 구조 중 완곡어법에 대해 특히 괴로워하는 이유는, 문장이 접점에서 실재적이고 마디에서 가상적이라는 전제를 받아들이기에 문학에 대한 우리의 믿음이 여전히 자족적 영역에 남아 있기 때문에 그렇다. 문학은 그 비조형성이 완화된 것일수록 높은 가치를 얻는다. 창작이 지속될 때, 말하여지는 것은 언제나 사유의 불필요성이다. 그러나 창작자는 현상태의 자신보다 더 고립되어 있기 때문에 실재적이 되자마자 더욱 가상에 지나지 않는 것으로 자신을 여기게 된다. 문학가의 상태가 완화된 문학의 비조형성이라면, 이 모든 일의 전반적 비극은 그가 정돈과 균형 속에서만 일할 수 있을 뿐이며 아름답게 보이기 위해 반드시 '보여야 한다'는 사실에 기인한다.

예술적으로 본다는 것에 대해 니체는 “사물들을 색유리나 석양빛 속에서 바라보는 것, 또는 사물들에 반투명한 성질을 지닌 표면이나 피부를 입히는 것: 이 모든 것을 우리는 예술가들에게서 배워야 하며, 더 나아가 그 외의 것에 있어서는 그들보다 더 현명해야 한다”[1)]고 말한다. 사물은 생각보다 투명하며 예술은 사물을 대상이게 하는 희석 능력이다. 그리고 예술의 인간은 그러한 혼탁을 배우기 위해 사물에서 벗어나 삶으로 나아간다. 혼합물로서의 도취의 어디가 시에 있어 무희적 선회이길래 그는 사물들에 반투명의 성질을 입히는 것을 예술가가 배워야 할 점이며 동시에 보다 더 현명한 것을 하라고 주문했던 것일까?—기숙耆宿께서는 놀랍게도 자신의 운運뿐 아니라 별의 아름다움이 누추한 학자의 눈빛과 공유하는 그 조소嘲笑의 일관성마저 필연의 영향으로부터 찾으려 하였다.

피조물은 소성蘇醒을 거부함으로써 이야기와 사실의 싸움이 아니라, 편한 감각과 불편한 감각의 싸움으로 전환된다. ‘이야기 자체’는 지칭의 내용에 있어서의 형태도 의미하지만 지칭에 대한 방법에 있어서의 형태 역시 의미한다. 문학에 대한 반성은 순수하게 문학적 선조들이 핍진성이라 불렀던 바로 그러한 분별 의식이었다. 그러나 이것은 전환이 아니라 더 멀리 있기 때문에 더 급격

1) 니체, 『니체전집 12』, 안성찬 · 홍사현 옮김, 책세상, 2005, 276쪽.

해 보이는 빛과 그림자의 현상이라 해도 좋을 만큼 보다 극화된 대비일 뿐이다. 균형적인 양식과 결별할 때 예술은 예술이 제한한 것에 의해 격리되어왔다. 핍진이라는 이름으로 스스로 부인될 위기에 봉착하여 예술이 행한 첫번째 도발은 스스로 이해했던 복제와 모방의 효과를 세계 창조의 한계 내에서 점검해보는 일이었다. 그런 일들을 현재의 우리 역시 작가가 하나의 상象으로 맺히는 각 작품들을 통해 아주 간단히 확인해볼 수 있다. 흔히 작품의 이미지로 간직되는 것의 실상은 자기 자신이라는 이방인의 시선이 조국이 아닌 하나의 다른 국가에 무심히 겹쳐지는 그런 대비일 뿐이다. 그리고 그 색채는 자신이라는 국가에 또다른 이방인의 시선이 또한 겹쳐 있는 것에 대해 전적으로 무지한 그런 대비 속의 중첩일 뿐이다. 고백건대 시인을 물질적인 것에서 멀리 떨어뜨리는 것은 시인의 삶이 가진 의지가 아니라 삶의 의지를 자신의 순도로 기준 삼아 정돈하려는 이상 세계에 대한 염탐의 시선 탓이다. 지금의 시인은 더욱이 존재하지 않는 것에 대해서까지 금욕하도록 언어를 이해해왔다. 그러한 자각이 슬프다는 감정마저 희석되어 또 그렇게 행위가 언어가 되는 단계에서 생겨날 수 있는 모든 종류의 비유와 모사의 정체가 '존재하는 것에 대한 둔화'라는 돌이킬 수 없는 사실만이 시인을 외롭게 지켜주고 있을 뿐이다. '사물들에 반투명의 성질'을 입히는 것은 때로 이렇게 위험하며 예술이 고통으로 간주되던 시대에도 예술가들이 충분히 고통받지 못한 명백한 하나의 증거로 현재까지 남아 있기도 하다. 이것이 바로 핍진이라는 대비 속에서, 확대된 것만큼 말할 수 있을 뿐 아니라 확대된 만큼 실패할 수 있었던 언어 예술 장르의 지워지지 않는 흔적이다.

기록의 지속성에는 파편들을 전체로서 의식에 통합하는 삶의 지속성과는 달리, 전체를 의식에서 분리하여 의사疑似 의식 양식으로 단편화해야 하는 난점이 있다. 쓰기와 읽기가 활발했던 시절에 파생된 수많은 기록들은 단편적이었다. 정보의 거의 모든 것의 디지털화가 가능해진 현시점에 그 단편들은 유기적이지 않기 때문에 오히려 무용해 보인다. 사람과 전달 매개체는 과거와 달리 서로 너무도 사교적이 되지 않았는가. 오히려 지금은 사람 자체가 전달 매개체가 되었다는 표현이 맞을지도 모르겠다. 만약 그렇게 묘사할 수 있다면, 그 가운데서 기록의 유실이 발생한다. 현대인은 과거에 기록이 담당했던 부분을 스스로 내재화함으로써 기록 자체가 되었고, 그리고 기록 전달자가 되었으나 기록자가 되지는 못한 단계에 머물러 있다. 수많은 기록 결과 속에 우린 왜 기록자가 될 수 없었는가? 그것은 우리가 우리 자체를 행함으로써 우리가 행한 결과에 대한 향유 능력을 전적으로 포기했기 때문이다. 현대의 생산은 단 하나의 참조에 의해 다른 곳까지 나아가지 않고 다수의 참조가 가능한 상태에 늘 노출되어 있다. 즉 기록자가 기록에 대해 미적 관점을 부여할 계기가 원초적으로 부정되어 있다. 그렇기 때문에 현대의 생산성은 과거의 비생산성에 대해 비생산적인 의미로만 생산적일 수밖에 없다.

기록은 기억을 재설정한다. 단순한 기억의 정리조차 그 위계에 거슬러 놓일 수 없다. 기억을 선별하여 지우거나 부각할 수 없는 이유는 바로 그러한 위계의 감각이 기록 행위 전체에 부여되어 있기 때문이다. 더군다나 미적인 것은 늘 감성에 속삭인다. 자신을 설득하고 자신의 세계를 설득하고 상대방을 설득하고 마침내 세계 자체를 설득하라고. 실로 상품을 판매하는 방식과 크게 다르지 않은 이러한 설득들이 미적 차원에서 이루어진다. 예술가는 자신의 왜소에 대해 예술적 판매 기술, 즉 가상이라는 새로운 기술을 익혀야만 한다. 그러나 가상이 반드시 일방향을 가진다는 인식은 거의 예술가의 직업적 오만에서 비롯된 것이다. 가상은 무엇보다 세계의 가변성을 확실성에로 집결시킨다. 진정 예술은 확신할 수 없는 것을 확신하라고 명령하는 것일까? 문맹 소년이 내게 말을 건네기 위해 그에게 필요한 것은, 모든 관련 개념을 사물화하여 그려넣을 수 있는 매우 큰 도화지일 것이다. 그 소년이 내게 시의 아름다움을 이야기하기 위해 도화지에 등장시킬 사물의 개수보다 시의 무용지물을 이야기하기 위해 등장시킬 사물의 개수는 비교될 수 없을 정도로 더욱 많으리라. 그 도화지의 넓이는 아마도 세계의 크기를 훌쩍 뛰어넘을 것이다. 하지만 그가 내 어깨에 팔을 두르면 나도 그의 어깨에 팔을 두를 것이다. 그때 그와 나 사이에 필요한 도화지의 넓이는 무한히 축소되리라. 그러나 그 둘 간의 상象과 견해의 차이가 크게 좁혀졌다고 믿어서는 또한 안 되리라. 생각의 방식은 반드시 이야기를 이긴다. 그러나 이야기의 방식은 반드시 생각의 방식으로 짜인다. 자유로움은 너러 예술의 해악이나. 시는 그러한 언어를 흐르는 비처럼만 자유롭다.

사람들은 쓸모없는 일을 하면서 자신의 쓸모없음이 쓸모없이 쓰인다는 것에 분노하지만, 그건 그런 용도로 사용되기를 갈구한 자의 특권적 지위라는 걸 모르기 때문에 그러한 것이다. 그런 자들은 자신의 일의 본질에 대해 가장 몰이해할 때 가장 그 일을 잘할 수 있는 인간 유형이다.

갈구는 그것이 얻어진 곳에 안락이 있기 때문에 가능한 행위다. 그러나 안락하기 위해 요구되는 것은 전 과정에 걸친 미분微分되지 않음이다. 부분은 전체에 대해 배타적으로 참여되기를 스스로 부분인 방식으로 요구하지 않는다. 안락은 전체에서 단계가 사라진 상태다. 이러한 과잉은 감성으로는 가능한 것이 아니다. 그렇기 때문에 요구는 감각이 모르는 한에서 갈구될 수 있으며 의식에 의해 유기체가 도용당한 기발한 도적질의 경우와 유사한 체험을 한다.

언어가 외부 세계의 관행에 대한 문법적 참조라는 것을 생각해 보면, 거의 언제나 외부 풍경이 내부 언어를 방해한다는 것은 경험적으로도 비경험적으로도 괴롭도록 자명하다. 살아가는 것에 대해 쓰는 일에는, 쓰는 것에 대해 살아가는 것만큼의 인습이 필요하다. 언어적 경험에는 떠날 때 오리라 생각한 곳이 오고자 할 때 떠난다고 생각한 곳이 되는 반대성이 있다. 자신의 추종자들의 완고성에서 문학이 스스로의 손으로 철회해야 할 것이 바로 자기 자신임이 이러한 반대성에서 여실히 드러난다.

그것을 잘 알고 있든 그렇지 않든, 그것이 미리 주어져 있든 경험적이든, 문학의 관점에서 하나의 인간은 인간 전체의 회상을 만드는 재료다. 그러기 위해 신은 개인을 살균하는 태양을 인간에게 주었다. 그리고 개인을 살균하는 그 자신도 살균하도록 하루의 반에 어둠 또한 주었다. 기억 너머로 사라지고 남는 건 사실과 진실이라는 구분의 무력감이다. 그러나 그 무력감마저 그들 자신에 대한 판결이지 않으면 안 된다. 그렇지 않고서야 어떻게 음악이 우주의 신체로 명명되던(플라톤) 그 시절로부터 울려퍼지던 신과 인간 사이의 기나긴 불경이 이 시대에 이르러서까지 벽락碧落에 내리꽂히는 뇌성과 섬광으로 여전히 남아 글쓰기와 독자를 위협할 수 있단 말인가? 기획이 기획한 자의 세계 밖으로 진군할 때 예술과 철학은 같은 몸이 된다. 어떤 사람은 이 세상에 없는 것에 대해 생각해야 할 이유로 골방에서 사색했고, 어떤 사람은 이 세상에 있는 것에 대해 이 세상보다 더 명확히 생각을 해야 할 이유로 잘 만든 정원에서 사색했다. 영원함이 모사된 괴물들은 때로 이러한 사색의 역사와 계약 맺은 귓가에 위험하게 맴돈다. 사람 아닌 것을 꾀어내기 위해 내어줄 뭔가를 만들어야만 하는 숙명의 사색가들은 오직 자신의 결핍을 제외한 모든 이유에 의해 다시금 위험해진다.

바로 이러한 존재론의 유령적 기이함은 그들의 결핍이 의미가 방식을 가졌던 방식 그대로 방식 또한 의미를 가지는 그 지점에서 발생한다. 여기엔 그 의미가 표현하는 방식이 또한 더해져야 하며 그 방식엔 다시 의미가 생긴다. 이런 순환과 상호 참조는 사실상 끝이 없기 때문에 주어진 현상은 거의 언제나 사물의 양식이 아니라 사물의 속도로 구현된다. 하나의 고유어가 언어적 역량이나 영역뿐 아니라 민족과 국적의 한계 내에서 머물 수 있는 까닭은 그 넓이가 근원적으로 협소해서가 아니라 근원적으로 광범해서이다. 사실상 광범하게 펼쳐진 언어의 넓이에서는 인종 고유의 윤리가 개념으로 자리잡기엔 그 속도가 너무 빠르고, 규제와 규정 외의 부분이 적어지면 적어질수록 넓이와 속도는 줄어들기 때문에 비로소 인종적 견해가 마치 그 인종 고유의 자유 의지에 의해 선택되는 것과 같은 착각을 불러오게 된다. 그러므로 한계를 고유성으로 이해하려는 시도는 모든 언술에 대해 거짓된 자유를 요구한다.

도덕은 곧 가치다. 그리고 가치는 비관습적일 경우에 한해 관습 공동체의 동의를 얻는 역설 속에서의 가치다. 그리고 공동체는 비경험적 요약체라는 의미 외의 유기체적 의미를 적어도 가치 개념 아래서는 갖지 않는다. 개인이라는 물질의 조각은 조각들이 모여 있는 곳에서는 전체 정신이라 불리는 까닭에 한낱 개인은 전체로 승화되는 고양감에 자부심을 느낀다. 그러나 개인이 공동체에 대한 체념적 풍경이 아니라면 개인의 체념을 자양분 삼는 공동체가 이토록 긍정적일 수는 없을 것이다. 가치는 상대성을 만나 부조화와 불안정이라는 개인 고유의 성격적 위험성을 훌륭하게 극복한다. 존재에게 '부재할 때 가장 있을 수 있다'는 존재론의 유령적 기이함이 내포되는 이유가 바로 여기에 있다.

화자인 나를 포함하여 말할 때 가능한 세상의 영역은 시의 반영 안에 있다. 그러나 그러한 능동성은 총합으로 말해지기보다 분리에 의해 말해지는 편이 전체를 더욱 이해하기 쉽게 한다. 시 감상자로서 나는 언제나 일상어에 대해 심리적이지만, 반면 시 창작자로서 나는 심리적인 나에 대해 가치적이기 때문에 시적인 말은 내면적이기보다는 내면이 꺼내놓는 고백에 대해 훈육되고 경직된다. 이런 경도硬度를 시인들은 되도록 문학의 정직성으로 부르기를 원한다.

죽음을 육체의 죽음과 주체의 죽음으로 분할하려는 노력이 그간 이러한 경직성, 정직성, 주관성을 통해 흘러나왔다. 고통을 느끼지 못할 때의 내가 죽어 있는 나라는 인식이, 살아 있는 나로부터 도래한다. 이들 고백의 엘리트들은 죽음에 대해 우월적인 시선으로 자신을 바라보는 데 능숙하며 그 밖에도 억압의 문제를 육체적 대결에서 방법적 비극으로 돌려놓음으로써 고통에서 유토피아적 성질을 발견하는 남다른 능력을 발휘한다. 이러한 능력하에서의 모든 탄생에는 그것의 시대적 조건이 고백적으로, 즉 억압적으로 존재한다. 시로 가는 길목에 유형의 폭력과 무형의 폭력이 시인을 세계로부터 선별하여 확장시키고자 하는 양식이 별도로 존재하고 이것에 의해, 만들어지는 것으로의 형성의 의미가 방법으로의 형성의 의미로부터 심대한 공격을 받는다.

그러나 작용은 감각 기관의 밀도이지 가치의 부피가 아니다. 우선 시간은 기억의 구조로 되어 있다. 그후 시인과 시의 관계는 가장 빠른 죽음의 경험 양식이 된다. 진짜 삶에서 시라는 가짜 사건이 일어났듯 이번에는 시적이라는 가짜 삶에서 시의 죽음이라는 진짜 사건이 일어난다. 누적적 경험과 순간적 체험이 전자와 후자의 특질에 각각 해당된다. 고해소가 생긴 후 사람들은 비로소 뚜렷이 고해하기 시작했다. 양식이 생긴 후 양식에 대한 실천이 생긴다. 시와 시인으로 말하자면, 고백의 양식이 생긴 후 고백이 생겼다. 시가 동시대적 의식이라는 오명을 쓰고 있다면 그 내포 의미는 명백히 이것이다.

한낱 현상 앞의 개인은 많아지거나 적어질 뿐이다. 현상 앞의 개인은 그 수가 없거나 다수일 뿐 오로지 하나인 것이 아니다. 이것은 글을 따라 생긴 말이 말을 따라 생긴 글의 관계를 포함하고 있음을 함축하는 풍경이다. 현실 세계는 거대 담론의 대상이 아니다. 다만 대상 속에서 담론이 거대화하는 병증을 가질 뿐이다. 진정 명확해지려 할 때의 자신은 무엇보다 이성적 주체처럼은 될 수 없다. 초월이라는 말이 불변이라는 말과 등가로 쓰일 때 그는 살아 있는 것이 아니라 잠시 죽음에 대해 감각하지 못하는 마취된 비정상적인 동물로 변모되어 다수 앞에 놓일 뿐이다. 그러므로 인식은 나 이외의 현상에 대해 늘 고독하다.

그러나 시인은 벌받고 속죄를 빌기보다 차라리 변형되기를 바란다. 행위에는 실재성이 있어야 하는데 속죄에는 행위가 없기 때문이다. 죄 지음도 그것의 사함도 방법적으로만 결정되는 것이지 현상적으로 그러한 것은 아니다. 현대 문학에서 강조되는 비의미성도 가능한 윤리의 방법적 특권일 뿐, 언어 자체의 말이 어떤 것인지, 그리고 향유의 기준점이 되는 것이 무엇을 의미하는지에 대해서는 발생적이거나 사태적인 것으로 말해주지 않는다. 어떤 말이 의미 없이 들려온다고 해서 반드시 그것 자체가 그것의 의미일 것이라고 단정지을 필요가 있을까? 그것은 혹은 또다른 방법적 우회는 아닐까? 숲에서 지저귀는 새소리에 대해 그것이 숲의 의미라고 말해야만 하는 것일까? 이런 방식으로 정신이 와해된 자가 자기보다 우월한 정신을 훈육했다.

이제 행위의 의미는 오로지 유有와 무無를 오간다. 자연은 사람을 매 순간 허구의 개념과 실재의 개념으로 나누기 때문에 실재의 삶도 문학적이라 할 수 있는 것이고 그러므로 공공연하게 우울한 것이다. 자기를 시적인 것으로 표현하지 않으면 도대체 밖이란 없는 세계는 그것이 긍정적이거나 아름답기 위해서가 아니라, 자신이 거주할 존재의 집이 가상으로라도 반드시 필요하다는 절박성과 누추함에서 온다. 이에 더하여 언제나 거대 담론의 편에서 고안되어왔던 현대 문명 자체의 유아적 죽음은 차치하고, 문명이 그렇게 죽어간다는 이유로 문학에서도 물질적 상해를 정신적 상해로 뒤덮으려는 시도가 끊임없이 이어지고, 정신적 상해를 물질적 손해로 배상받으려는 상업적 시도가 문학성 자체에 대한 시도인 것으로 숭고하게 다뤄짐으로 인해 결국 문명 전체와 마찬가지로 문학 역시 유아적 죽음을 목전에 두고 있는 것은 아주 난감한 일이다. 그래서 경제성의 문학이 비경제성의 문학을 통해 유산의 상당수를 물려받았다는 사실이 인정되지 않은 채, 거의 정신이 와해된 자가 소통의 이름으로 자기보다 우월한 정신을 훈육했던 것이다.

이것을 극화劇化라고 한다면, 이성은 하나의 성공한 광대극에 불과한 것이다: 병을 고치기 위해 스스로 병을 발명해야 했던 광대의 창조적 규칙 안에서, 병으로 분류될 수 없는 것은 차라리 더 큰 병이었고, 그러므로 병에 대한 승인이 얼마나 큰 평화를 가져오는지에 대해 그 사회 구성원은 모를 수가 없었다. 아픈 자가 덜 아픈 자보다 숭고한 이 유머러스하고 기이한 삶 속에서도 영악한 예술가들은 그것이 반대적으로 묘사될 때 더욱 위력적이라는 사실 하나만큼은 잘 깨닫고 있었다. 그래서 문학 작품은 개인이 아픈 경우의 숭고보다 모두가 아픈 경우의 평화에 더 기여하고자 했으며 거의 비판 정신이 배제된 채로도, 즉 단순히 문학적 양식에 의존한다는 사실만으로도, 작품은 군상적이고 징후적이었으며 예시적이었다. 이것이야말로 아마도 이성이 극대화된 시대 전반을 통해 '그저 가만히 있었기 때문에' 획득될 수 있었던 문학의 가장 손쉬운 성취였을 것이다. 이것의 정체가 다수를 앞세운 개인성의 피할 수 없는 무책임이라는 것을 후에 사람들은 알게 되었지만, 후대에도 작품에서 아픈 개인이 아픈 다수보다 보상받는 경우 역시 또한 거의 드물었다. 오히려 너무도 개인적이었기에 작품성을 비난받은 작품

중 몇몇이 '그저 가만히 있었기 때문에' 유용했다는 평가를 받는 것으로 이 성공한 광대극에 약간의 시간적 흠집을 낼 수 있었을 뿐이었다.

상대가 시이기 때문에 시인은 세상의 말을 빌려서 자기 구성의 이치를 설명한다. 그리고 이것 역시 시적 감각에서 의해 이루어지는 인간화의 한 역설을 보여준다. 시적 파토스에 거의 일상적 흔적으로 남겨진 이유 없이 반복되는 허망한 이름, 곧 '죽음'이 시의 이념으로 살아남은 까닭이 그러하다. 광대극에 등장하는 지옥이 육체의 고통을 전제로 한다는 것은 다분히 현세적이며 인간적인 개념이다. 죽은 자에게 내릴 수 있는 형벌은 그러므로 지상에서 행할 수 있는 형벌의 상징이자 기호로서 항상 지상의 죄보다 커야 하며(곧 숭고해야 하며), 그것이 확인될 곳이 이곳이 아니라 저편이라는 점에서 우리에게 다가오는 공포는 그 이유를 알기 때문에 두려운 것이 아니라 그 이유를 알 수 없거나 혹은 이유 자체가 없는 것이다. 감각이 이를 수 없는 곳으로 육체의 고통은 가야 하고, 그리고 가고 있다. 이로써 육체에 대한 형벌은 전혀 감각적인 것이 아니라는 역설이 판명된다.

'만일 그대가 시인이라면 그대를 시인이게 할 예술에 동참시키지 마라! 그대는 품위를 잃지 않을 때의 자기를 작품을 통해 상상함으로써 자기로서의 품위를 잃게 된 것이니.' 죽음은 준엄하게 시인에게 충고한다. 그러나 죽음이 허락된다 하여도 죽고자 하는 자에게라면 그것이 신의 하룻밤 불면과 무엇이 다를 것인가? 시가 허락된다 하여도 시를 지혜로 사용하려는 자에게라면 그것이 무지한 자가 무지하기 때문에 무지 상태를 벗어나는 것과 무엇이 다를 것인가? 읽는 자는 쓰는 자를 모른다. 신은 인간의 충고보다 빠르지 않아서 시인의 시간을 아주 뒤늦게 따라 적는 필경사로만 시의 시간을 어루만진다.

소유물이 욕망의 부피만큼 잘 포기된 세계가 가능하다면, 그것은 의학적 임사 체험 방식으로 그렇게 될 것이다. 가상의 방식이기 때문에 용감해질 수 있으며 부재의 대상이기 때문에 공격하고도 공격받지 않으리라는, 안전하게 공격 가능한 대상과는 물리적 거리가 멀수록 그 도전 정신이 더욱 강하게 빛난다. 젊은이의 파토스가 대부분 죽음이나 염세적 정서를 포함하는 이유는 그것이 자신과 거리가 멀기 때문에 위험하지 않다는 안전 의식에서 발전한 비겁한 공격법이다. 물론 이것은 예술적으로 통용되고 예술이라는 이름으로 용인되어온 비겁함이기 때문에 그럴 권리가 젊은이뿐 아니라 그 누구에게도 주어져 있으며 또한 예술 지향자들은 기탄없이 거기에 참여하고자 한다. 그런데 늙은 작가에게도 그럴 이유가 있다는 것에 대해서는 그 원인이 잘 알려져 있지 않다. 곧 죽을 자가 죽음에 대해 공격할 이유는 단지 살려는 의지로 그럴 뿐이지만 죽음 자체에 대한 추구로 그것이 용인되는 경우가 예술가에게는 있는데, 이는 곧 죽을 자에게도 적용된다. 가까운 장래에 죽을 운명이기 때문에 가만히만 있어도 그것을 경험할 수 있는 편리함 대신 늙은 예술가는 오히려 적극적으로 죽으려고 노력한다! 죽음과 먼 자들의 죽음 동경, 죽음 충동과 그것의 문학적 형상화에 대해서는 익히 알려져 있지만 곧 죽을 자들이 경험적 죽음이 아닌 문학적으로 번역된 개념적 죽음을 이용해서 죽으려는 까닭은 무엇 때문인가? 그들은 실상 거대한 세계와 싸우고 있는 것은 아닐까? 이 싸움의 실체는 아마도, 예술에 있어 체험에 대한 개념이 먼저인가 아니면 체험이 먼저인가라는, 인체 비하의 기나긴 역사와 예술과의 싸움에서 패배를 인정하지 못하고 그 잔당으로서의 마지막 자부심으로 벌이는 일대 결전은 아닐까?

문학은 형상이 하지 말았어야 하는 방식으로 세계를 환원해야 한다. 그럼에도 불구하고 물질이 정신으로 복귀할 때의 표상의 손해는 거의 막심하다. 불일치는 일치하지 않기 때문에 불우한 것이 아니라 일치점을 끊임없이 참조하며 소환하기 때문에 불우한 것이다. 세계는 왜 문학적으로 소환되어질 수 있는가? 이 질문에 답하기 위해 문학가들은 너무 많은 기법과 형식의 낭비를 허락했다. 거기에는 양식적 자립성, 그 범주의 자유 의지가 그렇게 하기를 요구했다고 답하는 것이나 다름없는 무책임마저 포함되어 있었다. 더군다나 이 시대는 대상과 관여하지 않음의 순수성과 모방에 대한 불순 의식이 다분히 현대적이라는 편견을 감추지 않았다. 대상에 대한 인식의 조야성이 불러온 현대 예술의 비극은 마치 모든 대상에서 그 성질을 제거할 때만 비로소 그것의 성질이 부여된다고 주장하는 듯하다. 즉 '고통은 고통을 제거했을 때 고통스럽다. 화음은 협화음을 제거했을 때 어우러진다'라는 말에 맞서, '고통은 고통스럽게 표현되어야 한다. 화음은 화하여 어우러져야 한다' 등의 아무 말도 아닌 말로. 시의 경건성이 과거에는 시를 향유하는 자의 지위를 따랐지만 지금은 이와 같은 순수 개념 속에서 위계를 구축하는 것처럼 보인다. 순수가 무엇인가가 결여되어 있는 상태를 말하는 것이라면, 순수라는 개념에 앞서 '완전'이라는 개념이 가장 먼저, 그리고 '혼합', 혹은 '혼탁'이라는 개념이 뒤이어 놓일 수 있다. 즉 현대 예술은 완전한 것에서 혼합된 불순한 것을 제거하는 솜씨 좋은 세공업자여야 할 것이다. 과연 이러한 위계를 가진 예술은 중세의 것인가 현대의 것인가? 가치 자체의 완결성, 혹은 가치 자체의 부동성을 부인하고자 하는 거대한 발상은 가치 자체를 부인함으로써 동시에 자신의 시대를 현대에서 중세로 끌어내렸다. 미래가 아니라 과거로 가고 있는 것을 미래라고 부를 만큼의 용기를 현대 예술은 자기 시대로부터 얻는다.

빛을 문학의 열광적 기관으로, 어둠을 문학의 더욱 열광적인 기관으로 인간에게 준 신의 아이러니를 인간은 알 수 없으리라. 자연은 신의 늘어선 주랑柱廊들이다. 우리는 거기서 무엇인가 우리가 감당할 수 없는 것을 영원히 감내하고 고통받는 신들의 형상을 어렴풋이 바라봄으로써 주랑 가까이, 우리가 우리의 무관심으로부터 벗어날 수 있는 무렵을 우리의 머리 위에 만들어 떠받치는 또하나의 주랑으로 늘어설 따름이다.

극복되기 위해 예술이 반드시 필요한 인간은 자신의 지평이 텍스트에 의해 현상될 때의 모습 그대로의 미래이기를 바란다. 그렇지 않으면 지평으로서의 예술은 너무 만연해 있어 거의 포기된 예술과 다름없기 때문이다. 축약과 요약의 이미지에는 그렇기 때문에 이제 막 확산 이전 단계의 예술이 시작된 원시의 야만이 그대로 담겨 있다. 하지만 그 야만은 근원적이라고 여겨졌던 예술적 특질의 부분이 이미 문명적이라는 사실을 말해주는 증거로만 기능할 뿐, 흔히 예상하는 예술의 근원과는 조금도 닮아 있지 않다. 왜냐하면 그간 예술가는 예술의 성질을 참된 것으로만 다뤄왔으며, 그 부분에서 진정 문명적이었으며, 예술과 대립되어본 적이 전혀 없는 진리만을 알고 있기 때문이다. 그러나 누가 알겠는가? 예술은 자기 살해이며 그것을 준비하기 위한 훌륭한 투기鬪技이며 거의 예술로 간주되지 않은 것에 그 생리적 원천이 있을지도 모른다는 것을. 신은 그 자신을 인용하기 위해서만 신이다. 그리고 그것은 쓰는 자 개인도 마찬가지다.

분명 이전의 세계에 대한 인식에 비하면 이후 세계에 바라는 것에는 고통스러운 낙관이 깃들어 있다. 거기서도 육체는 아플 것이고 아플 수 있기 때문에 육체는 치료되기도 할 것이다. 그러한 상상으로 저편을 지극히 평범한 세계로 창조해내는 장인들이 시인보다 더 시인적 기질로 시와 맞서고 있다는 것은 실로 아이러니가 아닐 수 없다. 그러나 지금껏 이 세계에서 유더한 자연이 부더한 자연을 몰아낸 적이 있던가? 이 시대가 스토아주의로부터 진정 멀어진 적이 있기나 한 걸까? 자연이 거의 언제나 무심하게 현실에 대해 예술적으로 역전되고 평면에 대해 기울기를 가지게 되는 가장 적절한 이유는 자연이 자연을 거부할 대상으로서 거의 유일하게 이상적으로 선택되어졌기 때문이다. 근원적 자질은 인간의 관심에 의해 언제나 맥락적인 것으로 되돌려져왔으며, 이에 따라 손끝의 자연을 머릿속의 자연으로 되돌린 후, 정신은 세계와 싸우는 전사일 뿐 아니라 세계의 정신과도 싸우는 백치이기에 이르렀다.

어느 시대의 가상이건 '굶주린 예술에게 덫을 던져라!'라는 구호 아래 가장 먼저 도착한 게스트가 시인이라는 직함을 가지고 있는 것을 잘 알고 있다. 현실에 대해 과잉 대응하는 문학이나, 문학에 대해 세계를 과소하게 축약하는 작가나 모두가 이원적 방식으로 예술과 현실을 바라보고 있는 셈이며 그것에 대해 세계는 주부가 열심히 숨긴 음식물을 찾아낸 부엌의 쥐처럼 비웃는다.

예술이 가진 꿈은, 그것이 옳게 해명되기 전까지는 자신의 전부와 고귀하게 연대되어 있다.

집중의 방식이 역사적일 때 인식은 사물의 표현물이 된다. 거기에 더해 확산의 방식 역시 역사적일 거라는 생각이 표현된 사물을 또한 증언하고자 한다. 역사에 국한하자면, 도약을 모태母胎로 제한하기 위한 용도로만 탄생을 축하받아야 하는 불행한 운명이 문학 전체에 걸쳐 사물의 역사를 탄식하고 있다는 사실을 부인하긴 힘들다. 왜 그런 것일까? 일정한 수가 무한한 수를 함유하지 않기 때문에 신이 존재한다면, 반대로 일정한 수가 무한한 수를 함유하기 때문에 세계가 있다. 이 기초 위에서가 아니라면 귀착점은 따분할 정도로 시작점인 것이 분명해진다. 작가의 악의가 최고선의 환자들로 둔갑하거나, 그후의 모든 것과 합쳐지고도 그전의 물체에 가까워지지 않는 뒤바뀐 인과거나, 존재하지 않았던 전혀 다른 쓰기가 실현되는 동안에도 그러나 읽기는 살아남은 불사조의 비웃음처럼 매번의 결말을 거슬러 출발점으로 다시 돌아오는 종교극의 부활을 문학은 무한히 반복할 것이다. 그러나 어떤 사후死後가 태양 아래를 이전처럼 거닐 수 있으랴. 기도하기 전까지는 고해 성사의 오류가 자기를 공격한다는 것을 인간의 감각으로는 알아차릴 수 없다.

반면 살아남은 작가는 작품의 무덤에서 고백한다. 배격자만이 신의 산책에서 저수준의 평면을 지속할 수 있다. 혼자 말하는 것은 소리의 마지막 여행이자, 소멸된 자에 의해 남겨져 그렇지 않은 자에게 전달되는 방식으로 복사된 말이다. '좋은 시인됨이란 그가 시로 읊어질 바로 그때'라는 시의 윤리적 토대는, 지금껏 유용하지 않았던 대상에게서 문득 실용성을 발견하는 기쁨과는 크게 다른 것이다. 그것은 없는 자로부터의 메시지, 없는 자와 있는 자 간의 대화가 남기는 메시지다. 이 지평에서 행해질 구원은 신도 참여할 수 없다. 무엇보다 인간 존재가 바로 전능함의 사각지대임을 본성과 욕구로 증명하고 있지 않은가. 그로부터 구원에 대한 열망은 더 나은 신, 더 완전한 신이라는 신 개념에 어긋난 대상을 추구한다. 나아가 더 추한 인간, 더 불완전한 존재라는 인간 개념에 어긋난 인간상 역시 만드는데, 그것은 본성과 무관한, 지금껏 지상에 등장하지 않았던 가장 전향적인 인간의 표본이라 할 만한 것이다. 그리고 이러한 긍정적 모범에 기댄 시인들은 자신을 살릴 뿐 죽게 할 능력이 없었으므로, 죽음이 결핍된 그들에겐 의사疑似 죽음이 필요했고, 가상의 모든 부분에서 죽음과 춤추기를 청했다. 그러므로 시인은 시인 자신에 대해 이렇게 평가해야 한다: 가장 좋은 신을 만들기 위해 가장 나쁜 신을 만든 신 창조자들, 더 좋은 문화를 만들기 위해 더 나쁜 문화를 필요로 하는 교양인들, 더 좋은 시를 만들기 위해 더 나쁜 시를 즐겨야 하는 시인들이라고.

오, 성령강림절이면 임하신 것 없는 정淨한 물이 언어의 포도주로부터 차오르는 취기를 막으리니.
오, 숭고도 뒤집히면 정육점 고기와 다를 바 없이 안의 붉은 근육을 밖의 입술로 오물거릴 것이니.

자연이 인류에 대해 중립적이었던 적은 아마도 없었을 것이다. 만약 중립적이었다면 인류가 자연으로부터 신이라는 초월적이며 가치 편향적인 대상을 상상해내는 것은 애초에 불가능했을 것이다. 자연은 그 자체가 중립적이라 할지라도 인간이 가진 인식 확장의 경계선상에 놓여서만 판단되어왔다. 자연이 가치중립적이지 않다는 주장은 그것이 자기기만의 방식으로 사용되고 있다는 주장으로 폭로될 때 더없이 중요하다. 자연을 힘으로 배척하는 일을 문명이라고 불러왔다는 사실 이면에, 인류가 자연을 사랑해야 한다고 위무하는 사실 이면에도 그것은 자연을 대상화한다기보다 자신의 이익과 입장을 대상화한다는 모순된 사실이 숨겨져 있다.

문헌이나 기록이 아니라 적어도 그 개인의 삶에서라면 더더욱 그러했을 것이다. 나약한 인간이 자연이라는 거대한 대상과 마주하여 대등하게, 혹은 우위를 점하며 지금껏 싸워올 수 있었던 것은 역설적이게도 인간을 자연에 비해 열등하게 만들었던 요소, 욕망이라는 인간의 기본적 불량성 때문이었다. 부족하기 때문에 바라는 행동은 나아가 바라는 자기를 정당화시킨다. 적어도 현대인은 '바라기 때문에 정당한 인간'이기를 포기하지 않는다. 그럼으로써 얻게 되는 것은 '인간'이지만, 잃게 되는 것은 욕망의 순수성이다.

애착은 인간적인 행동 양식이다. 그 반대편에 본성이 요구하는 생리적 가치 판단이 있다면, 애착은 인간이 인간 자신이기를 인식적으로 요구하는 징후이다. 그렇기 때문에 애착은 자연계의 현상이라기보다는 불완전한 자연계가 낳은 이상향으로 이해되는 편이 더욱 자연스럽다. 애착하는 인간은 존재하지 않는 것에 대해 선망한다.

도처에서 애착의 소리가 들려온다. 풍선에서부터 (애완)생물에까지, 그리고 (죽음을 피하는 모든 의료적 수단을 동원함으로써 만들어나가는) 자신의 삶 전체에까지. 어쩌면 '자연'은 '자연스러움'과 너무도 거리가 먼 단어가 되어 있는 것은 아닌가? 혹은 인간을 둘러싼 자연은 극복되어야 할 자연뿐인가?

피상성을 법칙으로 반박하기 위해 인간을 개인 내면의 지배하에 두려는 것, 즉 애착을 개인화하지 말자. 동시에 개인의 즐거움이 모든 보편적 결과의 이유로 제시되어 마땅하다고 여기는 것, 즉 애착을 자기 한계 내에서 단순화하지도 말자.

자연의 일부임을 인정할 때의 개인은 고통받는 개인이고 죽어야 하는 개인이다. 고통과 죽음을 회피하기 위해 욕망이라는 본성을 이용하는 역설이 지속되는 한 인간은 아직 인간으로 태어난 것이 아니다. 더불어 보존에 대한 지나친 집착, 수명이 다해 무너지는 것들에 대해 시도하는 과도한 지속 또한 인간의 요람이 아니다. 상생相生에 대한 집착도 서로(相)의 것이 생략된 그저 한쪽 편 생에 대한 가치 판단이다. 서야 할 때 세우는 것과 무너지려 할 때 무너뜨려주는 것이 하나의 필연 안에서 움직이고 있다면, 인간은 여전히 앞부분 절반의 필연만을 가지고 있을 뿐이다.

관찰한 것을 관찰된 개념으로 기술할 수 없다는 것이 증명의 개념 전부로 여겨졌을 시기로부터, 언어로 되어 있는 무엇이든지 그것은 자신에게 의존하기 위해서만 의미가 문법을 대신한다는 사실을 확고하게 증명해왔다. 그런 뜻에서 언어는 현상보다 훨씬 고전적인 것이다. 그것은 현상을 사용하기 위해 자기의 세계 전부를 통틀어 현재성을 능동적으로 배제해서밖에, 다른 경로로는 의미인 것이 되지 못하기 때문이다. 즉 세계와 언어의 관계는 간접적 상태로만 필연적이다. 그런 이유로, 문학이 가져야 할 문제를 장르의 문제로 한정시켜서는 안 되며, 또한 세계가 가져야 할 문제에서 문학을 한정시켜서도 안 된다.

모든 시계視界를 뒤덮는 안개는 그럼에도 불구하고 혹은 그렇기 때문에 언어적으로는 훌륭한 측정 장치다.

측정은 항구적 세계를 일시적 개념과 일치시킨다. 반면 일시적 세계를 항구적 개념에 일치시키는 것은 이념이다. 전자의 세계는 항상 무슨 일이 일어나지만 후자의 세계는 사건이 없는 세계다. 언어 예술의 작가란 사건이 없는 세계에 아주 조악한 사건적 형식을 만듦으로써 거기에 사건이 없다는 유일한 하나의 사실만을 깨닫게 하는 임무를 가진 작업자들의 총칭이다. 독자는 이러한 세계 내에서라면 사실을 믿을 수 있는 것이 아니라 단지 믿도록 만들어진 것을 믿을 수 있을 뿐이다.

무엇보다 안개는 존재하는 것과 동시적인 것의 의미를 격리하려는 충분한 계기가 된다. 그것은 상像을 완결하기 위한 시간적 무렵이지 완결된 상에서 유발된 것이 아니다. 세계의 어딘가에서 누군가는 반드시 완결하고 있지만 그것이 완결되었다 하더라도 최종 형태가 반드시 행위적인 것이 아니다. 그것은 그 자신의 실천이며 행위일 수 있지만 그 자신 외의 누구와도 간섭되어 있지 않다. 다만 언어 예술은 현실에 대해서는 그 행위 주체가 대단히 불분명한 기성奇聲과 같은 것이며 그것을 들을 때의 감각의 일차적 끔찍함이라고 말할 수 있다. 이것은 이미지에 대한 이야기이기도 하다.

형성은 상으로서는 심미적이라는 결점을, 사건으로서는 존재적이라는 결점을 가지고 있다. 형성물 자신은 자신의 전개에 대해 무엇을 물을 수 있을까? 우리의 잘못은 형성물 자체를 그것의 기원으로 믿어온 것이다. 일견 이성적이고 과학적인 전개라 할지라도 우리는 표상의 안쪽이 그 표상의 외부인 것으로 이해해왔다. 말하여진 것이 다시 말하여질 수 있다는 대칭성을, 혹은 말하여진 것이 이미 다시 말하기라는 반복적 행위를 통해 현재에 이르렀다는 역사성을 우리는 잘 말하게 됨으로써 그것이 점차 말 자체의 특징임을 잊고 말았다. 세계가 개념을 잃은 부분과 같은 크기여야 한다는 생각은 아직은 이러한 이유로 그럴듯해 보인다.

혹은 문학의 실수 역시 인간에게로 세계를 너무 밀착시켜놓은 탓은 아닐까? 진리는 대상을 그렇게 부르는 자의 일부일 뿐이다. 본인을 통해서만 설명될 수 있기 때문에 가장 완벽한 설득이 되었으며 자신을 떠난 만큼의 거리가 본래의 것과 달라지는 척도인 이것은, 그러므로 모든 이에게 보편적인 성질이 아니라 개인에게 보편적인 것이며 개인이 다른 이와 보편성을 공유하지 못할 때의 척도로서 비로소 진리인 것이다.

언어에 대해 불명확하다, 혹은 명확하다는 개념은 언어의 표상 능력과는 아무 상관이 없음이 한편에서는 과학적으로, 다른 한편에서는 현대적 예술 개념을 통해 밝혀졌다. 가장 복잡한 언어의 표상 능력도 가장 느슨할 수 있으며(과학이 세계나 심리를 묘사하는 예), 가장 모호하고 불분명한 언어도 탁월하게 세계를 형상화할 수 있다(언어 예술의 예). 언어에 대한 기초적인 낙관은 그것이 살아남았으며 현재적이며 어제라는 추억의 세계가 아니라 살아남아 오늘을 있게 한 건설의 세계라는 것이다. 그러나 살아남은 오늘만으로 모든 날이 정당화되는 것은 아니다. 살아남을 수 있는 이유가 있었기에 살아남은 날도 있지만 그 이유를 모른 채 내팽개쳐지듯 살아남은 날도 있다. 삶의 이유를 찾고 개선하려는 모든 시도를 포기하는 것, 그것이야말로 이 생존의 유의미한 개선이고 최초의 개선일 것이다. 그런 경험 지식은 언제라도 쓰기의 문제로 환원될 때 표상의 끄트머리에서 그 지시 대상과의 관계를 혼란스럽게 보여주겠지만, 표상과 대상이라는 그들 두 중요한 문학의 원천이 문학적 소견에 반대되는 일 외에 어떤 것도 위배되고 있지 않다는 사실을 쓰는 자는 반드시 상기해야 한다.

나를 전체적으로 이해한다면 나는 오늘의 우주에 이른 작은 관측적 바탕이다. 모습의 사멸이 그처럼 보편 원리로 지속되는 것도 지금보다 더 밝아지는 계절에 대한 드라마적 연출일 것이다. 별과 옳은 것보다 별의 빛이 걷어올린 어둠과 그른 것이 낫다. 그것이 별빛 뒤에 깊이 없이 박혀 있는 어두운 것 전체의 답변이다. 포에지는 시인을 헛되이 노력하게 하고 그리고 닳게 한다. 시학은 완전히 현실적인 것이 아니라 완전히 동시적인 것이다. 현실과 동시성의 차이를 나누는 것은 규정 자체를 즉각 상황으로 받아들이는 행동이다. 실재는 인간적 영역이기보다 실재라는 시각적 드라마와의 접목이 빚어낸 인간적 감각의 제조품이다. 시로부터 들려오는 것은 그 자신이 외재적이지 않으면 그렇게 될 수 없는 참조점이다. 사람은 미의 재료이기를 그 자신의 악의와의 결투와 잔혹성에 따라 결정한다.

언어란 한낱 의미의 희망에 불과한 것이다. 부유한 수레를 따라가는 자들이 부유함이 담긴 수레를 끄는 말의 마음과 같아지게 되는 상황은, 이 중대한 수송을 전복시키는 방법 외에 다른 것이 없다. 그럼으로써 단 하나의 마음이 위안받는데, 부귀를 잃은 자들은 자신들이 따라야 할 것을 잃지만 부유함을 끌던 말은 실상 그것이 금이든 돌이든 그것의 가치가 아니라 무게가 가장 큰 문제였기 때문에 오히려 가벼움을 얻게 된다. 언어가 수레 끄는 말의 마음이 되기 위해 필요한 것 역시 다르지 않다. 그가 한낱 의미의 희망에 불과한 것임을 알 때 그는 자신에게 정작 중요한 것을 교체해야 하리라. 그것의 가치가 아니라 그것의 무게를.

존재는 자기 인식에 대해 차별적이다. 인식적 분리가 없다면 현실은 매우 정확하게 외부와 같은 것을 내부에 채울 것이다. 그러한 인간의 내면은 더이상 내밀한 것이 아니라 외부와의 위치적 차이를 가질 뿐이다. 우월과 열등은 차별적 분리에서 출발하여 인간의 혐오와 소망에까지 다다른다. 아마도 신과 상징은 각각 그러한 차별적 인식이 간직한 가장 깊숙한 단어일 것이다. 그렇게 분리된 장르는 고통스러운 것이다. 무엇보다 고통스러움의 고백자도 고통받는 자인 자신에 의해서만 해명되고 이해된다는 고립적 사실이 그러하다. 이러한 직업군에 종사하는 사람들은 자신의 결과물 품질에 대해 군더더기가 있다 없다의 여부를 가리곤 했는데, 비록 천박한 그들일지라도 차별적인 것을 가지고 평등한 것을 골라내는 이처럼 모순적인 상황이 훗날 이 범주의 깊이 뿌리내린 전통이 되리라고는 조금도 예상하지 못했을 것이다. 시에서 현대성이라 부르는 명칭들이 모두 아직 무언가를 아무것도 뜻하고 있지 않은 경우를 말한다는 것을 포함하여. 또한 오히려 가장 현대적인 자들 역시—즉 시간적으로 가장 후에 있는 자들 역시—말하기 능력을 불구로 만드는 장애물조차 말하기 능력으로 여긴다는 것을 포함하여.

예술은 우선 현실에서 도약해온 것이며 예술이기 위한 번역을 거친 뒤의 산물이다. 그래서 그것을 읽는 자는 두 세계를 동시적으로 이해하고자 하는 노력뿐 아니라, 두 세계를 출발하게 한 각각 다른 기원의 세계까지를 이해하고자 하는 노력도 해야 한다. 쓰기는 영역적 단일성에 의해 기술될 수 없다. 필연도 여기서는 우연의 재료에 불과하다. 심미적인 것은 재현 불가능성이다. 잘된 질서에는 질서가 반영된 세계의 무질서에 의한 높은 환기가 요구된다. 하지만 우리가 스스로를 지켜볼 눈을 가릴 만큼 영리한 동물이었던가? 혹은 우리가 스스로를 문명으로 창조할 만큼 자신의 시원으로부터 멀리 걸어온 여행자였던가? 그것이 재현에 관계된 것이라면, 자연은 오직 실패하려는 자의 성공에 의해 실패하고 성공하려는 자의 실패에 의해 성공한다.

시는 마치 세계의 의약처럼 행동한다. 질병이 없을 때는 자신도 없지만 징후 안에서는 환자에게로 도약한다. 마땅히 어떤 시도 시에서 출발할 수는 없다. 모든 시는 '되어간' 것이다. 만약 시에서부터 시작된 것이 있다면 그것은 규정이나 정의 따위와 분리되지 못한 순수한 단어의 덩어리로 보일 수밖에 없을 것이다. "단조短調의 화음이 교차하여 뻗어나가 현악은 제방에서 오른다. 붉은 저고리가 뚜렷이 보이지만 어쩌면 다른 의상과 악기도 보일지도 모른다. 그것은 대중가요인가, 영주의 저택에서의 연주회의 단편인가, 공적인 찬가의 여운인가?"[2] 촘촘히 잘 엮여 이음새조차 보이지 않는, 혹은 이음새 자체가 본래적으로 없는 덩어리인 그런 순수하고 뚜렷한 진선미가 내용의 전부라면 시는 지속될 수 없었을 것이다. 그럴 만큼 시가 고귀한 격格은 아니기 때문이다. 마찬가지로 시인이 인간의 내용 전체라면 시인은 지속되지 못했을 것이다. 인간은

2) 랭보, 「다리들」, 『랭보시선』, 이준오 옮김, 책세상, 1996, 239쪽.

자신의 내용보다 더 고귀하기 때문이다. 그러니 자신보다 더 거인이 된 자, 입을 벌려 고귀함을 말하는 자의 노래는 과연 '대중가요인가, 영주의 저택에서의 연주회의 단편인가, 공적인 찬가의 여운인가?' 언어의 당위란 결부된 의미가 아니라 그 자신이 언어로 인정되는 그러한 당위일 뿐이다. 시는 비유된 것의 전부가 아니라 비유할 것의 전부인 한 그 자신이다.

물리학

프랑시스 퐁주의 『테이블』에는 이런 구절이 나온다. "우리가 우리의 도덕을 기대는 곳은 형이상학이 아니라, 오직 물리학뿐이다."[1]

이 주장은 대체로 시의 윤리가 가능한 지점이 '제시된 질료들'에서 시작되며 언어적으로 종속된 대상이 바라봐야 할 곳은 곧 그 대상이 온 본래적 지점이라는 의미를 담고 있는 것처럼 보인다. 그의 말처럼 시가 형이상학과 모종의 관계를 맺고 있고 그 대척점에 '물리학'을 놓을 수 있다면, 이때 물리학은 '제시된 질료', 즉 자연을 말한다고도 생각할 수 있겠다. 그러나 자연은 현상됨으로써 비

1) 프랑시스 퐁주, 『테이블』, 허정아 옮김, 책세상, 2004. 91쪽.

로소 언어적이다. 현대의 언어학적 관점에 동조하는 사람은 아마도 문학이 가진 자기혐오가 대개 언어가 가진 율律과 법으로서의 규정적 속성과 감感과 상想으로서의 무규정적 속성 간의 차이에 깃들어 있다고 말할 것이다. 그리고 여백들에 주목할 것이다. 중얼거리는 것들, 말하여지지 않은 것들 말이다. 법에서 벗어나고자 하는 야생성과 원시성을 우리가 파토스든 격정이든 시적인 것이라 부르든 그것들을 대상과 일치시키려는 여하한의 의도가 또한 법을 요구한다는 이유로 허망하다는 입장은 반성이 요구되기 때문에 한편으로 도덕적인 것이다. 아마도 허망 이후의(혹은 제도制度 밖의) 좀 더 파편화된 세계에 대해 관심이 많은 자라면, 내재한 제도와 법 자체에 대한 의심은 의심일 뿐 진/위가 아니라는 점에서 하나의 행위이고 실천이라고 말할 것이고 그 말은 대체로 강직하고 아름다울 것이다. 그러나 행위함으로써 얻어지는 것은 법을 제지하기 위해 법과 같은 형태로 구축된다. 존재의 비어 있는 틈에 무엇이 있다는 믿음 역시 반응이지 응답이 아니다. 주체가 행하는 판단 전반에 대한 이러한 혐오들이 자신을 감각하되 지각하지 않는 비실천의 동물로 만들어온 것을 안다면 그는 아마도 동물에겐 그 자신 이외의 더 거대한 생각을 가진 다른 종류가 있을 이유가 없다고 생각할 것이다.

이러한 점에서 시가 가진 윤리에는 사회적인, 이데올로기적인, 실물적인, 나아가 신적인 터전에서 해석될 수 없는 고라함이 있다. 오히려 그것은 스스로에 내재하는 법칙과의 친분에 의해 결정된다고 느슨하게 말하는 편이 옳을지도 모르겠다. 자연은 그 대상인 인간에게 잘 부합하는 법칙인 현상과 친분을 맺기 때문에 비로소 우리는 자연에게 초청받는다. 마찬가지로 형이상학 역시 그 대상인 진리에게 잘 부합하는 법칙인 개념과 친분을 맺기 때문에 우리는 비로소 신에게 초청받는다. 대상을 수용하는 각자의 방식인 자연과 신은 수용체일 때에 한하여만 대상이다. 그러므로 물질과 정신 모두는 대상에게 삼켜지면서 비로소 대상이 될 자격을 얻는다. 위에 인용한 구절에서 형이상학에 대척되어 놓인 '물리학'이 '형이상학'과 더불어 축적을 바탕으로 하는 '학學'이라는 점에서 제도적일 편일 수 있다는 미심쩍은 시선을 거두고, 학이라는 과정, 법칙이라는 과정을 수용할 때에 비로소 시가 도덕을 가질 수 있다는 의미를 택한다면 우리는 수용체가 수용체를 낳는 장면, 즉 시의 과정이 전회의 역사임을 알게 된다.

외부와 내부가 전회될 때, 감각하고 지각하는 행위와 더불어 실천에 이르기까지 몸은 꾸준히 수행에 참여하지만 지각된 언어로는 그렇게 하지 않는다. 단지 꿈틀거려서 지각을 행위할 뿐. 지각은 감각에 의해 수용되고 감각은 경련에 의해 수용된다. 물론 그 역순도 마찬가지다. 지각은 경련의 일종이고 경련은 지각의 일종이다. 근육이 뒤틀릴 때 사고와 의미들이 요동친다. 그러므로 책상에게 왜 말하지 않느냐고 말하는 것, 실천하고 있는 것에 대해 실천을 요구하는 것은 부당하다. 실천의 양상이 우리가 익숙한 의미로 발화되지 않을 뿐, 혹은 보다 덜 윤리적인 것으로 비쳐질 뿐, 테이블은 적어도 우리가 알고 있는 테이블보다 더 많은 실천을 행한다. 그러한 점에서 불필요, 침묵, 언행 장애의 문화들은 사문화死文化되어 효용을 잃었다기보다 차라리 고양되어가는 중이라고 여겨져야 한다. 그 고양은 자신의 도덕에 따라 자기 자신으로 '거기에' 있다. 주체와 타자가, 여기와 거기가, 안과 밖이 거의 구분되지 않는 세계의 얇은 피막에 둘러싸여 우리는 다시 '우리가 우리의 도덕을 기대는 곳은 형이상학이 아니라, 오직 물리학뿐이다'라는 주장으로 되돌아온다.

몸이 말하는 방법을 신화에서 찾아볼 수도 있다. 신화는 개념과 개념 간의 도치의 역사이고 경계 맞바꾸기의 서사이다. 단순하게는 수많은 변신 이야기가 그러하고 복잡하게는 공감각적 변이들이 그것이다. 정신 분석이 이를 '압축' '전위' 등 정신이(혹은 주체가) 맞닥뜨린 일련의 사건과 방법들로 기술하는 것은 정신 분석이 의학임을 포기하고 또다른 형태의 형이상학임을 선언하는 것처럼 보인다. 하지만 신화를 질료학으로 다루면 신화와 현재의 거리는 보다 좁혀진다. 『삼국유사』에 나오는 선덕왕善德王의 예언〔知幾〕에서 주목해야 할 것은 바로 이러한 몸의 공감각이다. "여위음야기색백백서방야女爲陰也其色白白西方也"(『삼국유사』, 「선덕왕지기3사善德王知幾三事」) '여자는 음陰이고 그 빛이 백색이며, 백색은 서쪽'이라는 말에는 질료로서 물질의 다기한 성질이 (당연하게도) 몸에도 그대로 적용된다는 전제가 있다. 선덕왕은 이것을 가지고 예언을 완성하는데, 곧 벌어진 사실에서 얻은 질료를 벌어질 사실의 질료로 삼는 방식으로 그렇게 한다. 사실들은 질료의 순환을 통해서만 가능하다는 의미가 여기에 숨겨져 있다. 이것이 신화가 오랫동안 지탱해온 비현실들의 현재화인 셈이다. 여자는 음陰이며 백白이고 서西다. 신화와 시가 정신 이외의 것에서 공통적일 수 있다면 그것은 아마도 물질의 역사가 수용되어 전위될 수 있는 유일한 기술법에 자신들의 역사가 물질의 변천사라고 동의하는 과정이 있기 때문일 것이다. 그러한 의미에서 모든 시는 물질의 역사서다. 이 역사서는 몽상하기의 반대이며 다른 사실이 되기 위한 탈각이다. 그렇기 때문에 이것은 사실을 바탕으로 사실을 허물며 다른 사실이 되고자 기원하는 것, 즉 '물리학'이다.

본래 쓰기의 방식은 읽기의 방식 이전에 등장한 것이다. 상형문자가 그러하다. 기표로부터 출발한 언어는 의미를 형태화하는 수단으로 발전되어왔지만 의미로 고형되기 이전에는 의미에서 유래할 뿐 의미를 귀결 짓는 어떤 요소도 가지고 있지 않았다. 요컨대 상형문자의 그것처럼 쓰기의 방식은 보다 덜 엄밀하며 보다 더 부피가 컸고, 문자인 그 자신보다 더 많은 문자를 가지고 있었다. 비유하자면 쓰기는 몸에서 기원했고 읽기는 정신에서 기원했다. 그렇기 때문에 쓰인 후 읽을 수 없는 경우(음가를 알 길 없는 고대의 글자들)와 읽는 행위가 전제되지 않으면서 쓰인 경우(묵독만을 전제로 하는 현대 문학의 여러 예들)의 유사성은 '쓰기라는 몸'의 권위를 보이기 위해 가장 높은 첨탑에 세워놓은 정신의 조상彫像에서 같은 소실점을 갖는다. 본래의 권위가 그 조상을 통해 상징된다고 여기거나, 그 밑에 무릎 꿇고 권위 자체가 조상에서 나온다고 믿거나 우리의 선택 여하에 상관없이.

당연하지만 선조로부터 얻는 신화적 감정은 그것을 해석해서 의미화한 결과에서 연유한 것이 아니다. 이런 변환들은 형이상학과 물리학, 안과 밖, 신화와 문학, 혹은 쓰기와 읽기라는 범위만 갖는 것이 아니다. 여기서는 저자와 독자의 관계 역시 상호 수용적이고 무화無化적이다. 또한 여기엔 오로지 쓰고 읽는 행위들만 있을 뿐 차라리 그것들의 행위 주체는 없다고 말해야 옳을 것이다. 쓰는 것은 손일 뿐이고 읽는 것은 눈일 뿐이다. 몸은 정신만큼 반응하고 정신만큼 해석한다. 그런데 그 해석이 개념을 낳지도 진리를 낳지도 않고 단지 꿈틀거림으로만 보이는 그것, 그것을 시라고 부를 수 있다면 시는 현실에 대한 조야한 반성을 요구하는 거울로서가 아니라 서로 얼굴을 맞대고 있지만 반영反影을 갖지 않는 거울로서 전적으로 스스로에 의해 반성되거나 스스로에 의해 훼손될 수밖에 없는 이미지일 것이다. 대상과의 관계는 그렇게 토막이 끊긴 채로 우리의 근육 속에 들어와 수축하거나 떨린다. 하지만 대상을 더듬고 멈추는 지속적이며 간헐적인 이 이미지가 곧 우리가 시에서 바라보는 형상이라 하더라도 사라지며 배어든 영역을 우리가 문학적으로 재현할 수 있을 만큼 충분히 질료들이 단순화된 것은 아니며 질료들의 질서가 물리의 영역만큼 잘 규제된 것도 아니다. 명명命名들이 물질과 대상 자체보다 오히려 더 오래 지속된다는 것만으로도 이 근육들의 짧은 역사에 대한 예시는 충분할 것이다. 의미가 사라진 순수한 외양처럼 불완전한 결실로 드러나 모종의 영역을 첨가하고 있는 질료가 시라고 부르는 예술이 하나의 몸으로 출현하는 사건이라면 그 출현의 운명은 언어적 습관보다는 짧지만 인체적 징후보다는 긴 흐름이 되어 되돌아올 것이다. 이러한 예후豫後일 경우에 한해 질료들은 시적 최선이다.

연대기 1969-1985

나는 중학교 시절 '명랑소설'의 애독자였을 것이다. 몰입되어 빠져들 듯 읽었던 오영민의 『내일 모레 글피』에 대한 기억은 아직도 여전히 소중하다. 조흔파, 오영민, 최요안 같은 내 애독작의 작가와 작품은 대부분은 잊혔다. 책들을 지금 구하기도 역시 어렵다. 문학에 있어 위대한 것이 반드시 개인에게 있어 위대한 것과 동일할 수는 없다. 그럼에도 불구하고 세상의 모든 글은 나르키소스의 시작이다. 내가 아직도 그들을 그리워한다면 그건 그들이 사소하지만 내 얼굴이 담긴 거울로 나를 비췄기 때문이다.

십대였던 나는 탄천炭川의 검은 물을 어떤 기분으로 바라보고 있었다. 이젠 기억도 가물가물하지만 단 하나 기억하는 것은 잎에는 앞과 뒤가 있으며 그 둘이 서로 너무도 다를 때 나무가 아름답다는 것이다. 아마도 포플러였을 것이다. 지금이라면 세이렌이 수부를 죽음으로 데려가기 위해 부르는 노래라고 표현했겠지만, 그때 내게는 앞뒤가 교차하며 반짝이는 나무 위에 찢긴 엄마들이 걸어간다……는 영상으로 맺혀 있다.

아마도 나는 아이들이 아이들이면서 동시에 상대 아이들에게 영악하다는 것에 절망하고 있었는지도 모른다. 그들은 자라 탈각하여 어른이 될 것이다. 그러나 유충일 때 너무 이르게 얻은 어른의 흉내에 묶인 어떤 것들은 변신하지 못한다. 우리들은, 나는, 아마 변신하지 못하게 된다. 그런 이유로 나는 아마도 책이 존재하는 이유를 알게 된다. 좋은 책의 저자는 대부분 죽어 있었는데, 죽은 자들은 무서운 것이 아니라 놀라운 것이라는 믿음은 종이 다발과 거기 찍힌 검은 글자들이 내게 가르친 것 중 가장 훌륭한 것이었다. 이 속에서라면 악인이 되리라. 글로 쓰였다는 이유로 인간조차, 신조차 용서받는 이 세계에서라면.

명곡이 흘렀다. 죽어버리고 싶다. 그냥 그러고 싶다는 유치한 마음뿐이지만. 처음으로 나는 무서운 사람이 될지도 모른다고 생각했다. 물론 그러기 위해서는 놀라운 것이 되어야 했다. 그러나 세상에는 인간보다 놀라운 것들이 있었다. 악기는 그저 보통의 정도였다. 그러나 누군가의 손에 쥐어져 거기서 나오는 것, 음악이라 부르는 것에게 아아, 그것이 죄악이어도 쥐어뜯으며 나를 데려가 달라고 애원하고 싶었다.

겨울에 국민학교에서는 조개 모양으로 눌러 만든 석탄을 교실 한가운데서 태웠다. 그날 그 일의 당번이었던 나는 이렇게 새까맣고 차가운 것이 어느덧 양철통 속으로 들어가 빨갛고 뜨거운 것이 되는 것에 놀라움을 가졌다. 아마도 한두 덩이쯤은 주머니에 숨기고 집으로 가져와 몰래 바라보며 어떤 야만적인 짐승의 검디검은 눈과 내 눈을 맞춰보는 황홀의 시간을 가졌을 것이다.

포플러의 잎과 석탄은 각자의 정반대를 가졌기 때문에 그럴 수 있었다.

반대라는 것은 어떻게 얻어질 수 있을까. 악인이면서 선인인 것, 나이면서 모두인 것, 부모이면서 부모가 아닌 것, 집이면서 집이 아닌 것…… 그런 것이 내게 가능하다면 그것이 1분 뒤의 세계든 1년 뒤의 세계든 기다려볼 참이었다. 그리고 그런 세계는 아주 뒤늦게, 원했던 세계의 모습이 아닌 것으로 찾아왔다. 가장 먼저 연상인 남자 1이 집을 나가고 내가 태어나고, 위로 두 명, 연상의 여자 2, 3이 집을 나가고, 연하의 여자 4가 집을 나가고, 가장 늦게 남자 1의 아내인 여자 2가 집을 나가고…… (나는 가출하지 않았다. 모두가 나가 있는 시기가 운 좋게도 겹친다면 그게 곧 가출이었으니까.) 이제 어느덧 다 늙고 아마도 조카들이라고 부르는 모양인 새로운 아이와 청년들도 생겨서는 모두 함께 모여 다리를 오므리고 좁게 밥을 먹는다. 나는 의사가 아니니까 이들은 진단할 수 없다. 그러나 어떤 명의라도 간단한 병에 대해서는 간단한 처방밖에 가지고 있지 않다. 반대는 그것의 반대다.

나는 제주도에서 자랐다. 해안도로는 아름답지만 말린 나뭇잎 자세. 물겨자를 듬뿍 곁들인 우리의 여름의 낙은 깊어갔다. 그리고 살아가며 내가 만져볼 수 있었던 세상의 모든 당근 뿌리들이 날아오를 듯 가벼운 흙 속에 담겨 있었다. 아이들이 시계에서 톱니들을 하나 둘 빼낼 때의 이유가 시간이라는 물질의 내부가 무엇으로 되어 있는지에 대한 궁금증인 것처럼, 어른들을 위한 섬은 잘못된 역사가 주어지지 않으면 잘못될 수조차 없을 만큼 텅 비어 있는 것으로 자신들을 사랑해냈다.

태어나보니 다소 불쾌하게도 나는 이미 개신교도였다. 왜냐하면 날씨가 이렇게 좋으니까. 보통은 죄가 있는 것들을 위해 교회 성가대가 합창한다. 그러나 구원받음이 얼마나 힘든 것인지를 아는 나는 오로지 미개인 앞에서만 회개했다. 우리가 모르는 신의 언어가 우리의 언어와 같이 무언가를 지시하기를 바라는 욕망 속에 영원히 길을 잃을 수 있다면, 많은 사람들은 술집에서나, 뒤뜰에서나, 이름 없는 것이나 이름 있는 것이나, 그것들이 모두 말이며 각자는 그런 언어의 적절함 속에 놓여 있다고 생각하게 될 것이다. 할머니는 뱀과 친구였고(그런 종교였다) 나는 개신교도였고 엄마는 아이를 낳으러 갈 시간이다. 모두들 여름을 그리워하다가 파라핀처럼 녹는다. 왜냐하면 날씨가 이렇게 좋아서 신이 모두를 잘 용서할 것이니까.

아무튼 어버이 중 하나는 사육사, 나머지는 모든 가축의 상징이었다. 나는 그들이 진정 사랑했지만 그들을 진정 사랑하는 사람을 흉내내야 하는 것이 너무도 힘들어서 동물들에 관한 한은 최소한 나를 포함하여 충분히 학대한 후에야 만족을 느끼리라는 걸 서서히 알아갔다. 내가 동물을 학대한 만큼 나라는 동물은 자란다. 그리고 잠들기 직전엔 아득히 감정에 젖어 이런 인간이어서는 곤란하다고 생각했다.

우선은 말하는 게 피곤해서 수화를 배워볼 생각을 잠깐 한 적이 있다. 그러나 그것도 결국 말과 같은 것이다. 나는 음악을 사랑하지만 이미 음악인 것을 음악으로 만들 수는 없다. 나는 음악에게 상냥한 심판을 내린다. 나는 너희를 말로 만들 거야. 그때는 시인이 노래를 울음으로 만드는 사람이라는 걸 몰랐을 때였다. 더 아름답게 말할수록 노래는 더 흐느낀다. 눈먼 새보다도 더, 세상의 가장 약한 피조물이 시인이라는 걸 몰랐을 때였다. 너무 오래 둬 쓸모없어진 열매처럼, 다리 사이가 검어지고 있었다.

사우디아라비아에서 온 세이코SEIKO 시계

"자연의 목적은 추상의 확인이다"라고 말한 청년 마르크스의 말에 비춰보면, 나라는 자연을 버리고 나라는 추상에 가닿는 모든 것은 감각으로부터 구분된 논리적 자연 형식이다. 이 형식은 어렵지 않게 실현된다. 나무의 역사를 가르치기 위해 특별히 나무 자체가 필요하지 않은 교실, 비행의 감각을 익히기 위해 특별히 허공이 필요치 않은 조종간, 읽기의 비밀을 알기 위해 그 자체로 결코 균질하거나 등방하지 않은 독자나 대중을 불러오는 문학의 공간…… 열거하자면 끝이 없을 수많은 공간들이 자연의 목적을 실현한다.

사람은 돌아갈 곳이 있기 때문에 한편으로 안심되며 한편으로 불안하다. 후자는 죽음이라는 미래의 시간, 전자는 기억이라는 과거의 시간을 통해 감득된다. 하지만 정말 우리 중 누군가는 어느

곳인가로 돌아가고 있으며 특히 과거의 시간에 대해 더욱 그러한가? 다시 말해 우리의 위안은 회상이 남기는 어렴풋한 기분 속에나 스스로를 과거의 나에 대한 조력자로 만드는 것만으로 위로의 모든 것이 완결되는가? 만약 그러한 자가 있다면 그는 문득 잠시 생각에 잠기는 것만으로도 다시 자연의 일부로 탄생하는 중이리라. 기억은 스스로가 자연의 일부임을 부인하는 장소에서 시작되고 있음을 단지 기억 자신만 부인하는 것으로 스스로의 목적이 된다. 잡화상 여인의 꾸러미 속에서 추구된 잡화상 여인 자신의 오밀조밀한 절망은 장난감을 원하는 아이들의 마음과 일치하지 않기 때문에 비로소 거래가 이루어지는 것이다. 이 경우가 곧 자연과 추상이, 인간과 기억이, 장난감을 만든 자와 장난감을 원하는 자의 관계에 일치한다.

내겐 오래된 시계가 있다. 종이 상자에 담겨 오랫동안 방치되고 잊혔던 그 사물이 문득 '버리지 못한 것들'에 대한 주문을 받고 깨어났을 때, 사물은 문자 그대로 진정 '깨어났다'. 1980년대 중반쯤 사우디아라비아에서 온 세이코라는 상품명의 일본 시계는 사용 가치를 잃고 종이 상자에 담겨 있는 10여 년 동안에도 놀랍게도 초침이 계속 움직이고 있었다. 그러나 그것을 꺼내든 순간의 나에게 그 시간은 그 사물의 최초의 시간이었다. 멈춰진 내 특정 부분의 기억이 최초로 하나의 초침만큼 움직인 것이다. 한때 그 시계의 알람에 의지해 회사에 출근하던 것, 언제 아버지의 시간이었을 그것이 나에게로 와서 나의 시간이 된 것, 그 시계를 구입하기 전의 사람이 사막의 모래를 질주하던 것, 미래에 시계를 구입할 사람이 아들에게 국제 엽서를 쓰던 것, 미래에 시계를 물려받은 사람이 시계를 물려준 사람을 사람이 아니라고 생각하던 것. 각각의 시간이 그 순간 단 하나의 초침만큼 깨어났다.

그러나 감각은 자신의 시간을 시작했지만 추상물 전체까지 출발시키지는 못했다. 왜냐하면 그러한 일화들은 스스로 자연이 되었기 때문에 자신을 입증해야 할 필요가 전혀 없었던 것이다. 감각이 자기 의식을 통과해야 하는 한, 사물은 자기 생산을 하지 않는다. 나의 기억에 의해 태어나지 않은 사물이 저기 온다. 그것이 사물이 가진 자기 생산의 본모습이다. 감각은 그럼으로써, 사물에 대한 무책임이다. 잊히는 것은 사물이 아니라 감각이며 이것은 더이상 생산이 없는 원인이다.

쓸모를 잃어 더이상 생각조차 않게 된 사물에 대해서는, 버려야겠다는 생각조차 사치스럽다. 이미 버려져 있는 것은 버려질 것이라는 생각에 오히려 기대감이 부푼다. 사우디아라비아의 동양 하급 일꾼이었던 아버지는 내 유년 어느 부분에서 그런 사치와 기대감으로조차 충족되지 못했다. 여러 가지 이유에서 나는 아버지를 낮게 평가했으며 동시에 나의 기질에 대한 모든 것을 혐오했다. 나는 나를 버리겠다는 기대감에 부풀었던 것이다. 그의 귀국길에 손에 들려 온 몇 가지 물건 중 하나인 그 시계는 내게는 잊힌 것에 대한 위대한 패배의 상징으로 안방에 오랫동안 놓여 있었다. 그후 다시 오랜 시간이 흘러 그때의 고아 감정도, 그때의 아버지의 귀환이 라는 패배도, 그 이후의 여러 시간들도 다만 현재가 아닌 시간에, 다만 사물이 지시하는 균질한 시간에만 있게 될 뿐, 아니, 그것조차 다 잊혀 적당히 버려질 권리조차 얻지 못한 채 시기를 놓친 시간으로만 있게 될 뿐이었다. 소멸은 언제나 현재로부터 더 나아가지 못한다. 버려야 할 때는 버리지 못할 때의 직접적 사유다.

하지만 모든 게 기억의 독자적인 일일 뿐일까? 자연의 능력은 그 대상된 인간이 대상되게 한 것을 다시 대상하는 데서 극대된다. 세계가 의지할 축을 상실한 뒤에야 현재의 시간으로 죽음이 받아들여지기 시작하는 것처럼 인간은 인간적인 것으로부터 인간이고 자연은 인간화된 뒤의 인간이라는 도식 속에서야 미래로 버려질 수 있는 권한을 얻는다. 거기에 시간이 놓인다면 이 자명한 능력은 비로소 수수께끼가 된다. 추상화된 자연으로서의 인간의 역사, 즉 기억은, 만약 감미롭다면 인간이 인간적으로 자립된 것이며 만약 잔인하다면 인간적인 것이 인간으로 자립된다는 마술 속에 이런 확신에 찬 질문을 남긴다.—이것이 적어도 불후라 부를 수 있는, 죽지 못하는 자의 영생 능력이 아니면 무엇이겠는가?

적히고 또 여전히 적히는 중인 문장처럼 내 앞에서 계속 시간을 쌓는 낡은 시간 기계는 완고한 것과 불가능한 것 사이에서 쓰기의 기적을 보여준다. 초침을 건너뛰며 그는 깊은 생각에 잠기거나 자신의 마음과 이야기하거나 인간의 사건을 탐색한다. 분명 이것은 계산의 양식이 아니라 글쓰기의 양식이다. 경과된 것은 벌어진 사실보다 더 많은 것을 가르쳐준다. 왜냐하면 인간이 행동을 통해 획득한 의미의 가치는 항구적으로 행동 자체보다 더 자기를 발견하기 때문이다. 즉 인간은 시간과 길항하지만 시간은 인간에게 저항한다. 마치 농부가 자신의 밭에 대해 자연의 비밀과는 상관없이 생계를 위한 해결책으로 마주하지만 그럼으로써 비로소 자연의 비밀이 그의 쟁기를 통해 캐내어지는 것과 같이, 시간은 자신에게 저항함으로써 자신의 비밀인 인간을 얻는다. 이것이 비록 우리가 사건과 적대된다 하더라도, 즉 읽을 수 없다 하더라도 누구도 적힌 것을 부정할 수 없는 이유이다. 또한 그렇기 때문에 그러한 사건과 마주한 인간은 필연의 힘을 우연으로부터 만들지 않으면 안 된다. 그럴 때만 역사는 시도된다. 버려지지 않은 것, 혹은 버릴 수 없는 것으로부터 있는 것의 여백에 쓰인 있는 것에 대한 술어로서의 역사가 시도된다.

버려짐은 용도가 멈추기보다 차라리 버려짐이라는 사용을 향해 운동한다. 버려질 것은 버려질 것을 거느리는 것으로 확장된다. 사건들의 흥미와 호기심이 자신들의 왕국에 대해 문자 그대로 버려지면서 꾸준히 '있다'. 사용됨으로써 사용 가치는 우리 정신의 교환 가치인 기억보다 더 적은 금액이 매겨진다. 그후 사물은 자신의 일화를 우리가 가진 기억의 원천과는 크게 다른 것으로 만든다. 사물의 변천이란 주체에서 더 많은 중심을 탈획하는 선의의 도적질이다. 그것이 자체에 내재적으로 옳을 때 곧 그것은 버려져 있다.

반면 변화는 우리가 붙들려는 순간과 붙들려진 시간 모두를 포함하는 사물의 죽음이라는 순간이다. 그러나 이 시체는 우리로부터는 죽어 있지만 우리로부터 멀수록 더욱 살아 있는 시체다.

사물은 곧 사건이며 사건은 사물의 질서다. 사물이 사건의 일면을 비춘다는 것을 염두에 두면(그 역도 마찬가지지만) 사건은 사물의 조각이자 사물은 사건의 조각이다. 더욱이 사건은 사물의 시간적 측면이고 사물은 사건의 공간적 측면이다. 그렇기 때문에 자연은 둘러싼 모든 것이며 곧 시간의 형상이다. 그런데 사물과 달리 왜 사건은 주체에게 선별적인가? 첫 질문으로 돌아가 왜 "자연의 목적은 추상의 확인"인가? 이 질문을 통해 기원을 목적으로 하는 것이 아니라 미래를 목적이게 하는 인간의 특별한 능력은 발휘된다. 버린다는 것은 회상하려는 것이다. 그러나 나는 인간이 되뇐 정신적 감미로움과 자기 자신에게 애정을 담아 공들여 보낸 선물의 의미라면 회상이라는 어휘가 사물에 적용될 수 있으리라는 믿음이 허무하다는 것을 강조하고 싶다. 버려질 수 없는 것은 버려진 것에 대한 마지막 배려가 아니라 최초의 악의다. 적어도 인간에게 남겨진 올바른 선물은 인간에게 남겨진 사물의 정당한 원한이다. 그럼으로써만 사물은 존재의 추상, 존재의 주변이 아니라 그 자체인 존재다.

휴월虧月과 만월滿月의 우화들

* 첫 백 일 동안 여왕은 마치 아이가 어머니에게서 쏟아지는 그 날을 태어난 날이라 부르는 것처럼 태양을 자신의 생일로 맞이했다. 두번째 백 일엔 처형됐던 사람들이 되살아났다. 하지만 여왕의 간절한 원망도 백 일을 넘지는 못했다. 태양이 지고 나면 여왕은 처형되었던 사람들이 자신에게 퍼붓는 욕설로 인간이 무엇인지를 새롭게 익혔다. 비명과 탐색이 백 일을 두고 번갈아 그치지 않았다. 이 나라는 여왕에게는 낮과 밤이 하나인 나라였고, 시민들에게는 낮의 나라와 밤의 나라로 나뉜 두 나라였다.

* "멀리 나아가는 배에게 바다는 젖을 물리고/ 여신의 가슴은 꼬마가 이끄는 짐수레, 여신의 음부는 꼭짓점이 된 발/ 오른쪽 날개여, 왼쪽 날개를 가져가라/ 운명은 번개처럼 찾아왔지만 땅은 이미 비에 젖었네." 아이들은 귓구멍에 손가락을 우겨넣고 힘껏

노래를 부른다. 하늘 가장자리 어두운 곳에서 소의 창자로 만든 현이 울렸다. 별은 길잡이가 아니라 사냥꾼이었다. 밤하늘의 지도는 그저 그들이 잡아 장식용으로 걸어둔 짐승의 머리들에 지나지 않았다.

* 황제의 시대에는 천재가 나면 책을 죽였고 대상인이 나면 물건을 죽였다. 그들을 위한 형벌 또한 발명되었는데, 특히 천재에겐 하늘이 천자에게만 주어야 하는 것을 받았다는 이유로 도둑의 형벌이 주어졌다. 무엇을 훔쳤는가? 천재는 글을 써서 하늘의 능력을 훔쳤던 것이다. 황제는 천재적 문필가에게 손을 찢는 형벌을 내렸다. 그러자 천재는 말을 해서 하늘의 능력을 훔쳤다. 다시 황제는 천재적 연설가에게 혀를 찢는 형벌을 내렸다. "저자는 불경함을 필경했으니 손을 찢어라. 진실의 알을 낳는 저자의 말이 다른 이의 귀에 확신이 아니라 짐작의 알을 낳도록 혀를 찢어라." 그러나 형벌은 죄에게로 가까이 다가가면 안개처럼 사라져 한 번도 다다르지 못했다. 황제는 천재가 계속해서 등장하는 것에 크게 상심하여 신하에게 그 까닭을 물었다. 신하가 대답했다. "이것을 바로잡을 가장 오래된 약은 한밤이며 무지일 뿐입니다. 거기서는 세상의 알 수 없는 것들이 매일 쏟아져나옵니다. 알 수 없어지면 사람은 알 수 없는 것을 알 수 있다고 믿게 됩니다. 이것이 곧 형벌입니다."

* 물건의 글자를 쓰면 그 물건이 생기는 마법의 지팡이를 얻은

노인은 보다 좋은 물건을 가지기 위해 책을 읽기 시작했다. 아름다운 물건을 갖기 위해서는 보다 더 많은 단어가 필요했다. 그러다 문득 신이 인간을 고통스럽게 하기 위해 이 기괴한 지팡이를 일부러 인간 곁에 두었을지도 모른다는 생각을 하게 되었다. 무엇보다 물건을 만들기 위해 물건에 대한 생각이 앞서야 하고 물건에 대한 생각보다 물건에 대한 생각을 요약하는 명칭들이 계속해서 필요했기 때문이다. 결국 사람이 물건에게 한 발짝도 다가갈 수 없도록 하기 위한 신의 심술이 지팡이 끝에 맺혀 있다는 생각 끝에 노인은 마지막으로 자신의 이름을 쓰고 지팡이를 태워버렸다. 그러자 그는 영원히 죽을 수 없게 되었다. 어느 날 이 이야기를 들은 왕이 찾아와 불사의 비밀을 알고자 했다. "제가 저를 찾아 헤매는 것처럼 왕께서는 자신인 왕 또한 찾으실 수 있을 것입니다. 이름이 없는 저는 이름이 있는 저와 분리되어 이름이 없을 동안 이름이 있는 저를 찾아 헤매고, 이름이 있는 동안 저는 이름이 없는 저를 찾아 헤매고 있습니다. 이것이 제가 영원토록 사는 이유입니다." 왕이 물었다. "너의 이름을 말해보라." 노인이 답했다. "자신의 이름에 의해 그렇듯이 다른 모든 이름 역시 소유물이고 물건입니다. 물건의 주인이 바로 '이름'입니다. 우리와 주인의 싸움에서 가장 큰 문제는 자연에 대해 하나의 자연과만 싸우라는 조언 외에 다른 싸움을 상정할 수 없다는 것입니다. 하나의 이름은 이름의 주인인 이름의 집합과만 대면합니다. 반면 자연은 이름이 없기 때문에 자연입니다. 우리는 그것 외에 다른 것일 수 없습니다. 폐하께서 왕으로서 다른 것일 수 없는 것과 마찬가지로 말입니다. 죽음조차도 죽음에 대해 생각하는 것의 소유물입니다. 저는 저의 현재의 이름을 알 수 없기에 말할 수 없으며 말할 수 없기에 왕의 명령을 어긴 자로서 죽게 될 것입니다. 만약 그러하면, 그때의 저의 이름은 '왕의 교수대로부터 나를 보호하지 못했다'입니다."

* 그가 울기 시작하자 그의 소리는 모두의 귀에 지옥의 음정보다 한 단계 높은 높이에서 무색으로 복무하고 있는 것처럼 들렸다. 하루가 일그러지는 저편, 아이들의 떠들썩한 이륜차 쟁탈전 속에 궤조軌條는 뒤집히고, 저녁은 어느덧 그들만의 군주국이 되었다. 아이들은 외로움이 빛에 의한 길고 단순한 행위인 것을 모른다. 그것은 그들 각자에게 아주 조금 주어진 것이었기 때문에 서로는 삶으로 서로를 죽였다. 무엇보다 혈액은 이성 안에 안치되어 있다. 물에 희석된 자에겐 인성이 거의 없었다. 우리를 붉은 액체이게 했던 물결의 관성은 우리의 무력無力으로 되돌아온다. 잎 끝에서 맺혀오는 눈물보다 안락한 것은 없다. 그러자 삶은 더욱 아쉽게 여겨졌다. 또한 드물수록 사물은 움직임으로 잘못 이해되었다. 무엇으로부터도, 심지어 지옥으로부터도 간결한 존재였던 신은 반짝이지 않으면 알아볼 수조차 없는 약한 불빛이 되어 좀더 나은 자들이 그 영광을 가져가기를 원했다. 아직 이름이 부족한 자가 많다. 그들을 위한 밤의 객실에, 더듬는 손이 찾아갈 빛의 마지막 밀실에, 서서히 일어서고 있는 신의 성기 형상으로, 조향사調香師의 노동은 가내家內를 떠나 공장으로 진일보한다.

* 귀에는 민요풍으로, 피살자들이 걸려 있었다. 일하는 노새만 이 등짐을 뿌리째 정화시킬 수 있다. 언어의 그 극심한 신체검사실에 비하면, 조형 예술은 육고기처럼 단지 인간의 식탁에 밝게 구현된 것에 불과했다. 격랑의 바다만이 수심의 각운을 다시 쓴다. 소리가 아래로 울려퍼져 우리의 영혼을 노예이게 하는 온갖 의성어가 하늘을 구토물받이처럼 넓게 펼쳐들고 있다. 그럼으로써 낭독은 도살에 취하는 구실이 된다. 시간에 따라 빛을 바꾸지만 이 광학이 말하는 것은 저마다 가진 방랑이 이교도와 자연이 완전히 뒤섞인 신들의 일몰에서 벗어나지 못한다는 것. 부패하는 발라드의 살해 속에, 영롱한 진주가, 여인의 입에서 흘러나온 오늘의 겸손한 유죄인 진주가, 사랑하는 남자에게 하는 숙녀의 행위처럼 수줍게 얼굴의 오물을 걷을 것이다.

감정은 형태의 근원

우선은 너를 구체 관절 인형으로 감싸던 철골들이 그립다고 거기에 적혀 있습니다. 태양조차도 점이 지대에서 왔다고 말합니다. 결국 나는 깊은 바다에서 얕은 바다로 헤엄치기 위해 혁명을 사춘기로부터 가져온 것에 불과합니다. 거기가 그냥 거대한 술통 같다는 느낌이 들었어요. 박애의 정신으로, 거미들이 예뻐집니다. 중요한 건 그들의 배가 한때는 탯줄로 고요한 수면 어딘가에 연결되었다는 사실입니다. 골목의 후미진 곳에서 비닐봉지에 니스를 담아 나눠 마시고 귀와 코로 피를 흘리면서도 시시덕대던 소년들의 손아귀에는 그때의 푸르게 차오르는 물결 소리가 아직도 아주 조그맣게 달려 있습니다. 나도 언젠가는 동맥 위에 저녁이 지나갈 길을 만들고 남아 있는 세계가 무얼 하는지를 지켜볼지도 모릅니다. 여기에 속하는 대개의 동물들은 사람보다 빨리 나이를 먹고 죽습니다. 그러면 그들의 주인은 아직 어린 채 남아 슬퍼합니다. 강보襁褓

를 천천히 찢어나가는 어긋난 연애의 바다로부터, 혼자 연을 날리러 강변으로 갔던 199x년들의 일로부터, 여전히 하늘은 깊게 자기를 바라보는 자들의 눈을 쑤시면서 온갖 모양의 성기를 흉내내고 있습니다. 그때까지도 나는 죽은 사람의 양말을 갈아 신기려던 거지가 나라는 걸 알지 못했습니다. 상처라면 어느 것이나 개미들이 파먹던 붉은 곤충의 흔적으로 남아 있습니다. 연안沿岸에는 바다보다 더 많은 것들이 떠오르고 있습니다. 그들은 장차 우리가 사랑이라 부르게 될 익사자들입니다. 우리의 노모들은 각자 아카시아 잎을 꺾어들고 면회 와 있었습니다. 이 불쌍한 아이가 어디에 묻히게 될까요? 태양은 매년 술주정뱅이였습니다, 아이들이 정구공이면서 동시에 배꼽에 끈이 달린 도르래인 것처럼. "감정은 형태의 근원"이라고 말한 그로피우스처럼 노모들은 일찍이 영아에게서 놀라운 것이 없다는 것을 배운 사람들입니다. 난파선은 멋진 옷을 걸치고 와서 휴양지 전체를 비천하게 만들었습니다. 우리는 서로를 수술하는 의사들 같았지만 소독도 교훈도 없습니다. 살이 오른 바다 벌레를 입에 넣고 얼마만큼 자란 척했을 뿐. 조수潮水는 바다에서 새들이 날아오른 무게를 뺀 만큼 차오르고 밀려온다고 내게 알려준 사람은 장마가 오기 전에 자살을 시도했고, 이내 죽어 고요해졌습니다. 그립습니다.

고대와 현대의 시적 경쟁

글쓰기가 사유로서는 사유 능력이 가장 희박하게 요구된다는 플라톤의 입장에서부터 상품이 사유를 대신하여 모든 환상을 뒤집어쓰고 있는 현대에 이르기까지의 과정은, 개성이 그럴 수 있을 만큼의 다양성을 가지고 글쓰기에로 참여하는 예술조차 읽기 위함 그 자체로 글쓰기가 수행되어왔던 역사의 신비에 비하면 그다지 모호한 대상이 아니다. 글쓰기의 원천은 말하기가 선택이기 이전에 무엇을 위한 포기인지를 말해주는 한 편향적이며 기원적이다. 다만 윤리로 말한다면 정신은 대지를 수놓는 여신의 바느질처럼 대지와 하늘을, 명령의 완전함을, 불완전과 평온을, 값과 몫을 잇는 매개로만 다만 한계에 부딪친 초라하고 지지부진한 육체의 행진을 비유할 수 있을 따름이다. 표기 불능 상태가 곧 시를 전혀 생각할 필요가 없는 무심한 물길을 심오한 시의 파괴 중의 하나로 여긴다면, 우리가 거기서 가장 단순한 방식조차 관철시키지 못하는 이것, 표기 능력으로서의 언어는 과연 무엇을 탐구하는가? 순응치 않을 것처럼 보이는 자연을 마주하고, 읽는 자는 자기 피가 속한 귀족에게 초대받은 존재지 측량기사로 부임된 것이 아니라고 선언함으로써 윤리적 비유는 다시 문학적 비유로 돌아온다. 신의 문자는 신이 없는 우주를 가리키기 때문에 유감스러운 것이 아니라 산문적이기 때문에 그러한 것이며, 운명은 거의 모든 것에 대해 문학이기를 포기하기 때문에 자기에 대해 통일적인 것이다. 쓰기의 방식은 인간인 방식대로의 신비의 반대이다. 그것은 자족적 구성의 세계이며 적어도 우리의 눈에 존재하지 않는 대로의 방식으로 형상된다. 직감적인 아름다움이 씨앗 맺기, 과일 따기의 가을을 통과한다면 산술적인 아름다움은 시청각의 가을을 통과한다. 그것은 거의 무해하며 무엇을 위한 포기가 아니다. "옥수수가 여물 때까지 난 살리라/ 옥수수 철이 끝나면 내 팔다리는 옥수수보다 소용이 없고/ 부모가 일할 동안 집에 남은 아이들아, 부디 옥수수보다는 늦게 자라라" 그런 내용의 흑인 영가가 있었다. 비극을 품은 여인을 거절하는 남자의 이야기를 애욕의 이름과 연관시키는, 사실상 모든 문호文豪적 삶은 이러한 애욕으로 점철되어 있다. 제아무리 천재적으로 사물에 착상된 것이라 해도 언어는 기계적 장치 이상으로는 도덕적이지 못하다. 이것이 20세기 이후 줄곧 언어 자체에 제기되어온 의심이며 특히 시인들에 의해 애욕의 대상으로의 지위를 얻은 이후 단 한 차례도 다른 것에 그 자리를 넘겨줘본 적이 없는 절대적 의심의 모습이다. 그러나 시인은 시의 살아 있는 과정이 아니다. "내가 입 맞춰야 할 자유여, 네가 만약 나를 거부하지 않는다면 나는 너의 부르주아적 기만에 지나지 않는다." 자유가 자체의 의미보다 억압에 대한 저항이라는 상대성으로 대비될 때 더 자연스러운 것처럼, 시인은 시의 과정이 아닐 때에 한해 오로지 시가 어떤 과정을 거치는가를 말할 인격이 된다.

문학의 꿈은 항상 기억을 도래의 끝에서 가져온다. 존재가 존재의 표현으로 살아 있다…… 존재의 안도가 밤을 향해 횃불을 치켜든 비천한 짐승으로 표현된다…… 그런 문구를 통해 일으켜 세워지는 철학의 시인을 바라보는 일은 참혹하다. 왜냐하면 그 위대한 정신이 탄생하는 순간에도 나의 시인은 흑인 영가의 경제에도 미치지 못하며, 또 육체의 분노가 만드는 병리학에도 미치지 못하며, 언제나 성스러움이 강력하게 금지되는 천박한 마을의 주민과 같이, 그들 나름의 가장 아름다운 것을 노래해야 하는 순간에도 정작 정신의 것을 가장 원하는 그런 비참을, 철학의 시인과 나의 시인은 탄식하기 때문이다. 철학하지 않는 자가 가진 시적 최선에는 죽은 자들과 비슷한 방법의 건강한 우롱의 씨가 들어 있다. 죽을 때를 알고 죽기 위해 둥지에서 멀어지는 동물처럼 남아 있는 목숨이 이끄는 생의 은밀한 최저점만이, 그의 두려움에 남게 되는 그러한 직접성만이 오직 간접성 전체를 말해줄 수 있다. 여기에서 자연은 오히려 사건을 판단에서 방임해버리는 것으로 자기 애정에 취한 여성, 즉 모성이 되어간다. 높은 곳에서 몇 시간씩 내려다보곤 했던 여러 위대한 노시들은 노역 자체의 괴로움이 거의 없어지는 경지가 아니면 다른 것으로는 관찰되기를 원하지 않는다. 그렇게 함으로써 꿈은 침몰한 배의 군중이 되지만 그러나 유물은 발견되지 않은 채로 그렇다.

물에 빠지는 꿈을 꾸었다. 나는 시인이었고 침몰한 배의 군중이 내 죽음에 어떤 의미인지를 생각할 수 있는 사람이었다. 깨어나보니 모든 신체 기관이 나팔이 되어 있었다. 무엇을 가로지른 잘못으로 나의 육신은 이처럼 음악적인 것이 되었을까? 물의 역사와 물의 깊이를 착각하는 것이 또한 나를 현대적이게 한다. 의미는 의미의 출생 장소와 같지 않을 것이다. 왜냐하면 재현이란 곧 피로 한도에 도달한 표현이라는 압력에 의하여 그 피곤함이 시적으로 유지되기 때문이다. 언어의 무력이 절대적 표현의 모방이라는 사실로부터, 어떤 풍경이 두 손에 직접적으로 주어지는 역량에 머물러 있다 할지라도 그 의지의 실천이 말하는 바가 결코 시적 진술의 간편함으로 이어질 수 없음을, 달리 말해 시는 시의 행위 이전에 어떤 행위도 될 수 없다는 무력감을 잊어서는 안 된다는 책임감이 이 피로감과 깊은 관련을 맺고 있다.

그리스인들이 유희하던 원형 극장의 반은 미래로, 반은 짐승으로 변하여 현대에 재등장한다. 이 변신 괴물은 선천성이라는 취객과 싸우거나 혹은 몰래 사람의 기저귀를 여는 놀이 따위도 한다. 자연과의 시간을 중시한 자들 역시 생명에 대해서만큼은 무력을 사용하기로 마음먹지 않았다면, 인간의 유즙에만 사는 벌레를 몸에 퍼트리고도 상한 자를 신비하게 할 수조차 없을 이후의 사람들은 무엇을 통해 신과 혼화混和를 나눌 수 있겠는가? 괴물이나 이형異形에는 여전히 많은 노동자가 요구된다. 사람의 목을 자르거나 살을 찌르는 허약한 칼이라는 단순한 살해의 모티프뿐 아니라, 하나의 이름을 너무도 많은 무칭無稱의 조각으로 나누는 진짜 칼을 쥐게 될 스스로가. 신들의 제조법에서 인간은 생명을 불어넣기 위한 요소가 아니라 유아기 생물의 요구조차 꿈의 영역에서 그렇게 해석될 뿐인 불쌍한 성기에의 공격과 그 지위가 같다. '이 독한 술을 강물이 죽어 썩은 시체라고 할 테니 당신은 젖을 마시러 온 새끼들이 사는 하늘의 화목한 가풍을 부디 없애주십시오'라고 기도한다. 저녁 하늘은 마치 형식적으로 가장 발전한 치욕과 같아, 저마다의 복잡한 공중제비가 담긴 후추 자루, 석탄 자루가 노을에 떠내려온다. 자연은 오르페우스의 저녁에 이르러 품성으로서의 실력이 더이상 늘지 않는다.

언어가 자신을 자신의 형상에게로 도달시키지 않는 것은 전적으로 우리의 표현력에 따른 것이다. 더이상 태어나지 않는 노래를 음향적 내용의 기초로 생각하는 그러한 친근성이 시를 언어의 장막 앞에 등장시키지는 않는다. 매우 모호하게 펼쳐진 태양의 커튼처럼 유희의 모든 것이 뒤섞인 언어의 침실을 시는 그늘로 뒤덮는다. 그 세계의 천사는 백열등처럼 뜨겁거나 깜박거리고 신들의 형상 위로 불안하게 떨리는 그림자를 얹는다. 이것이 인상주의적 해석일지라도 내가 나를 맡은 천사에게 최종적으로 꺼내어줄 영혼의 종류가 죄의 목록에 일치하지 않을 수 있다고 믿지는 않으리라.

창작은 형상과 함께 있다. 그리고 자연의 철골은 그 형상에서 자연 전체를 빼앗는다. '무언가'를 '누군가'로 바꾸게 될 때 진정 오르페우스는 정상적으로 자기를 망치게 된다. 색조의 주어는 희박한 상태의 우주를 자기 국적의 모든 주권자로 되돌린 자아들의 성녀다. 이 여자는 속인들 속에서는 보물과 같았지만 속인의 언어 속에서는 너무 정직해서 여러 번 찢고 범해도 죄에 도달했다는 생각은 영구히 들지 않을 그런 은유를 품에 안고 밤을 떠돈다.

글쓰기의 존재는 글쓰기의 종교적 운명에 교리적으로 반대된다. 문학은 문학의 운명에 대해 이단적이다. 운명이 존재를 그것의 대표성으로 환유할 때 세상이 글쓰기 어디선가 분실된다. 그때의 쓰기 주체는 자신의 사회와 너무 아래쪽으로 얽힌다. 정치적으로 비애의 모습은 낙관에 반대되는 것이 아니라 낙관에 대해 역사적인 것이다. 적절한 태도의 역사도 낙관적인 것 앞에서는 무질서의 성질을 숨기지 않는다. 그것은 너무 아래쪽에서 싸움을 시작했기 때문에 승리했을 때조차 그 위치는 겨우 밑바닥을 조금 상회하는 정도였다. 자발적 조합 이외의 다른 형태는 모든 기생적 행태에서 배제될 것이라는 생각을 할 수 있다. 그 무엇도 의식에 주어지는 사물을 확인할 공증 자격으로 격상된 것은 없다. 제도를 변화시키려면 제도를 지배하는 제도부터 변화시켜야 한다는 마르크스주의의 주장은 철학의 시인에게는 모호한 것이다. 그러한 시인은 제도를 자신의 속됨과 결부시키지 않겠다는 원칙으로부터 시가 천사로서의 삶을 중단하고 보다 더 위치적으로 높아졌기 때문에 보다 더 자연에 가까워진 상태, 천사일 땐 단지 악마를 외면하면 되었던 사소한 사태를 자연이 되어서는 자연 전체를 외면하는 중대한 사태로 바꿔버리는 대실착의 원인이 무엇인지를 망각하고 있다. 그것이 망각인 이유는 모든 결과의 원인이 바로 시를 사유의 증명으로, 사유를 시의 증명으로 이해하려는, 시에 대한 자신의 첫 철학적 시도로부터 시작되었기 때문이다. 전혀 미적으로 강화되지 못한 인간들이 도달한 궁극의 이념은 신성 이외의 다른 것일 수 없다. 태양은 독한 술이지만 눈의 장애만큼 독한 술은 아니라고 말한 이는 고대의 천문학자들이었다.

자기에게 허용된 광란조차도 기질을 분할하여 얻어진 결과물로 여기는 사람의 길이는 그가 참여한 시 전체의 길이를 넘지 못한다. 이렇게 작은 시도 우주의 삼라만상을 만드는 데 한 시인이 할 수 있을 만큼의 분할에 대한 사고면 된다. 이런 음악이 그와 그의 순수 사이에 성립되었다. 경계는 무한의 뜻 속에서 구조일 수 있다. 이것이 우주가 우리가 접하는 다른 어떤 사물과도 다른 점이다. 이곳에 빛은 너무 많지만 그것이 얼마나 훌륭한지를 매번 느끼기에 우리의 경험칙은 공간적으로 너무 비좁다. 존재의 경계가 조밀하다는 점은 우주와 시가 같다. 시인은 무엇의 시인일 뿐 아니라 시인에 대한 시이기도 하다. 미래는 메두사를 간직한 인간의 얼굴을 본 희생물로 시간의 원초성에 등장하게 된다. 동물들의 악기 연주는 여기서 시작된다. 고대인과 경쟁하던 현대인의 야차이, 야만이기 위해 무결했던 자의 문맹이, 주어들의 색채에 배부름을 느낀다.

더 운이 나쁜 바람은 가명假名으로 불어온다. 책형磔刑의 모습으로, 순화를 가하는 것이 완성을 결과이게 하는 게 아니라 순화에 대한 정열의 악화가 완성을 인과이게 하는 방식으로. 그런 식으로 죄는 판결보다 총명하다. 화집을 펼치자 신의 늦은 가을 부근 언제나 털과 각질 아래 쓸모없는 계절이 떨어지고, 오늘의 의물儀物에서 죽은 자와 산 자의 도덕적 이견이 시작된다. 문학에 대한 믿음이 문학적이어서는 안 된다. 믿음은 활자로 찡그려져서는 안 된다.

기생하는 혀

시모토아 엑시구아Cymothoa exigua라는 기생충이 있다. 물고기의 혀를 먹고 그 자리에서 자신이 혀 역할을 하지만 숙주인 물고기는 혀의 기능을 기생충이 해주므로 아무런 불편이 없다. 기능적으로 숙주의 기관을 대체하는 유일하게 알려진 경우라고 한다. 그런데 이 '대체된 것'의 불길함과 끔찍함도 문학에서 대상과 언어의 관계만큼, 혹은 대상과 언어라는 불일치된 관계를 나아가 또한 대상화하려는 시도만큼 불길한 것은 아니다. 대체된 것은 본원적인 것과 대결함으로써 이미 기능의 차원을 넘어 숭고와 불경의 차원으로 가게 된다. 그러므로 무엇인가 대체될 때 우리는 우리 안의 신을 확인하게 되고, 그 신의 형상은 언제나 불경 가운데서만 떠오르게 된다는 것을 경험적으로 알게 된다. 그러나 대체된 것 또한 신의 형상이며 신의 기능이다. 다만 다른 것이 있다면 이 벌레-신을 형상화하는 우리의 능력이 신성한 신을 형상하는 능력에 크게 미치지 못한다는 사실이 있을 뿐. 여기서 우리에게 근원적으로 주어지는 것이 바로 신과 신 아닌 것의 판별 능력이 아니라 정상과 불구의 판별 능력이라는 것이 밝혀진다. 대체됨으로써 숭고와 불경을 가졌던 대상은 숭고와 불경을 떠나 다시 완전과 불완전이라는 기능의 차원으로 환원된다. 이것이 문학에서 언어가 떠돌았던 하늘과 대지의 양극이다. 그리고 그 양극은 이렇게 반문한다. 문학은 반드시 우리의 입에서 태어나는가? 그 입이 우리의 것이 아니더라도 그것이 우리의 말이기를 그 말은 스스로 원하는가? 혀는 혀를 대신하면서 사라진다. 포목점엔 사람 형상의 여액餘厄 상품들이 팔리고 있었다. 흘려보내지기 위한 목적으로 얼굴은 꿈의 강이 되었다. 어린 아가씨가 뜨개바늘을 넣고 있었다. 아이를 버릴 화장실에서. 아무리 먼 별과 별 사이라도 빈틈은 찾을 수 없었다. 정신적 재화는 이미 본 것에 기초하여 단지 나를 소리를 구걸하는 부랑한 것이 되게 했다. 혀여, 나를 입안에 작게 집어넣어다오. 바람을 압축하는 구멍, 그것은 살아서는 존재하지 않는 대화이니, 침묵하는 작품에 서투름이 이렇듯 세밀히 그려진 경우는 없었다. 만약 여러 조각난 작은 힘들인 그들이 하나의 힘을 여러 힘으로 사용하는 존재들이며, 본래의 말 없음이 의식의 말과 뒤섞인 자들이라면, 그들의 문학은 모두를 한꺼번에 기억하기 위해 시간 자체를 표상으로 갖는 그런 역사적 문학이어야 할 것이다. 세계는 평담하다. 혀가 없는 밤은 혀를 가져오는 밤보다 가혹하다. 별과 별 사이, 꺼져 있는 촛불은 완전하고 아름다운 구획의 우주다. '망할 자식'이란 글귀를 아이들에게 써보라고 강요했다. 제대로 된 칭찬은 아니었지만 우린 집중했다. 여름과 겨울이 반만 죽어 있기 때문에 자면서도 영혼을 짓밟고 다닐 수 있었다. 손바닥에 조금은 우유부단한 손금이 그어질 때, 너의 미지근한 뺄에 걸고 나를 배웅할 때, 가혹은 봄여름에만 피는 꽃이 아니라 만추晩秋에도 피는 꽃. 가혹은 입안에 핀 검은 꽃과 흰 꽃 사이. 밤이 쓴 것 속으로 혀는 사라진다. 나와 나 아닌 것, 글인 것과 글 아닌 것, 기수奇數와 우수偶數를 다시 반복하기엔 교양의 기생충들이 정념의 사물을 너무 많이 갉아놓았다. 나는 물었다. 지금 당신은 무엇으로 말하고 있습니까? 나는 답했다. 나는 나의 벌레로 말하고 있습니다. 로마 시대에는 자신의 몸을 자신의 돈으로 되사는 경우도 있었다고 한다. 내가 나의 사물이 될 수 있다면 값나가는 물건을 사지에 함께 묶고 시체를 탐하는 대지의 탐욕 속에 육신을 던지리라. 그때 혀는 비록 다른 곳에서 훔쳐오는 말이겠지만, 영혼의 시작점에서 육체를 종착시키는 무궁히 부끄러운 창시자라는 시의 본령에는 더욱 멀어질 수 있을 것이다. 나 아닌 것으로, 나의 벌레로. 플라톤은 "육의 종족이란 자신의 이름보다 더 가소로운 존재"라고 말했다. 자신에 대해서조차 무궁히 부끄러운 창시자인 시가 시를 배척한 철학자의 저주보다 더 나은 것은, 자신도 모르는 사이에 다른 생명체와 공생할 수 있다는 가능성이다. 우리는 혀를 통해 나의 비탄이 아니라 나의 비탄을 피울리는 그의 비탄을 사랑한 것인지도 모른다. 모든 것은 초연히 하나의 몸안에 알을 까고, 누구나 죽기 전까지는 선육鮮肉처럼 보관되리라. 세상에 조금 남은 저녁노을은 가장 약한 한 마리가 죽은 것 같아 보일 뿐 조형의 유희라곤 찾아볼 수 없었다. 저무는 시대, 문예의 악취 속에, 시의 허무한 집요 속에, 기나긴 벌레를 입에 간직하고 싶다. 기생의 강은 너의 입으로 흐른다.